LA TRESSE ET LE HASARD

Roman

Jean Delouis

LA TRESSE ET LE HASARD

Roman

La grande force organisatrice de la vie,
c'est le hasard
qui fait se rencontrer
ceux qui ne doivent pas se croiser...

Jean Delouis
(Tous les personnages ainsi que toutes les situations dans lesquelles ils se trouvent,
sont purement imaginaires et relèvent de la fiction)

© 2017 Jean Delouis. Tous droits réservés
ISBN 978-1-365-59903-3

Chapitre 1
L'INSOUSCIANCE LUDIQUE

Antoine était un tout jeune homme séduisant, sans qu'il en soit conscient. Il avait eu une enfance insouciante dans un cocon familial bourgeois de province. Comme la plupart des jeunes adolescents, il était assez neophyte et très peu experimenté dans les relations avec le sexe opposé. Il avait eu comme tous les gamins quelques émotions avec quelques jeunes filles de son âge sans jamais avoir réellement « concretisé », comme disait Jean-Claude Dus dans les Bronzés. Il avait été dégrossi par une femme qui servait chez ses parents, en avait ressenti une émotion rapide, diffuse, et assez marquante pour refuser par instinct, et sans trop savoir pourquoi, les avances d'un père abbé du collège où il menait des études en parfait dilettante. Comme tous les adolescents de son âge, il avait lu sous le manteau les exemplaires de *LUI*, les lettres apocryphes de Madame de Sevigné, et *L'Amant* de Lady Chatterley, et, avait découvert les vertus de l'onanisme. Bref, il était comme tous les ados ou presque, et, à l'aube d'une veritable et première aventure amoureuse, sans que cela ne devienne pour lui obsessionnel, il se demandait surtout, par curiosité, quelle pourrait être l'occasion qui lui donnerait la possibilité de « devenir un homme », passant inconsciement à côté des avances interessées que pouvait lui faire telle ou telle personne du sexe feminin, ou pire ne s'en apercévant qu'après coup.
Sa mère avait essayé un jour maladroitement de lui expliquer « les choses de la vie », ce qui montrait le peu d'attention que portent en général les adultes à l'éveil sexuel de leur progéniture. Antoine avait coupé court en lui répondant que, depuis quelques années, il montait à cheval par tradition familiale dans un cercle hippique qui hébergeait une station de monte, et, qu'il avait eu l'occasion de constater, là ou ailleurs, que la procréation ne devait rien aux choux.

Sa mère, soulagée de ne pas avoir à se lancer dans des explications qui auraient été confuses et alambiquées, se contenta de déclarer qu'il fallait être prudent, et qu'un malheur était vite arrivé. Ce fut à peu près la seule information sexuelle que reçut Antoine pour tout viatique dans un domaine pourtant essentiel pour tout être humain ! Comme à cet âge, tous ses copains s'étaient, la première fois tout au moins, foutu de lui lors d'une amourette qui s'était averée sans lendemain avec un jeune fille, amie de ses sœurs, et fille d'amis de ses parents. Tout ceci ne prêtait pas à conséquence et n'empêchait pas Antoine de vivre agréablement. Les amours de vacances s'arrêtaient au terme de celles-ci, et Antoine n'en éprouvait somme toute aucun déplaisir, ni angoisse existentielle.

Antoine termina ses études secondaires dans ce climat insouciant d'une jeunesse qui n'avait connu ni la guerre, ni la faim, ni le sida, ni les difficultés existentielles d'une societé qui vivait dans l'euphorie des trentes glorieuses.

Il se posa alors pour Antoine la première question qui allait engager son avenir. Qu'allait-il faire dans la vie ? Affreusement litteraire, par désinterêt total pour les mathématiques, il s'était déjà ipso facto coupé de la tradition familiale qui, depuis des générations voulait que l'on soit medecin ou chirurgien. Le droit ? Personne dans sa famille ne lui en avait encore jamais parlé ! L'économie et la finance étaient des termes barbares qui n'avaient aucun sens dans une famille qui avait pu vivre confortablement sans en connaître l'utilité.

Son professeur de philosophie lui avait dit qu'il était tout-à-fait possible pour n'importe qui de faire une maîtrise de philosophie, mais qu'on ne devenait pas pour autant un philosophe. Antoine avait donc compris qu'il ne deviendrait pas philosophe.

Son professeur de khagne lui avait fait sentir qu'à faire trop de sport et à trop se disperser, il pouvait faire une croix sur ses chances de rentrer en prépa à Louis le grand.

Antoine pensa que le meilleur moyen de sortir de son indécision consistait à choisir le lieu de ses futures études, le reste suivrait nécessairement. En tout état de cause, il ne resterait pas à Montluçon.

Profitant de la promenade vesperale qui était le seul moment où il voyait son père quasi quotidiennement durant une vingtaine de minutes, il entreprit celui-ci sur l'avenir de ses études. Son père se laissa rapidement convaincre sur le fait qu'Antoine devait poursuivre ses études en dehors de Montluçon, il était plutôt satisfait de l'initiative de son fils à cet égard, même si cela devait lui coûter un peu plus cher, il était bon que son fils sorte du cocon familial et du milieu étriqué d'une bourgeoisie provinciale. Il y avait tout à gagner pour Antoine de découvrir d'autrès horizons, cela lui éviterait de se confiner dans des jeux locaux qui ne le mèneraient pas bien loin. Qui plus est, si l'on n'était pas fils d'industriel local, et, sauf à être profession libérale, il n'y avait aucune possibilité de carrière dans ce microcosme provincial.

Antoine lui dit qu'il comptait aller à la Sorbonne faire de l'histoire, matière qui avait toujours passionné son père, et pour lequel lui aussi, il avait toujours eu les premiers prix, ce qui devait, poursuivit-il, conduire à envisager Sciences po. Son père se rappela que certains de ses amis de jeunesse avaient frequenté l'Ecole libre des sciences politiques, et qu'ils s'en étaient assez bien sortis. Antoine lui dit également que pour aller à Paris, il fallait trouver une formation qui n'existait pas ailleurs et en particulier à Poitiers ou à Bordeaux. C'est ainsi qu'Antoine, après avoir pratiqué le grec ancien durant cinq ans, et le lire dans le texte grâce à un professeur qui avait été le contemporain de Sartre, de Raymond Aron et de Nizan, à Normale Sup, s'inscrivit en grec moderne, rue de lille aux Langues O, après avoir déposé un dossier d'inscription en Sorbonne en histoire et géographie. Il doubla la mise en s'inscrivant en histoire de l'Art.

Côté logement, Antoine n'obtint pas totalement satisfaction auprés de son père qui disposait d'un appartement sur la rive gauche à l'ombre des tours de Saint Sulpice. Celui-ci, considérant qu'Antoine devait être encadré dans un contexte studieux et formalisé, l'inscrivit dans un foyer d'étudiants non loin de cet appartement déjà au demeurant partiellement occupé par une vieille tante refugiée dans une semi retraite secularisée, au terme de quarante ans de carmel. La rentrée universitaire fut difficile pour Antoine qui découvrait à la fois un monde qu'il n'avait pas connu avant, une liberté sans limite, l'absence de tout réel encadrement universitaire. Il devait se prendre en main, organiser son temps. Découvrir de nouveaux horizons, de nouvelles relations supposait que l'on ne s'enferme pas dans une solitude faussement protectrice. Un monde nouveau s'ouvrait à Antoine, encore fallait-il qu'il l'appréhende et qu'il résiste à la tentation du retour au bercail ! Il avait voulu partir, prendre son indépendance, il fallait assumer !
Heureusement, et il en remerciait son père, il avait la convivialité du foyer d'étudiants pour combler ses coups de blues. Il se fit rapidement des amis parmi ses congénères qui venaient de débarquer, eux-aussi, de leur province natale, où qui étaient déjà dans le foyer depuis un an ou deux. La majorité des étudiants poursuivaient des études de droit, d'économie, de sciences politiques, un petit nombre poursuivaient des études exotiques, il y avait même un ou deux représentants des beaux arts et de l'ecole Boulle. Antoine discerna dans le nombre un autre étudiant en histoire à la Sorbonne, déjà fortement engagé en politique et qui lui fit decouvrir un cénacle qu'il ne connaissait pas, celui des réunions politiques.
Nous l'avons dit, Antoine ne s'était jamais rendu compte qu'il avait une « gueule » et des yeux qui attiraient le regard de l'élément féminin. Il le constata progressivemment dans les amphis de la

Sorbonne et de la faculté d'Assas à laquelle il s'était inscrit en dernier ressort pour faire plus sérieux. Il remarqua assez rapidement qu'en fixant de façon directe ou indirecte une jeune fille qui ne le regardait pas, il attirait son regard. Mais après, comment faisait-on pour enchaîner et, en fait, draguer efficacement, sans pudibonderie ou fausse pudeur, et surtout avec quelque chance de ne pas se ramasser un rateau. C'est ainsi qu'il se ridicularisa au moins à trois reprises avec des jeunes filles qui avaient répondu à son attention et qui étaient, semble-t-il toutes prêtes à poursuivre une relation à peine commencée. L'une avait même changé inopinément de séance de travaux dirigés pour se mettre à côté de lui, et lui n'avait pas réagi ! La seconde superbe blonde diaphane l'avait invité dans son studio boulevard Saint Germain, et il ne s'était rien passé entre eux, Antoine n'ayant pas eu le geste qui devait declencher les « hostilités ». La troisième s'était debrouillée pour s'inscrire au cycle de conférences et de réunions auquel participait Antoine et qui l'avait vu débarquer en lui demandant ce qu'elle faisait là... le benêt !
Décidement, il était nul ! Il passa le reste de l'année universitaire à se demander comment se sortir de cette impasse. Pour le reste, tout se passait bien, et la premiere année universitaire se termina avec succés dans tous les domaines. Il partit serein en vacances oubliant la vie parisienne.

******

Le début de la deuxième année universitaire fut beaucoup plus serein, Antoine avait trouvé ses automatismes, son stress avait disparu, et il pensa à ce que lui avait dit son professeur de philo : tout le monde pouvait avec un minimum d'effort reussir le premier cycle universitaire. Il décida de consacrer plus de temps à l'histoire de l'Art où la gens feminine était plus nombreuse, avec la ferme intention

de surmonter ses blocages en matière de seduction. Il était revenu en pleine forme de ses vacances, et sa gueule halée faisait ressortir ses yeux. Il attira même l'attention interessée du seul homosexuel de son groupe de travail en archéologie romaine à l'institut d'histoire de l'art.
La vie ludique d'étudiant reprit au sein du foyer qui avait hébergé Antoine l'année précédente. Il avait retrouvé son compagnon de chambre, ils avaient échangé leurs souvenirs de vacances, repris leurs marques respectives. Ils étaient aussi dissemblables que l'on pouvait l'être, et pourtant leur cohabitation s'était bien passée au cours de l'année précédente, c'était probablement pour cela que la « Générale » qui dirigeait le foyer et régnait sur la bande des quelques quatre vingt garnements, avait joué dans la facilité et les avait remis ensemble, préférant garder son temps et son énergie à solutionner les cas plus difficiles.

******

Cet après-midi là, Antoine ne fit rien, bien qu'installé à sa table de travail, il était, en pensée, totalement absent de la pièce où il se trouvait. Il regarda discrètement son ami qui paraissait absorbé dans un manuel juridique... Au fond, lui aussi était-il peut-être absent de cette chambre où tous les deux cohabitaient depuis quelques mois. Par malice, Antoine poussa du coude un des livres qui se trouvaient sur son bureau. Le livre tomba sur le sol, bien à plat, et fit l'effet d'une bombe dans cette pièce où le recueillement et l'étude semblaient imprégner l'atmosphère. Son ami sursauta violemment sur sa chaise, regarda Antoine d'un air effaré sinon interloqué, et sans rien dire se leva, s'ébroua et alla silencieusement à la fenêtre les mains dans les poches. Debout, regardant le ciel, il prononça ses premiers mots depuis le début de l'après-midi :

« Dire qu'on est enfermé ici et que l'on pourrait être entrain de chasser, de respirer l'air pur. »
Antoine qui avait probablement sorti son camarade de ses rêves ne repondit pas, le laissant en sortir dans un monologue qui n'appelait pas de réponse de sa part. Peu après, tous les deux descendirent dîner en devisant de choses et d'autrès, rejoignant l'animation bruyante des autrès étudiants qui se défoulaient d'une journée supposée être studieuse, et qui l'était très probablement pour la plupart d'entre eux.
En général, chacun reprenait sa liberté le soir, avec pour mission de ne pas réveiller ou déranger l'autre quand il rentrait. Antoine, quand il ne sortait pas et ne voulait pas travailler, allait souvent chez son ami Guibert qui avait le privilège d'occuper une chambre seul dans le meême foyer sur le même palier, son compagnon ayant declaré forfait après quinze jours de vie commune. Il est vrai qu'à sa décharge celui-ci n'avait pas supporté l'Art du thé que pratiquait Guibert à longueur de journée quand il n'était pas aux Langues'O pour pratiquer l'Arabe sous toutes ses formes. Il s'était passionné pour cette langue après un voyage en Egypte et au Yemen, et avait decidé d'en explorer toutes les variantes. C'était, en fait, un faux dillétante dans sa connaissance de cette langue tout autant que dans la pratique de l'Art du thé. Mais Guibert avait decidé de prendre son temps et de ne pas vivre à une autre allure que celle qu'il voulait bien s'imposer. Il accueillait Antoine qui s'était ainsi initié à la cérémonie du thé. Antoine avait très vite compris pourquoi l'autre pensionnaire avait déclaré forfait. C'était, il est vrai, un scientifique remuant et rigolard, qui ne pouvait apprecier cette odeur de thé froid dont les murs s'étaient imprégnés progressivement. Guibert avait du reste, avec courtoisie et delicatesse, poussé dehors ce compagnon qui ne pouvait goûter les joies du silence et du recueillement qui accompagnait la cérémonie du thé. Guibert était en 1967 en avance

sur son temps, mais il n'utilisa jamais par la suite cet avantage que pour lui-même. Il eut été indécent, pour lui, de mettre au service de l'économie ses compétences linguistiques tout-à-fait certaines dans un monde qui s'ouvrait à la péninsule arabique, et non moins indécent de faire commerce de son savoir-faire en matiere de thé. Antoine, bien des années après, apprit que son ami tenait une librairie dans une ville moyenne du sud de la France, et se surprit à ce moment à penser que si lui, qui avait un handicap certain dans la pratique des langues vivantes, avait eu les aptitudes de son ami en la matière, il aurait probablement mieux exploité celles-ci, mais c'était ainsi !

En attendant Antoine avait, de ces soirées, apprit une foule de choses parfaitement inutiles à notre monde moderne et dont la gratuité même leur donnait de la valeur.Il en était ainsi des dessous de telle ou telle affaire déjà ancienne, des activités jugées glauques de tel ou tel personnage, de la philosophie qui se dégageait de tel ou tel poème persan,de l'existence d'une petite cour intérieure délicieuse derrière un porche de la rue de Seine dans laquelle on pouvait, assis sur un banc qui n'était pas public, respirer le calme et la serenité d'un petit coin de province.

De temps à autre, lorsqu'Antoine voulait échapper à la monotonie d'une soirée d'études ou à un vis-à-vis avec son camarade de chambrée, il retrouvait son ami étudiant en histoire comme lui à la Sorbonne. Ils allaient écouter un orateur dans des réunions politiques, en prenant soin de ne pas arriver trop tôt afin d'échapper à la première partie du meeting quand les seconds couteaux fourbissaient leurs armes et essayaient de chauffer la salle à coup de tirades enflammées et creuses, qui tombaient souvent à plat au milieu de quelques applaudissements polis.Puis selon l'heure et suivant un rite quasi sacré, ils allaient boire un chocolat dans un troquet dont son ami prétendait qu'il était le meilleur de Paris.

Antoine faisait du prosélytisme pour le parti de l'extrême centre qu'avait créé le couturier Jacques Heim. Antoine trouvait toujours très drôle l'effet que produisaient sur ceux qui, au début au moins de son discours, prenaient au premier degré ses propos décalés volontairement abscons, reprenant les propositions de Ferdinand Lop, qui avait preconisé le relèvement de la terre pour faciliter le travail des paysans, l'allongement du boulevard Saint-Michel jusqu'à la mer, et la suppression du wagon de queue dans le métro pour éviter l'humiliation de ceux qui y montent.

******

Ce foyer était une sorte de microcosme où chaque individu avait à la fois une vie propre et collective, des occupations personnelles, et des études diversifiées. Comme il n'y avait pas encore de rivalité professionnelle, le critère de sociabilité était l'empathie qui se dégageait ou non de chacun, et son desir de s'ouvrir aux autrès. Chaque étage du foyer, compte tenu de la proximité des chambres, constituait un sous ensemble regroupant un certain nombre d'etudiants, qui n'hésitaient pas àretrouver dans leur moment de détente une fraîcheur estudiantine qui les conduisait à des canulars et des manifestations farfelues et passagères. L'étage devenait alors bruyant, les éclats de voix, les galopades, les éclats de rire faisaient sortir de leurs chambres ceux qui n'étaient pas à l'origine du désordre initial et qui, soit protestaient mollement avant de retourner dans leur tanière, soit s'associaient à l'émulsion estudiantine dont le point final consistait à propager cette effervescence dans un autre étage. En général, la sonnerie annonçant le dîner mettait fin à cette effervescence, et la cohorte des « insurgés » dévalait bruyamment les escaliers, bousculant au passage les quelques rêveurs qui avaient réussi à rester dans leur bulle. La « Générale » ne manquait de venir alors rappeler que le côté « boute-en-train » de certains ne devait pas perturber l'ambiance studieuse générale. Les étudiants et pensionnaires savaient, au ton avec lequel ce rappel était fait, si les bornes avaient été franchies ou non. Il est vrai qu'elle en avait vu défiler des générations d'étudiants. Elle se laissait aller, de temps en temps, à rappeler que tel ou tel ministre actuel, ou grand leader politique actuel, avait été son pensionnaire, que le foyer était un vivier de l'intelligence française, ajoutant qu'il fallait que ses pensionnaires actuels fassent honneur à leurs illustrès prédécesseurs. Elle était au demeurant, et sous des abords qui se voulaient refrigerants et froids sinon hautains, profondément attachée à sa bande d'étudiants. Elle ne se fâchait réellement que lorsque les canulars prenaient une ampleur qui n'était plus tolérable à ses yeux, ou qui portaient atteinte à tel ou tel de ses ouailles.

Combien de fois avaient été livrés au foyer des meubles non commandés ? Combien de fois des cars de touristes s'étaient arrêtés devant le foyer pour visiter des statues qui n'existaient pas ? Combien de fois avait-elle reçu la visite du commissaire de police voisin qui soupçonnait les étudiants du foyer de déverser du liquide vaisselle dans la fontaine Saint-Sulpice chaque fois qu'ils allaient chez Georges, rue Cassette, se réapprovisionner le soir ?

Elle avait beaucoup plus énergiquement protesté quand les étudiants avaient barré la voie publique, devant le foyer, en organisant un banquet, après avoir demenagé sur le macadam tout le mobilier de leur salle à manger, à la stupéfaction des passants et quelques temps après de celle de la Maréchaussée appelée par les automobilistes bloqués par cette utilisation intempestive du domaine public.

******

En ce debut d'année universitaire, la vie estudiantine avait repris ses droits imposant ses horaires, ses contraintes, et son rythme de travail à tous les étudiants qui, même s'ils ne voulaient pas toujours en convenir ou le montrer, travaillaient pour la plupart intensément. Antoine n'échappait pas à la règle, ne serait-ce que pour suivre à la fois les travaux dits « dirigés » à la Sorbonne, à la faculté d'Assas, et à l'institut d'histoire de l'art, et aux cours de monsieur Mirambelle aux Langues'O. Cet emploi du temps chargé lui permettait néammoins de jouir de cette vie ludique d'étudiant parisien pour qui voulait s'en donner la peine, le tout était d'en appréhender les codes d'accès. L'automne s'écoula avec une rapidité foudroyante et Antoine ne vit pas venir les vacances de Noël. Certes il n'avait pas dépéri. Il avait rencontré des gens sympathiques, et définitivement exclu de son emploi du temps les invitations parisiennes des oncles et tantes qui avaient enfin compris que les neveux et nièces provinciaux « montés » à Paris, pouvaient avoir une vie propre et sevrée de liens familiaux, dont ils pouvaient se passer dés les premiers mois. L'ami avec qui il partagea sa chambre, l'avait invité chez lui du côté de Provins, à de grandes chasses sur les terres betteravieres familiales. Grâce à lui, Antoine avait découvert un monde qu'il ne connaissait pas. Il y avait bien dans la proprieté familiale une réserve de chasse, mais il n'y avait aucune tradition de chasse dans sa famille, ce qui permettait aux metayers et fermiers du coin d'abattre en une matinée, le jour de l'ouverture, les quelques faisans et lapins qu'ils avaient repérés tout le reste de l'année. Il ne restait plus alors que des merles et des corbeaux pour les chasseurs occasionnels des dimanches suivants. Il restait les champignons si l'automne était pluvieux et déjà pas trop rigoureux.
Grâce a son ami, Antoine avait découvert les tableaux de chasse impressionnants, les festivités souvent somptueuses qui suivaient, en fin d'après-midi, où se retrouvaient les chasseurs et leurs compagnes

qui le regardaient comme l'huron débarqué à la cour de Louis XV. Il avait pu remarquer l'intérêt souriant d'une ou deux Dianes chasseresses à son égard. Questionné discrètement, son ami lui avait dit qu'« il n'y avait que le train qui n'était pas passé dessus » et qu'il n'était pas très sûr de l'authenticité du pedigree des belles qui avaient fait leur apparition au bras de chasseurs qui n'étaient pas dans le premier cercle de ses parents… comprenne qui voudra ! Dans ces conditions, avait pensé Antoine, « ce n'est pas avec ma volkswagen pourrie que je ferai longtemps illusion et, degagé de toute illusion et de toute tentative de séduction, il s'était, pour voir leur réaction, surpris à leur rendre un sourire amusé, et s'était étonné d'avoir eu un retour dont il se dit qu'il pouvait être engageant. Son éducation se poursuivait !

Chapitre 2
UNE VIE INUTILE

Antoine passait assez souvent dans l'appartement familial situé non loin du foyer pour y déposer ou y reprendre des affaires qu'il ne voulait pas laisser dans sa chambre et constater, à la demande de ses parents que sa vielle tante secularisée vivait toujours, recluse et prostrée dans un silence auquel elle n'était plus au demeurant tenue. En la voyant trottiner dans le couloir de l'appartement, il ne pouvait s'empêcher de songer à l'inanité d'une telle vie. Jeune fille en fleurs provinciale, elle était rentrée par désespoir d'amour au carmel de Riom es Montagne au moment de la première guerre mondiale, et n'en était sortie qu'à la fin des années cinquante, n'ayant jamais connu une autre vie sociale que celle du monastère.Elle n'avait jamais qu'entendu parler de l'évolution du monde, elle avait ainsi découvert à sa sortie le téléphone, la voiture ; aucun événement du monde depuis quarante ans ne l'avait marqué, ni inspiré ; elle ne s'était jamais confrontée à la nature humaine dans ses aspects les plus divers y compris les plus conflictuels. Quand sa famille l'avait recupérée, elle débarquait dans un monde qu'elle ne connaissait pas, telle une pygmée découvrant une civilisation inconnue. Logée par le père d'Antoine, elle trouva un job inutile et sans valeur ajoutée dans un service administratif d'une fédération professionnelle que dirigeait un autre de ses beaux-frères. C'est ainsi qu'elle vécut les dix dernières années de sa vie. Elle eut le bon goût de mourir juste avant de prendre une retraite non méritée, ses fonctions qui n'avaient jamais été opérationnelles furent supprimées, et l'appartement où elle habitait comme un bernard l'hermite fut rénové. Sa disparition ne porta préjudice à personne, sans succession, sans enfants, elle s'en alla subrepticement dans l'indifférence générale, y compris de celle du carmel qui l'avait hebergé durant des années.

Chapitre 3
L'APPORT DE LA RUSSIE BLANCHE...

Comme tout le monde, Antoine regardait distraitement les devantures des magasins. Il avait remarqué sur le trajet qui reliait le foyer à l'appartement familial, un magasin hybride dans lequel se côtoyaient les objets les plus divers, qui allaient des babioles que l'on pose sur les guéridons dans les appartements bourgeois, aux vêtements féminins « bon chic, bon genre », style VIIe arrondissement. Le décor se voulait être intimiste, et attirant pour une certaine clientèle. Il défiait toutes les règles de marketing qui avaient en général pour ambition d'attirer le « chaland féminin » de passage qui rentrait dans les magasins pour fureter la bonne affaire à la mode et succomber à un achat d'impulsion.
Il n'y avait du reste aucune vendeuse désœuvrée à l'intérieur, mais une jolie femme, la plupart du temps installée derrière un petit bureau Louis XVI en marqueterie, qui se donnait l'air de vaquer à ses occupations propres. La plupart du temps au téléphone, elle ne paraissait pas attendre le client, et les horaires d'ouverture du magasin étaient assez aleatoires, un petit mot sur la porte d'entrée signifiait à toutes fins utiles que celui-ci était très momentanément fermé.
Antoine, à force de passer devant la vitrine, se surprit un jour à saluer celle qui de l'intérieur croisa son regard et qui répondit très civilement à l'inclination de la tête accompagnée d'un léger sourire de celui qu'elle voyait passer régulièrement devant sa devanture.
« Il doit habiter le quartier ce jeune homme », se dit-elle en continuant à discourir au téléphone avec une de ses amies.
Les jours suivants, Antoine, par jeu, renouvela son geste en passant devant la vitrine, geste auquel répondit son interlocutrice d'un sourire de plus en plus amusé.Une certaine complicité naquit entre

eux. Elle se surprit même à guetter le passage de celui dont elle ne connaissait même pas le nom. De son coté, Antoine prit le soin de passer aux heures ouvrables, et n'hésitait pas à se trouver une obligation superfétatoire de se rendre à nouveau à l'appartement familial, quand il était passé devant la vitrine éteinte du magasin. Il avait pu progressivement dévisager cette femme à plusieurs reprises, quand elle discutait avec une des rares clientes qu'elle raccompagnait à la porte de la boutique. Elle était assez grande et élancée, avait de l'allure. Antoine se dit qu'elle devait avoir environ une quarantaine d'année, mais ce qui était le plus remarquable c'était son visage harmonieux et lumineux grace à des yeux bleus doux et expressifs à la fois. Il avait même pu remarquer une alliance et un solitaire de bonne taille sans que cela ne soit pour lui très redhibitoire, ni qu'il en tire une quelconque conclusion.
« Et alors, on fait quoi maintenant ? », se dit un jour Antoine, « tout cela est sympathique, mais il y a un moment où il faut avancer ou passer à autre chose ! ». Se disant cela, Antoine comprit qu'il était légèrement « accro », mais sans strategie. Toujours l'éternel problème ! Au fond, il était plutôt réactif qu'actif, et encore... quand il saisissait la balle au bond !
C'était à lui de faire le premier pas, il lui était facile de rentrer dans le magasin, de préférence en l'absence de tout autre client ou personne, et de saisir l'instant présent pour faire avancer le schmilblick ! Honnêtement, il ne pouvait compter sur le seul hasard pour créer l'évènement qui les ferait se rencontrer. Il aurait aimé qu'elle puisse faire d'elle-même un geste auquel il puisse s'accrocher, mais il ne voyait pas franchement lequel.
En attendant de se donner du courage et d'imaginer ce qu'il pourrait lui dire lorsqu'il se retrouverait en face d'elle, il prit le parti de se renseigner sur elle.C'est ainsi qu'un soir, il la suivit discrètement pour savoir où elle habitait. Son parcours le mena heureusement à

quelques encablures au pied d'un immeuble bourgeois, rue d'Assas.Tout ceci, pensa Antoine, facilite les choses. Il y vit une incitation à poursuivre ce qui était pour lui un jeu. Il revint au foyer pour consulter un bottin pour voir qui habitait à cette adresse. L'immeuble comportait visiblement peu d'appartements. Antoine se demanda comment il pourrait mieux identifier celle qui commençait à occuper son esprit, et descendit dîner avec les autres pensionnaires qui le trouvèrent guilleret.Ils mirent cela sur le compte d'un excès d'optimisme dont étaient saisis, par moment, les étudiants avant de retomber dans des périodes d'abattement studieuses, silencieuses et solitaires.

Ce soir-là, il ressortit et passa devant l'immeuble où habitait celle dont il ne connaissait pas encore le nom, en essayant de deviner l'étage où elle devait se trouver. Il se prit à imaginer quelle pouvait être son activité à ce moment précis. Si seulement elle pouvait apparaître à une fenêtre ! Deux personnes passèrent à côté de lui et tournèrent leurs regards vers où le sien semblait se diriger, puis, ne voyant que des façades d'immeubles inégalement éclairées, reportèrent sur lui une attention interrogative.

Antoine rentra se coucher en fixant intensément son esprit sur la vision qu'il avait de cette femme comme il le faisait chaque fois qu'il allait passer devant la vitrine de la boutique.

Quelques temps auparavant, Il avait accompagné un de ses amis passionné de parapsychologie chez une femme qui se disait medium. Très curieusement, cette rencontre avait été dérangeante pour elle et pour lui. Cette femme lui avait dit quasi immédiatement qu'il avait des dispositions paranormales, et que se dégageaient de lui des ondes très pénétrantes à qui était receptif. Elle le fit parler et entreprit de lui donner des conseils pour développer ses talents insoupçonnés, et ce, à la stupéfaction de son ami interloqué et transformé en spectateur d'une rencontre improbable entre deux

personnes qui n'avaient aucune raison de se rencontrer s'il n'avait pas été là. Cette femme lui avait notamment décrit comment, à la manière des marabouts, on pouvait en pensant très fortement à quelqu'un, à partir d'un objet de la realité, d'un contact quelconque, entrer en télépathie avec cette personne. Pour cela avait-elle ajouté, il fallait s'entraîner et cultiver un don qu'il possédait manifestement. Antoine avait, dans un premier temps, fait preuve d'un certain scepticisme, puis s'était remémoré qu'il avait eu souvent une intuition qui lui permettait d'avoir la prescience de ce qui allait arriver, de connaître, dès la sonnerie du téléphone, quelle était la personne qui appelait. En amphi, quand il fixait son regard sur la nuque d'une étudiante, il savait qu'elle allait se retourner, et plus il s'amusait à ce qui n'était qu'un jeu, plus il découvrait l'efficacité de la démarche. Il trouvait cela très drôle et sans danger.
En la circonstance, il avait pu constater que chaque fois qu'il pensait à cette femme en arrivant à la hauteur du magasin, il croisait son regard qui répondait désormais à son leger salut souriant. Il ne pouvait supposer que cette femme passait son temps à regarder les passants dans la rue, donc la teélépathie évoquée par la medium marchait.

******

Antoine fit la connaissance, dans son « TD » de droit, d'un groupe d'étudiants composé de deux garçons et d'une jeune fille avec qui il partagea rapidement un certain nombre d'affinités, échangeant les cours et les travaux dirigés dans une économie d'efforts bien comprise. Une fin d'après-midi après avoir subi un cours d'histoire du droit soporifique, la jeune fille proposa au groupe de venir prendre un pot chez elle plutôt qu'au café qui faisait l'angle de la rue Vavin et de la rue d'Assas où, comme d'autrès, ils avaient pris l'habitude de s'installer.

« Moi, j'habite encore chez mes parents, dit-elle, vous avez de la chance, ils habitent à trois cent mètres d'ici et ne seront à cette heure pas là, donc vous pourrez vous lâcher !

C'est ainsi qu'Antoine se retrouva au pied de l'immeuble où habitait celle qu'il avait suivi au sortir de sa boutique. Il trouva cela drôle et étrange à la fois, le monde était décidement très petit. Il ne restait plus qu'à voir si le hasard irait jusqu'au bout de sa logique.

Le groupe pénétra joyeusement dans un appartement très parisien, s'installèrent dans le salon sur les canapés confortables répartis autour d'une table basse sur laquelle étaient disposés dans un désordre organisé le dernier catalogue de l'exposition à voir, deux ou trois bibelots qui ressemblaient étrangement à ceux qui étaient dans la vitrine de la boutique de la « dame », et un bouquet de roses légèrement fanées. La jeune fille revint de la cuisine avec de quoi boire et se restaurer. La discussion devint animée et ne fut interrompue, au bout de quelques temps, que par l'irruption dans la porte entrebâillée d'un visage qu'Antoine reconnut instantanément avec un choc qu'il essaya de dissimuler le plus possible. Le hasard avait été jusqu'au bout de sa logique !

La mère de la jeune fille se décida à entrer et les quatres jeunes gens se levèrent pour la saluer.

« Bonjour, dit-elle, je ne veux pas interrompre une réunion aussi animée et vous deranger, continuez. Simplement, dit-elle à sa fille, nous ne dînerons pas là ce soir, donc vous avez quartier libre et vous pouvez rester dîner avec les restes qu'il y a dans le frigo, si vous le voulez. »

Antoine était à contre-jour, et elle ne put le dévisager au premier instant, mais son regard vacilla un instant lorsqu'elle arriva à sa hauteur, puis se transforma en sourire amusé qu'elle ne parvint pas à rendre aussi anodin qu'elle le voulut.

« Je suis ravie de vous connaître, dit-elle, ma fille m'avait déjà beaucoup parlé de vous, mais je suis heureuse de mettre un nom sur un visage ! A bientot tout le monde ! », dit-elle en s'esquivant, après avoir jeté un coup d'œil oblique à Antoine qui était resté sans réaction tout au long de cette irruption.

La soirée se termina dans la cuisine et les trois jeunes gens partirent avant que les parents de la jeune fille n'aient le bon goût de revenir. Antoine, sur le trottoir, quitta ses deux amis et revint se coucher dans l'appartement familial, le foyer étant déjà fermé à cette heure tardive. Avant de s'endormir, il eut juste le temps de penser que cette journée avait été très positive avant de tomber dans les bras de Morphée. C'était à peine croyable, grâce à sa fille, il connaissait le nom de cette femme, il était allé chez elle, il avait un sujet de discussion anodin quand il pénétrerait dans la boutique dés demain.

******

Le lendemain, Antoine revint au foyer s'installer à la table du petit déjeuner au milieu des autrès pensionnaires du foyer, et à coté de l'ami avec lequel il partageait sa chambre, ami qui ne lui posa aucune question sur son absence nocturne. C'était du reste une tradition dans ce foyer : personne ne posait de question sur la vie personnelle de chacun, et ses apartées. La « Générale » ne se sentait que très peu responsable de la vie de patachon que certains pouvaient mener, pour autant qu'ils montrent signe de vie reguliérement… quitte à se renseigner par la bande auprès de ceux qui en étaient proches.

Il partit suivre deux cours à la Sorbonne en compagnie de son ami qui suivait les mêmes études, et prétexta une obligation familiale, dont ne fut pas dupe son ami, pour s'eclipser dès la fin des cours. Il traversa à grands pas le « Luco » sans un œil pour celles et ceux qui se chauffaient au soleil déclinant. Il fit un détour pour se présenter dans le bon sens devant la boutique, non sans avoir mis en pratique ce que lui avait recommandé la medium quelques temps auparavant. La boutique était eclairée. Il s'arrêta devant et regarda celle qui lui renvoyait son regard avec un sourire amusé. Elle lui fit discrètement signe d'entrer, ce qu'il fit sans hésiter après un regard furtif de part et d'autre de la devanture.

« Alors, on se connaît mieux ! », dit-elle en souriant. « Dites-moi simplement, est-ce le hasard ou un coup monté ? ».

« Je puis vous assurer que c'est le hasard, car une heure avant de vous rencontrer, je ne connaissais pas votre nom, répondit Antoine, et j'étais à cent lieux de me douter que vous étiez la mère de Caroline. Pour être honnête, je savais simplement où vous habitiez pour vous avoir suivi l'autre soir ».

« Je sais, je vous avais vu, et c'est pour cela que je suis rentrée lentement, et, directement chez moi sans faire de courses. La famille, en maugréant, n'a eu droit qu'à un cassoulet en boîte, ce qui m'a valu des critiques ironiques sur mon activité excessive. »

« Je suis désolée, reprit Antoine en souriant. Il se dit en son fort intérieur qu'il avait intérêt, sauf à être une fois de plus ridicule, à répondre à cet aveu d'intérêt de la part de celle qui était devant lui, souriante et amusée par l'embarras dans lequel elle l'avait plongé.

« Ma boutique vous plaît ? dit-elle avec un bon sourire, il y a un objet qui vous attire ? J'ai bien une ou deux cravates qui traînent dans un coin, qui pourraient faire un cadeau pour votre père ou une écharpe pour votre mère… mais ne les connaissant pas, je ne voudrais pas être mauvaise conseillère ». Elle s'était rapprochée comme pour l'inviter à sortir de son silence.

« Non, reprit-il, votre boutique est sympa, mais je suis plus attiré par la nature humaine que par les objets ». Et, avec un courage qu'il ne pensait pas avoir, il plongea ses yeux dans ceux de son interlocutrice. « Eh bien, voila qui est une déclaration, jeune homme, vous avez du toupet, et en plus vous êtes un ami de ma fille ! »
Antoine répliqua, de façon embarrassée, que cela n'avait rien à voir et que l'amitié estudiantine n'était pas en cause.
« Vous êtes une très jolie femme, séduisante, attirante. Plus je passe devant votre boutique, plus je pense à vous, plus vous m'attirez, plus... »
Elle l'interrompit : « arrêtez, vous me gênez, vous êtes très gentil, très jeune ; et je suis mariée et beaucoup plus âgée que vous ! ».
« Non, je n'arrête pas. Si je ne vous dis pas tout cela maintenant, nous passerons à côté de nous même. » En son fort intérieur, Antoine trouva que la formule était bien trouvée, et s'étonna de son propre courage.
Leur tête-à-tête fut interrompu par l'entrée d'une femme qui venait s'enquérir du prix d'une babiole exposée en vitrine. Au fond, pensa Antoine, elle entre au bon moment : ce qui devait être dit l'a été, et la belle ne l'avait pas traité de tous les noms, elle ne l'avait pas mis à la porte. Bien au contraire, elle l'avait raccompagné à la porte en disant à haute et intelligible voix.
« Réflechissez, cher monsieur, et n'hésitez surtout pas à revenir, je serais heureuse de pouvoir trouver quelque chose qui vous plaira. Elle esquissa, dans le dos de la cliente qui venait d'entrer, un sourire à la fois amusé et presque complice.
Antoine se retrouva sur le trottoir, abasourdi par la scène irréelle à laquelle il venait de participer, par sa propre audace, et par l'écho produit. Jamais il n'aurait pu imaginer un tel scénario : tout cela s'était enchaîné de façon limpide et naturelle, avec une invitation à

revenir en deuxième semaine sauf si, dans sa naïveté, il s'était encore trompé sur la nature feminine.
Il rentra en pleine forme au foyer dans la chambre où travaillait silencieusement son ami. Il lui declara, en le bourrant de coups amicaux, que la vie était belle et qu'elle valait mieux que la lecture du code civil. Après une brève lutte pour rire, ils décidèrent d'aller perturber leurs voisins avant que ceux-ci, alertés par le bruit et leurs éclats de voix, ne fassent irruption dans leur chambre.Ils savaient par expérience qu'il valait mieux que les moments de détente se passent sur des terrains tiers.

******

La jeune femme, elle aussi, avait été « tourneboulée » par l'épisode de l'après-midi. Elle ne s'attendait pas à la tournure qu'avaient pris les événements, elle avait été dépassée et débordée par l'impétuosité insoupçonnée de celui dont elle connaissait encore uniquement le prénom. Elle avait gentiment expédié la cliente qui était entrée pour voir et non pour acheter et, s'était plongée ensuite dans une réflexion qui était pour le moins contrastée. D'un côté elle était secrètement satisfaite de ce qui venait de se passer, heureuse de considérer qu'elle pouvait encore séduire, qu'elle était encore désirable ; et, dans le même temps, pensant que ce que qui venait de se passer n'avait aucun sens. Le denommé Antoine avait l'âge de sa fille, elle ne connaissait rien de lui, elle était mariée... Certes, il y avait longtemps que ce n'était plus l'amour fou, mais les choses étaient installées dans un conscensus bourgeois et tranquille. Elle ne pouvait avoir dans cette aventure que désillusion et déception.
Ce faisant, elle se rendit compte qu'elle était en train d'envisager, tout en s'y refusant, d'aller plus loin dans le désir de voir où pouvait mener la rencontre du jour. Elle aurait dû renvoyer paître le jeune

Antoine, elle pouvait encore le faire ; mais, en son fort intérieur, elle ne s'y résignait pas. Après tout, cela pouvait être amusant, se dit-elle. Il n'y avait pas encore d'entaille au contrat, il ne fallait pas s'emballer. Le bel Antoine pourrait se lasser, et partir vers d'autrès aventures avant que l'irréparable ne survienne.
« Tu es folle, se dit-elle, tu es partie comme un P... sur une toile cirée ! Il est probable qu'il fait régulièrement ce genre de déclaration et toi, naïve, tu prends la balle au bond, et tu phantasmes déjà comme une gamine ! Un peu de serieux ma vieille...ressaisis-toi ! ».
Sur ce, elle ferma sa boutique et rentra chez elle, tout en regardant subrepticement s'il n'allait pas repasser !

******

Elle rentra chez elle donc plutôt cet après-midi-là, et se confronta à la personne qu'elle employait pour maintenir en état l'appartement et satisfaire aux œuvres menagères, ce que la situation financière de la famille permettait. La seule qualité de cette personne était, paraissait-il l'honnêteté, le reste laissait naturellement à désirer, mais il fallait s'y résoudre. La seule chose qui excédait réellement la maîtrèsse de maison, c'était cette façon qu'avait son employée de terminer un travail un quart d'heure avant son depart, et ce pour « rabioter » le dit quart d'heure qui serait naturellement payé, toute heure commencée étant due !
Ce jour-là, « Elle » décida de ne pas se laisser faire et posa sur la table de cuisine des plats en argent oxydés qui n'avaient pas servis depuis vingt ans, et demanda à son employée de les « faire » avant son départ. L'autre la regarda avec incompréhension, n'osa pas protester, et s'attela à la tache en maugréant. Puis, à l'heure dite, s'eclipsa sans un mot.

La mère de Caroline était installée dans son salon et réfléchissait à la suite des événements quand sa fille apparût. Celle-ci se pencha pour embrasser sa mère et lui demander si sa journée avait été intéressante.

« Tout à fait », s'entendit-elle répondre d'une voix anjouée.

« Et toi, qu'as-tu fait ? Ca se passe bien à Assas ? Tes cours sont intéressants ? Tes amis vont bien ? Je connaissais tes deux amis qui étaient déjà venus plusieurs fois, mais pas l'autre... Qui est-il ? Je n'ai même pas retenu son nom. Comment s'appelle-t-il ? »

« Antoine D... », répondit sa fille.

« Que fait il ? », reprit sa mère sur un ton qui se voulait neutre et presque indifférent. « Il a l'air sympathique ».

Sa fille lui jeta un regard surpris. Elle demanda si elle devait fournir une fiche préalable pour tous les amis qu'elle amenait à la maison, et ajouta : « il est très gentil, il est dans le foyer d'étudiants rue Madame à côté. Il étudie à la Sorbonne en histoire et à l'Institut d'Histoire de l'Art à l'Observatoire ; et nous sommes dans le même TD à Assas. Il ne se la joue pas, c'est l'essentiel ! ».

Sa mère n'insista pas et parla d'autre chose avec son mari qui venait d'arriver. Celui-ci l'embrassa chastement et furtivement sur la bouche. Dans un scenario qui se répétait quotidiennement depuis vingt ans, il s'installa dans le canapé en vis-à-vis de son épouse. Il commença à feuilleter le magazine qu'il avait rapporté, en commentant telle ou telle information qu'il pensait utile de communiquer à sa femme. Il la questionnait distraitement sans attendre une réponse de sa part sur son activité de la journée. Il demandait où était sa fille, et finissait par demander ce qu'il y avait pour dîner. Elle était habituée à ce cérémonial, et ne répondait en général qu'à la dernière question, pour ajouter que tout était prêt. Ce soir-là, elle se surprit à penser que tout cela était franchement suranné. Dans vingt ans, le cérémonial serait-t-il toujours le même ?

Elle prit subitement conscience de l'inanité de ce qu'était devenueune vie routiniere sans autre relief que des dîners mondains et un ou deux voyages annuels et conventionnels avec son époux. Finalement le seul événement notable depuis quelques temps était ce qui s'était passé cet après-midi… c'était un comble !
Le dénommé Antoine avait brusquement déboulé dans son existence et elle en était déjà à remettre en cause sa vie actuelle. Au fond, se dit-elle, « même si cela ne va pas plus loin, cet électrochoc a du bon ». Plus inconsciemment, elle en rendit grâce à Antoine.
« Tu es bien pensive aujourd'hui », déclara son mari. « On va dîner ? », poursuivit-il en se levant de son canapé. « J'appelle Caroline ? Elle est là ce soir ? ».
Elle se leva très satisfaite des pensées qu'elle venait d'avoir, et rejoignit la vie réelle et sa platitude quotidienne.

******

Antoine laissa intentionnellement passer quelques jours avant de repasser devant la boutique, essayant d'imaginer ce que pouvait être la suite, et, plus simplement, comment donner une suite à ce qui avait été un moment étonnant et inédit à ses yeux. Comment, sans se rendre ridicule, poursuivre une relation qui n'en n'était qu'à ses prémices. Il ne pouvait, ni ne voulait, avoir le conseil de son copain de chambre considérant que c'était son domaine réservé.
A force de retourner ce qui n'était pas au demeurant un problème existentiel, il pensa qu'une seule personne pouvait en l'occurrence lui être de bon conseil : la vieille dame à laquelle lui et son copain rendaient visite dans le cadre des « Petits frères des pauvres ».
Cette vieille dame habitait seule dans un modeste et vétuste appartement du quartier qu'elle ne le quittait pratiquement plus. Elle vivait au milieu d'icônes et de souvenirs russes qu'elle conservait pieusement en souvenir de sa famille émigrée après la révolution

« bolchévique », mot qu'elle prononçait avec un accent qui n'avait pas été altéré par ses années d'exil en France. Antoine et son copain, alternativement, lui rendaient visite, l'écoutaient raconter la vie sous Nicolas II. Eux lui livraient leurs péripéties estudiantines, et leurs commentaires sur les événements intervenus depuis leur dernière visite, puis s'éclipsaient prétextant un cours ou un travail urgent à rendre. La vieille dame n'était pas dupe, mais, somme toute, était ravie de ce va-et-vient qui créait de l'animation dans ce lieu désormais dévolu au silence et au passé.
Antoine se rendit chez la vieille dame, tourna autour du pot jusqu'à ce que celle-ci, avec son intuition féminine, lui demanda quelle était sa question, ajoutant qu'elle ne dirait rien à son copain, si le sujet devait rester confidentiel.
Antoine lui raconta par le menu son début d'aventure. La vieille dame l'écoutait avec une attention à la fois soutenue et souriante. Enfin, se dit-elle, il fend l'armure, et je pourrai peut-être lui être utile. Elle ne l'interrompit pas.
« Et alors, je fais quoi maintenant, dit-il. Vous avez vécu, vous, dites-moi comment continuer sans me prendre un rateau ! Donnez-moi l'avis et le conseil d'une femme. »
« Tu sais Antoine, je suis une vieille femme immigrée, et je ne connais pas les mœurs des Françaises d'aujourd'hui, mais ce que je peux te dire, c'est que jamais une femme ne refuse le compliment décerné par un jeune homme. Par contre, si elle s'est mis à découvert avec lui, elle lui en voudra de ne pas répondre à son attente, et dans ce cas-là le jeune homme ne reviendra jamais « en deuxième semaine », comme on dit à la télévision maintenant, dit-elle. Donc le ridicule n'est pas du côté de celui qui ose, et le « rateau », comme tu le dis Antoine, ira dans le nez de celui qui laisse passer un espoir déçu. Alors, sois correct, éduqué, poli, mais pas trop... c'est fatigant et sans intérêt pour une femme ! Mais n'hésite pas, ne tergiverse pas,

ne t'arrête pas en chemin, ajouta-t-elle, avec son accent russe qui avait pris de la vigueur. « Elle » n'attend que cela même si elle en est encore inconsciente, surprends-la ! N'aie pas de fausse pudeur, sois naturel, tu as la jeunesse pour toi. Il te sera toujours pardonné si tu agis ! Mais souviens toi d'une seule chose : ne sois pas impatient et égoïste. Cherche à faire plaisir et à donner du plaisir, le tien doit passer après. C'est à cette condition que tu marqueras les esprits. Maintenant que je t'ai dit cela, saches que ce n'est pas bien ce que tu vas faire... mais c'est tellement agréable, même si toute aventure de ce genre a une fin », dit-elle avec, dans les yeux et dans le sourire, un souvenir qu'elle garda pour elle.
« Ais-je repondu ? dit-elle avec un sourire bienveillant. « Maintenant, tu me dois des compte-rendus réguliers sur ce qui restera un secret entre nous : ce sera plus drôle que mes éternels souvenirs sur la Russie des Tsars et sur ma famille. »
Antoine embrassa la vieille dame et repartit en pensant que personne ne lui avait encore donné un conseil aussi précieux en la matière. La vieille dame, malheureusement, devait partir rejoindre ses ancêtres quelques temps après. Elle emporta avec elle les souvenirs d'une vie commencée dans l'opulence d'une des grandes familles princières russes, interrompue par la « révolution bolchévique », et achevée dans un dénuement qui n'avait pas altéré une bonne humeur et un optimisme permanent.

******

Elle attendit les jours suivants, d'abord avec espoir, puis avec impatience, puis avec une relative anxiété... le passage d'Antoine, retardant la fermeture de la boutique et se surprenant à passer à son tour devant le foyer d'étudiant où il logeait. Elle s'entendit même dire à sa fille qu'elle pouvait à nouveau réunir ses amis à

l'appartement si elle le voulait, n'osant pas demander des nouvelles d'Antoine.
Celui-ci se décida enfin à apparaitre un soir, en fin d'après-midi. Elle s'en voulut d'être soulagée, émoustillée et stressée à la fois. Après avoir regardé si personne n'était susceptible d'entrer en même temps que lui, il franchit le seuil en souriant, dissimulant sous sa parka un paquet non identifié.
« Bonjour Antoine, mon passant préferé m'a manqué ces derniers jours. Où étiez-vous passé ? », dit-elle sur le ton d'un léger reproche, très vite atténué par un grand sourire.
« Voici pour me faire pardonner », dit-il en sortant un bouquet de fleurs. « J'espère que vous les accepterez. Vous pouvez toujours dire que vous les avez achetées chez le fleuriste du boulevard Raspail ».
« Je suis très touchée, mais vous me gênez ! Je ne devrais pas, mais j'ai très envie de les accepter ». Et, après un rapide coup d'œil vers la vitrine pour s'assurer que personne ne les regardait, elle l'embrassa sur la joue, très légèrement, mais avec une émotion qui pénétra Antoine.
« Elles sont très belles », dit-elle en les mettant dans un vase requisitionné pour la circonstance sur une étagère dans la vitrine.
« Et maintenant, que faisons-nous jeune homme ? », poursuivit-elle en souriant, légèrement amusée. « Dans mon éducation bourgeoise, j'ai été habituée à ce que cela soit l'homme qui décide. »
Antoine se dit que, décidement, il avait encore bien des choses à apprendre de la nature feminine : il avait devant lui une femme superbe, mariée de surcroit, qui, sans autre forme de procès ou préliminaires, telle Phèdre devant Hypolyte, se rendait à lui, et lui demandait tout simplement de prendre la direction d'un jeu au départ simplement mutin, mais qui prenait des allures insoupçonnées. Il se rappela les propos de la vieille dame, et déclara tout de go :

« Vous êtes superbe et ravissante : je craque chaque fois que je vous regarde et que votre regard rencontre le mien. Je suis un pauvre étudiant libre comme l'air ou presque, et je suis prêt à sécher tous mes cours pour un moment passé avec vous ! ». S'entendant dire cela, il pensa qu'il forçait un peu le trait, mais pour lui c'était sans danger.
« Elle rosit légèrement et déclara : « Revers gagnant, jeune homme, je suis transpercée, mais ne pensez-vous pas que vous exagérez un tantinet ? Et puis, je vous l'ai déjà dit, je crois, vous parlez à une femme mariée, installée, qui a une famille, une fille que vous connaissez. Vous n'avez pas honte ! ».
« Vous avez le droit et même le devoir, dans ces conditions, de me dire de sortir de votre boutique », répondit-il en la regardant intensément avec un sourire aux lèvres. Elle ne répondit pas et alla éteindre les lumières de la boutique par un interrupteur situé dans l'arrière boutique. Et, dans l'obscurité du lieu, se planta devant Antoine.
« Alors jeune homme, au pied du mur ! », dit-elle avec un regard qui sollicitait un geste d'Antoine. « C'est le moment de transformer vos paroles en actes ! » Ils s'embrassèrent dans un premier temps doucement, puis de plus en plus intensément, prolongeant cet instant pour ne pas l'interrompre. Antoine s'aperçut qu'elle tremblait légèrement et que ses mains l'agrippaient fébrilement pour ne pas le lâcher. Dans une pensée schizophrénique, Antoine jouissait du moment présent, mais, dans le même temps, se disait qu'au fond c'était elle qui avait franchi le rubicon, même s'il l'avait accompagné fort heureusement dans cette démarche. Ce moment était superbe, fort et intense, il avait dans ses bras une femme qui l'embrassait avec tendresse et envie, il ne fallait pas la décevoir.
A bout de souffle, ils cessèrent de s'embrasser et restèrent les yeux dans les yeux. Antoine fondait littéralement dans son regard, et elle

n'évitait pas cette pénétration intime. Ils reprirent une étreinte qui ne devait plus rien à la civilité jusque là affichée. Ce fut elle qui interrompit ces instants qui restent toujours uniques dans l'esprit de chacun.
« Je suis désolée, dit-elle en souriant, j'ai un dîner ce soir, et il faut que je rentre. » Son visage était devenu lumineux et ses yeux essayaient de captiver ceux d'Antoine par une douceur et une expression qu'Antoine n'avait pas encore perçues.
« Vous repassez quand, cher monsieur ? », dit-elle, en reprenant le ton et l'allure de la femme grande et élégante qu'elle devait être dans la vie de tous les jours.
Antoine se lança, et lui proposa un rendez-vous anonyme sur le Pont des Arts, en fin d'après-midi, le lendemain. Elle pourrait le reconnaître, il aurait une moustache verte et une echarpe rouge ! Il l'attendrait, dit-il jusqu'à l'aube. Elle aquiesça d'un sourire et conclut en l'embrassant joyeusement.
« Bonne soirée, jeune homme, faites de beaux rêves ! »
Antoine sortit de la boutique, et s'enfonça guilleret dans la nuit pour rejoindre son foyer, sidéré par sa propre audace autant que par la réaction qu'elle avait provoquée. Il se surprit à penser qu'au fond, les femmes ça n'était pas aussi compliqué pour autant que l'on fasse abstraction d'une timidité bloquante. Mais voilà, le naturel en la circonstance était un art difficile !

******

Elle rentra chez elle, en pensant à la chance d'habiter à proximité, dans un quartier « secure », et somme toute très agreable. Elle était aussi quelque peu décontenancée par l'épisode qui venait de se passer, trouvant celui-ci à la fois drôle et inédit. Elle redoutait déjà de s'accrocher à une aventure naissante qui pouvait destabiliser sa vie installée sinon routinière, tout en étant, au fond, heureuse de se prouver qu'elle pouvait encore séduire un jeune homme comme Antoine. Elle eut une pensée pour son amie d'enfance qu'elle avait rabrouée lorsque celle-ci lui avait fait la confidence d'une aventure extraconjugale, et se dit alors qu'elle devait être plus indulgente à son égard.

Elle se prépara pour le dîner auquel elle devait participer avec son mari. Un dîner très mondain, très « corps constitués » destiné à alimenter le réseau des uns et des autres. Il est vrai que le mari en question n'était pas expert-comptable comme l'avait supposé Antoine à la lecture de l'annuaire, mais un haut fonctionnaire, distingué énarque, qui siégeait à la Cour des Comptes depuis des années après avoir fait partie de plusieurs gouvernements. Cela lui ayant fait progressivement perdre toute excentricité. Symbole de la pensée unique, il expliquait tout, froidement, méthodiquement ; l'analyse des faits était toujours structurée, les propositions de changements toujours plus ténues et sans innovation.

Le dîner fut à l'unisson des précédents, sans relief, civilisé, sans éclat, chacun parlant de soi directement ou indirectement, écoutant distraitement les autres, faisant état de rumeurs qui couraient déjà dans tout Paris, les femmes finissant par parler de leur progéniture et des vacances prochaines. Tout ce cérémonial apparu ce soir-là totalement suranné à la mère de Caroline. Elle découvrit qu'elle s'ennuyait et ne pensait plus qu'à son rendez-vous du lendemain. Elle était folle, mais au fond très contente d'avoir accepté ce rendez-vous fripon. La vie ne se situait pas dans ce salon « bon chic-bon genre » qui cristallisait des positions et des postures acquises et quasi immuables, à quelques évolutions et/ou promotions des uns et des autres près. Tout était était déjà inscrit dans le marbre pour les participants à ce type de dîner. Il n'y avait plus de place pour l'aventure, ni pour une respiration nouvelle et atypique. Tout au long

de la soirée, elle répondit machinalement aux propos de ses voisins qui évoquaient, à court de sujets de conversation, la dernière pièce de théâtre ou le dernier film, avant de dire qu'ils avaient déjà réservé des places pour l'été prochain au festival de la Roque d'Antheron pour les uns, de Salsbourg pour ceux qui se valorisaient à l'insu du plein gré de Richard Wagner. La fatuité de son voisin l'amena encore plus à apprécier le délicieux moment qu'elle avait passé deux heures plus tôt.
Heureusement, il y avait une règle non écrite dans ce genre de dîner : c'était qu'au motif « qu'il y avait école demain », les festivités s'arrêtaient à 23h30 permettant aux invités de s'éclipser en bon ordre… avant de commenter dans leurs voitures respectives les désastres de la chirurgie esthétique, l'ennui qui se dégageait de ce type de dîner, le vieillissement prematuré de tel ou tel, ou, en réalité, la mise au placard de celui qui prétendait avoir eu une promotion.
En se couchant, « Elle » se surprit à penser qu'Antoine, dans trente ans, pourrait être dans le même moule. Il avait raison de profiter de sa jeunesse, et elle le remerciait déjà de lui faire prendre conscience qu'il fallait vivre. Finalement, il était diabolique sans le savoir !

******

Chapitre 4
LE JOUEUR DE FLUTE...

La journée du lendemain passa rapidement pour l'un et l'autre. Pris par leurs occupations respectives, ils ne cessèrent néammoins de penser à leur rendez-vous. Antoine avait eu le temps de préparer à la ramasse les deux « TD » de la journée, séchant les cours qui n'étaient pas obligatoires. Elle avait dejeuné avec une amie qui l'avait trouvée très en forme, avant d'aller faire acte de présence dans sa boutique. Elle était ensuite rentrée tôt chez elle. La femme de ménage n'eut droit à aucune remarque particulière. Elle s'était enfermée dans son dressing pour choisir une tenue qui pourrait, en la circonstance, coller à l'événement. Elle s'amusa en pensant que ce genre de situation ne lui était pas arrivé depuis longtemps. Elle prit des lunettes teintées, et sortit subrepticement, se satisfaisant pour une fois du départ anticipé de la femme de ménage. Elle descendit par la rue de Tournon et la rue de Seine, en espérant ne pas rencontrer une connaissance qui l'empêcherait d'être en temps et en heure à ce rendez-vous insolite. Elle se dit aussi qu'elle n'avait pas à être en avance à ce rendez-vous, et ralentit à dessein son allure. Au fur et à mesure, elle sentait une sorte de fébrilité l'envahir et, dans le même temps, se trouvait ridicule.
Elle arriva à l'Institut, traversa le quai, gravit les quelques marches qui séparaient le Pont des Arts de la circulation, et commença à chercher du regard celui auquel elle ne cessait de penser depuis 24 heures. En ce mois de décembre, la fin d'après-midi avançait, le soleil tombait sur l'horizon et sur l'ouest de Paris, la pénombre envahissait progressivement la Seine et ses alentours. Les quelques badauds et touristes admiraient frileusement la vision superbe des berges de la Seine et celle du Louvre encore éclairé par les derniers rayons de ce soleil d'hiver. Elle ne put s'empêcher de penser que l'endroit était

très romantique, nous étions loin du dîner compassé de la veille. Quelqu'un lui tapa sur l'épaule en lui demandant si elle était toute seule. Elle s'apprêta à réagir de façon offusquée, quand elle reconnut celui qu'elle n'avait pas vu venir.Après un rapide coup d'œil, elle répondit avec un sourire chargé d'émotion amoureuse au regard d'Antoine. Et, dans l'anonymat que conféraient à la fois le jour déclinant et la vie parisienne, ils s'embrassèrent sans un mot à l'envie des quelques touristes qui passaient à proximité, puis s'accoudèrent serrés l'un contre l'autre pour voir le dernier rayon du soleil éclairer les tours de la Défense, jouissant de l'instant présent et n'osant l'interrompre. Antoine l'entraîna joyeusement par la main vers l'entrée de la Cour carrée du Louvre déjà éclairée. Sous la voûte menant aux Tuileries, le joueur de flûte égrénait un air mélancolique qui ajoutait au romantisme des lieux et de la situation.
« Tu la joues fort, dit-elle, combien de fois as-tu déjà fait le coup avec les preécédentes », ajouta-t-elle avec un sourire indulgent.
« Pour être honnête, je trouve cet endroit magique et ce soir tout particulierement. Je suis heureux de partager ce moment avec toi », dit-il en l'embrassant à nouveau, c'est un instant unique qui n'appartient et qui n'appartiendra qu'a nous. »
Bras-dessus, bras-dessous, ils se dirigèrent vers le flûtiste qui jouait sous le porche séparant la Cour carrée de l'esplanade des Tuileries. Celui-ci en voyait passer des couples qui le remerciaient du souvenir qu'il leur offrait par une discrète obole dans le chapeau disposé à ses pieds, mais à chacun, il adressait un remerciement complice. Le cadre était somptueux, et parfaitement anonyme. Arrivés devant la pyramide, ils s'embrassèrent encore accréditant la carte postale du Paris amoureux de Doisneau que les Japonais achetaient dans les boutiques pour touristes aux alentours. Ni l'un ni l'autre n'avait envie que ce moment s'arrête.

« Franchement, dit Antoine, jamais je n'aurai espéré me retrouver avec vous, chère madame, dans ces lieux. C'est super ! Irreel ! Dites-moi que je ne rêve pas… ». Il s'écarta, la faisant virevolter du bout des doigts. Elle avait un grand manteau ample, des bottes de cuir hautes qui dissimulaient un pantalon, de larges lunettes légèrement teintées qui n'arrivaient pas à cacher ses yeux clairs et expressifs, et une coupe de cheveux qui éclairait et donnait du relief à son visage. Elle était superbe et dégageait une allure certaine.
« Tu es superbe ! dit-il en la ramenant contre lui, et franchement, je ne comprends pas que tu sois là avec un pauvre étudiant comme moi ».
« Ca y est, il cherche des compliments ! », et elle répliqua « … et toi, pourquoi ? Que fais-tu là avec une vieille ! Toutes les petites étudiantes que tu croises à longueur de journées ne te suffisent-elles pas ? Ma fille te trouve sympa, elle me l'a dit », ajouta-t-elle, avec un sourire amusé.
« Peut-être, mais elle n'a pas la classe de sa mère, ni son regard », répondit Antoine en faisant une pirouette sur lui-même, pour échapper à la tournure que prenait la conversation. Il termina par une révérence et prit la main qui lui était tendue.
« Je n'ai jamais su faire un baise-main, c'est loupé, et puis de toutes manières, on ne fait jamais de baise-main à l'extérieur ! », dit-il.
Il a quand même de l'éducation le mec, il s'en tire bien, au moins momentanément, pensa-t-elle. « Embrasse-moi correctement », dit-elle dans un souffle et en le regardant de ses yeux qui avaient du, pensa Antoine, en faire fondre plus d'un.
« Il va falloir rentrer, dit-elle en reprenant son souffle, après une étreinte profonde et passionnée. Je ne suis pas libre moi ! J'ai charge de famille et puis franchement ce n'est pas bien, je culpabilise. »
« Il vaut mieux avoir des remords que des regrets, m'a souvent dit ma vieille dame russe », répliqua Antoine.

« C'est qui ? », dit-elle faussement soupçonneuse...
« Je lui... Nous lui devons d'être là, ensemble, mais tu ne risques rien, elle a quatre vingt cinq ans, et je ne suis pas gérontophile. » Sur ce, ils s'engagèrent sur le pont, serrés l'un contre l'autre pour ne pas donner prise au vent, sentant que ce moment allait s'interrompre. Après un dernier baiser, elle s'engouffra dans un taxi qui maraudait, le regarda par la lunette arrière et lui adressa un baiser furtif à l'insu du chauffeur de taxi qui, au demeurant, avait déjà tout imaginé. Antoine rentra à pieds, heureux de cet épisode, et se demandant déjà quelle pourrait être la suite. Il s'arrêta chez Georges, rue des Canettes, pour acheter une bouteille de Coca dont raffolait son camarade qui prétendait que cela lui donnait du tonus dans son travail. Il se promit d'apporter le lendemain quelques fleurs à la « Russie impériale » pour la remercier de ses conseils... il lui devait bien cela !

*****

Antoine s'aperçut rapidement que si, lui, était libre comme l'air, il n'en était pas de même pour celle qui occupait désormais trèslargement son esprit. Elle habitait le quartier, y était connue, et ne pouvait s'afficher avec quelqu'un d'autre que le mari légitime, sauf à ce qu'inévitablement un jour son aventure soit découverte. Antoine ne pouvait non plus l'amener dans la sphère étudiante où elle risquait de rencontrer sa fille. En ce début d'année 1968, la libération des moeurs n'était pas encore rentrée dans les esprits, et le cloisonnement des générations était un fait. Antoine était devenu fou amoureux de cette femme, mais n'osait pas la présenter à ses camarades et amis, craignant que la différence d'âge n'apparaisse de façon trop évidente, et ne gâche leur relation.

L'appartement familial d'Antoine était trop proche de la rue d'Assas et Antoine n'avait aucune confiance dans la vieille tante sécularisée qui, pensait-il devait être à son égard l'œil de Moscou familial. Certes elle se réfugiait au fond du couloir dans sa chambre, mais n'hésitait pas, avant, à jeter un coup d'œil ponctué d'un « bonjour Antoine », chaque fois que celui-ci débarquait dans les lieux. Il y avait aussi la concierge impotente qui, de son fauteuil roulant placé au coin de la fenêtre qui donnait sur la rue, surveillait à la fois les passants et ceux qui pénétraient dans l'immeuble. Antoine la trouvait désagréable, aigrie, et rance. Il avait trouvé la parade pour éviter qu'elle ne puisse voir et dévisager les personnes avec qui il rentrait dans l'immeuble. Il refermait subrepticement les volets extérieurs de la fenêtre, occultant ainsi la vue de la concierge qui, dés lors, vociférait et poussait des cris d'orfraie pour que quelqu'un vienne réouvrir les volets et la sortir de la pénombre aveugle où elle avait été momentanément plongée.
Cette manœuvre avait provoqué l'hilarité de la mère de Caroline lorsqu'elle était venue avec Antoine pour la première fois, aussi discrètement que possible, à l'appartement familial.
« Tu es un monstre, avait-elle dit en riant, cette pauvre femme est clouée sur sa chaise roulante... tu n'as pas honte ! »
« C'est une vieille bique revêche, et c'est le prix de ma, de notre, liberté et de notre discrétion, ajouta-t-il. Elle, elle protège sa vie privée en occultant de façon quasi permanente sa loge par des rideaux qui empêchent tout contact et toute vision dans l'entrée de l'immeuble : elle ne fait rien, et ne dit « bonjour » qu'à l'approche des étrennes. Elle n'a que ce qu'elle mérite : fermez le ban !, chère madame. »
La vieille tante sécularisée avait eu la bonne fortune de partir faire une retraite expiatoire durant quelques jours, laissant les lieux libres de toute inquisition malveillante.

L'appartement était bien placé, mais n'avait fait l'objet d'aucun aménagement particulier. Meublé à minima, et à la « va vite » par des meubles non utilisés dans les différentes demeures familiales. Il n'avait aucun charme, ni caractère : dès le départ, il avait été considéré comme un grand pied-à-terre. Il avait été occupé très rapidement, et heureusement, très partiellement comme il a été dit par cette vieille tante qui ne devait y rester que très provisoirement à la sortie de son carmel, avant de trouver un hébergement définitif. Le bernard l'hermite avait investi la coquille et avait fait fuir, dans l'attente de son départ, toute velléité d'aménagement de la part des parents d'Antoine. C'est ainsi que cet appartement qui aurait pu être agréable à vivre n'avait aucune âme, ni aucune homogénéité. Pour éviter de se coltiner sa belle-sœur et probablement son coup d'œil concierge, le père d'Antoine s'était même résolu à aller à l'hôtel chaque fois qu'il débarquait à Paris.

Antoine s'était approprié une chambre près de l'entrée, dans laquelle le mobilier était réduit à sa plus simple expression, soit un lit, un bureau, et une bonnetière sans style. Il avait la disposition d'une salle de douche aménagée dans une pièce donnant sur cour, la vieille tante ayant fait son affaire des sanitaires légitimes de l'appartement. En faisant rentrer la mère de Caroline, il prit conscience de la deshérance de ces lieux, et s'en excusa auprès d'elle, en lui racontant l'histoire du bernard l'hermite qui était rentré en religion par désespoir d'amour en 1914. Antoine ajouta qu'il avait toujours pensé que le plus dur étant déjà fait, elle aurait du rester dans son carmel et ne pas emmer... le monde et sa famille durant les quelques années qui lui restaient à vivre.

La mère de Caroline eut la gentillesse et l'intelligence de lui dire que dans sa famille à elle aussi, il y avait des piques-assiettes et des laissés pour compte qui polluaient la vie des autres au titre d'une solidarité familiale qu'ils n'avaient jamais ni subie, ni partagée.

« Mais je ne suis pas là pour cela, dit-elle en mettant ses bras autour du cou d'Antoine et en l'embrassant tendrement. Je m'en fous : ce qui compte, c'est nous ! » Elle tira les rideaux et s'installa sur le lit avec un sourire incitatif : elle commença à se devêtir en regardant Antoine dans les yeux.

« Le jeune homme va rester planté là, il est timide ? dit-elle. Je vais avoir l'air d'une cloche moi si je continue ! »

Deux minutes après, ils étaient dans les bras de l'un et de l'autre essayant de ne pas tomber du lit de 90 centimetres conçu pour une personne. Elle n'avait pas à rougir de sa plastique : elle était définitivemment superbe et feminine à la fois. Antoine se souvint du dernier conseil que lui avait donné la vieille dame, et décida de ne pas lui sauter dessus. Il lui caressa tendrement le visage, l'embrassa : le contact entre leurs deux corps nus dopait leur attirance et leurs envies. Elle l'encourageait du geste, le guidait d'une voix douce et tendre vers son plaisir à elle, le remerciant inconsciement de ne pas expédier la chose à son seul profit, la laissant inassouvie comme se terminaient les rares étreintes qu'elle subissait de la part d'un mari qui vivait son orgasme dans une intellectualité égoïste.

« Viens, dit-elle dans un souffle, et ils partirent ensemble au septième ciel, tant il est vrai que le jeune homme n'en pouvait plus d'attendre. Antoine, certes, n'avait pas une très grande expérience de l'amour sexuel, même s'il avait eu quelques aventures en la matière, mais il n'avait jamais ressenti en l'occurrence une telle jouissance, aussi profonde et intense. Elle reprenait son souffle en le regardant de ses yeux expressifs, avec tendresse.

« Tu ne m'avais pas dit que tu étais un expert dans l'excitation du corps feminin : j'ai pris un pied comme jamais ! Ah je n'en peux plus ! »

« Je ne suis pas un expert, c'est toi qui m'a guidé, et nous sommes partis au même instant ». Il se garda de faire allusion à la vieille dame russe, mais la remercia en son fort interieur.
Ils restèrent blottis l'un contre l'autre, ne pouvant du reste faire autrement compte tenu de la faible largeur du lit. Antoine se sentit reprendre des forces et le fit sentir à sa compagne qui s'ouvrit une nouvelle fois à lui avec tendresse.
« Que c'est bon, dit-elle avant de repartir dans un râle et sans s'occuper de lui. Retrouvant ses esprits, elle s'excusa auprès de lui en disant :
« Tu vois l'effet que tu me fais, je pars toute seule à ton contact, jamais je n'ai connu cela, ajouta-t-elle, tu n'as pas les chevilles qui enflent au moins ! »
« Il faut que je parte, dit-elle en ramassant sa montre qui avait atterri au pied du lit, et en se regardant nue dans la glace qui se trouvait dans l'entrée.
« J'ai une tête de déterrée... Bravo ! Il va falloir du maquillage pour réparer des ans et des galipettes l'irréparable outrage ! »
Ayant retrouvé son allure de grande bourgeoise, dissimulée derrière ses lunettes teintées, enfouie dans un grand manteau ample, et protegée du froid par une écharpe qui avait en plus l'avantage de cacher une partie de son visage, elle prit congé du jeune homme dans un baiser furtif mais appuyé.
« On reste en contact, cher monsieur ! », dit-elle sur le pas de la porte.

******

Elle prit le chemin des écoliers pour rentrer chez elle, pour retrouver ses esprits, retrouver une contenance, et apparaître comme « normale » aux yeux de sa famille. Elle s'arrêta se racheter des fleurs

coupées au fleuriste du coin, pénétra dans une parfumerie encore ouverte, demanda à la vendeuse de lui faire sentir « Mademoiselle Dior », parfum qui était le sien depuis des années. Elle arriva finalement chez elle, fort heureusement, avant sa fille et son mari, ce qui lui permit de se changer et d'apparaitre l'air détendu au dîner, comme s'il ne s'était rien passé quelques heures auparavant. Elle ne se souvenait pas que l'amour fatiguait autant : elle avait les jambes molles, et déjà des courbatures au niveau de la ceinture abdominale. Elle declara qu'elle avait pris froid et qu'elle couvait probablement un début de grippe, ce qui lui permit d'aller se coucher, et ainsi d'échapper aux commentaires des événements de la journée passés au filtre du « Monde » lu par son mari, et au programme de télévision qui suivait en général le dîner rapidement pris.
Elle s'endormit d'un sommeil lourd et réparateur, quasi instantanément jusqu'au lendemain. Ce ne fut qu'en préparant le petit-déjeuner de son mari qu'elle repensa à Antoine. Elle avait réellement pris son pied comme jamais auparavant, et elle n'en ressentait aucune culpabilité : bien au contraire, elle était parfaitement détendue et sereine. Dieu que c'était bon... à refaire si possible !

******

Antoine rendit visite le lendemain à la vieille dame russe, et lui offrit un énorme bouquet de fleurs en l'embrassant chastement sur la joue.
« J'en conclue, dit-elle, que tes affaires marchent... tant mieux ! Est-ce en rapport avec la discussion que nous avons eu il ya quelques temps ? En tous cas, ces fleurs sont le soleil de ma journée, mais tu t'es ruiné, il ne fallait pas... je suis ravie ! »

« Je vous dois un des plus beaux moments de ma vie, et surtout l'art et la manière d'y arriver ».

« Et alors, reprit-elle, elle est bien, je suppose : tel que je te connais, ça ne peut être une godiche fade et sans saveur ! Est-ce la femme dont tu m'as parlé ? Si oui, l'exercice était sûrement plus simple et plus compliqué à la fois. Tu n'as pas été égoïste au moins…Si c'est le cas, alors c'est gagné, dit-elle avec un bon sourire. Tu remercieras cette femme : quelque part, je lui dois ces fleurs ! N'en n'oublie pas tes études pour autant : sois amoureux, mais garde ton sang froid, cloisonne, ne sacrifie pas tout à la passion du moment, et reviens-moi aussi amoureux… mais plus distancié, tu gèreras mieux la situation. »

« Quel rabat-joie vous faites brusquement, dit Antoine. Vous avez probablement raison, encore une fois, mais pour l'instant « Carpe diem ». Laissez-moi profiter du moment présent. Je vous embrasse, ajouta-t-i. A bientôt… et silence radio vis-à-vis de mon camarade svp. »

Chapitre 5
CONFIDENCES FEMININES...

Les conjoints sont, en général, les derniers informés des aventures de leur compagne ou de leur compagnon. Et pourtant, il y a des signes qui ne trompent pas, qui témoignent d'un changement d'état de la personne qui rencontre l'aventure et l'amour. Mais la routine et l'habitude voilent, fort heureusement, la vision et le discernement de ceux qui côtoient cette personne.
Les hommes maigrissent, se mettent à faire du sport, se découvrent des activités nouvelles, adoptent des tenues plus « in ». Les femmes qui connaissent une relation amoureuse s'épanouissent et respirent une joie de vivre nouvelle et communicative.
Pour une femme, déclarer « je suis en forme » veut souvent dire « je suis amoureuse ». Et cette transformation n'échappe généralement pas à ceux qui, avec un peu de perspicacité, constatent cette bonne humeur.
La mère de Caroline ne fit pas exception, même si elle cherchait aujourd'hui à dominer et à dissimuler ses émotions. La coupe de cheveux avait été rajeunie, le visage était plus éclatant, les yeux plus joyeux, l'allure plus alerte, le ton plus enjoué. Cette transformation n'échappa pas à son amie d'enfance avec qui elle deéjeunait régulierement.
« Tu es superbe et en pleine forme, tu es amoureuse, lui glissa-t-elle en la dévisageant à peine assise au café où elles déjeunaient habituellement. La mère de Caroline nia mollement, et dit que c'était le printemps qui arrivait, qui lui donnait du tonus.
« Taratata ! », répondit son amie. « Le printemps s'appelle comment ? Tu sais bien que, sur ce sujet, je ne suis pas blanc bleue, je ne dirai rien. Et puis, tu le merites bien : la femme fidèle, devouée, et attentionnée, cela suffit ! Alors, il s'appelle comment ? Je le

connais ? Quand me le présentes-tu ? Je suis déjà vexée : moi, ton amie, de ne pouvoir mettre un nom sur l'heureux élu ! »
La mère de Caroline hésita quant à la conduite à tenir vis-à-vis de son amie. Certes elles partageaient nombre de secrets, mais elle n'était pas sûre de vouloir partager celui-ci. Elle ne jouait pas dans le même registre que son amie qui avait pris pour amant un chirurgien, mondain et ami de la famille, et avec qui elle jouait au golf. Le mari et l'amant se côtoyaient dans le même cercle d'amis, dans un conscensus qui avait au départ laissé sceptique un certain nombre de leurs amis. Ces derniers s'étaient cependant faits à l'idée, qu'après tout, c'était à chacun de gérer une situation qui, au demeurant, n'avait pas altéré le climat convivial du groupe. L'amie de la mère de Caroline était une petite femme brune sans attraits particuliers. Elle était mariée à un chef d'entreprise qui voyageait beaucoup et lui laissait le temps de collectionner des aventures dans une orbite mondaine, convenue et sans originalité.
Son amie ne devait pas imaginer une seule seconde que la mère de Caroline n'était pas rentrée dans ce schéma. Et cette dernière n'avait pas très envie de lui dévoiler un secret… Un secret dont elle n'était pas certaine que son amie ne le communiquerait pas « sous le sceau du secret », à d'autres amies, au motif de l'exception amoureuse qui était d'une « originalité folle ».
Au demeurant, la dénégation de la mère de Caroline avait été suffisament molle pour être considerée par son amie comme un aveu. Il fallait maintenant gérer les conséquences de cet aveu. Aussi, cédant à la curiosité grandissante de son amie, elle lui dit, sans rentrer dans les détails, qu'elle avait rencontré un jeune homme étudiant à la Sorbonne, avec qui elle avait une aventure qui la comblait de joie.
« Eh bien voila ! C'est super ! Je suis contente pour toi… quand me le présentes-tu ? » répéta son amie de plus en plus curieuse.

« Tu sais, ce n'est pas un mondain. Et puis, il a ses copains et il travaille… je verrai avec lui. Mais, s'il te plait, « motus et bouche cousue » vis-à-vis de quiconque, je compte sur toi. »
Sur ce, elles parlèrent du dernier dîner auquel elles avaient participé. Elles passèrent en revue la galerie de Célimène, la mère de Caroline déclarant qu'elle ne supportait plus ce relationnel basé sur les faux semblants, sur l'hypocrisie mondaine. Elle soulignales postures des uns et des autres, le manque de naturel, la pensée unique, et l'ennui qui se dégageait de ce type de dîner.
« Tu es gravement atteinte, déclara son amie en riant. La bourgeoise rangée devient rebelle et révolutionnaire, et jette sa vertu et son éducation aux orties… Bravo ! Elle redevient jeune et séduisante. Je ne connais pas encore le jeune pygmalion, mais félicite-le de ma part ! Je t'envie. En plus, tu t'es dégotté un jeune ! Moi, je n'ai de succès qu'auprès des quinquas matures et enveloppés… et encore parce que je les provoque. Et, comment faites-vous pour vous « rencontrer » ? », dit-elle avec un sourire qui se voulait malicieux.Tu sais ,le rôle d'une amie ,ajouta t elle ,c'est aussi de servir de chaperon et de couverture pour les frasques de celle qui partage ses secrets .
La mère de Caroline pensa que la curiosité féminine n'avait pas de limites : elle décida de ne pas tout lâcher à son amie, et fit une réponse sous forme de pirouette.

****

Antoine passa ses partiels divers et variés sans effort excessif dans les différentes matières et universités auxquels il s'était inscrit. Son camarade de jeu et de chambre travaillait méthodiquement en faisant le résumé de fiches, qui étaient elles-mêmes le produit de la contraction des polycopiés et cours qu'il absorbait à longueur de journées, assis à sa table de travail. Antoine, lui, assistait aux cours.

Ensuite, étendu sur son lit, il révisait mollement les notes qu'il avait prises, avec un casque sur les oreilles pour écouter de la musique sans déranger son copain. L'analyse d'Antoine consistait à dire que les cours enseignés par les professeurs durant l'année constituait le substrat des prochains sujets d'examens : il s'épargnait donc, en vertu de la loi du moindre effort, l'étude de ce qui, d'évidence, n'apparaissait plus ou pas d'actualité, par ceux qui seraient, en fin d'année, les auteurs des sujets d'examens. Son camarade lui disait que c'était une politique de « gribouille » et de « je m'enfoutiste ». Antoine répondait, avec un bon sourire, que l'optimisation de son temps lui permettait de vivre agréablement et d'élargir la palette de ses activités.

« Et actuellement, c'est quoi la dernière activité à la mode ? », questionna son camarade avec un sourire narquois. « Il me semble que tu fais dans l'anthropologie et l'entomologie féminine ? ».
« Je ne vois vraiment pas à quoi tu fais allusion », répliqua Antoine.
« Tu te fous de moi ? Tu sais que la « sainte Russie » te trouve en pleine forme et que j'ai un don pour la maïeutique. Alors, on fait des cachoteries à son vieux copain, c'est râpé ! Difficile l'anonymat... même à Paris ! Rassure-toi : elle ne m'a donné aucun détail même sous la torture. »

Sur ce, il essaya de se replonger dans la contraction de ses fiches. Sans pouvoir y réussir. Alors il prit le parti de troubler la douce quiétude d'Antoine, ce qui, au bout de quelques minutes, se traduisit par un tohubohu dans les chambres voisines, qui se propagea à tout l'étage.

Chapitre 6
SUR LA PISTE DE MADAME BOVARY...

Le secret de la pérennité d'une relation, avait dit la vieille dame à Antoine, c'est de ne pas tomber dans la routine. La mère de Caroline, elle, le savait par expérience et instinct. C'est la raison pour laquelle elle entreprit de créer un espace de liberté pour faire respirer cette aventure qu'elle vivait intensément avec Antoine depuis quelques temps. Elle demanda à utiliser la voiture familiale pour aller voir, pour sa boutique, un fournisseur dont on lui avait dit grand bien et qui se trouvait en Normandie. Elle déclara qu'elle serait absente au moins une journée la semaine suivante... à déterminer en fonction du rendez-vous que lui donnerait ce fournisseur.
Elle savait qu'Antoine avait réussi à concentrer ses « TD » en milieu de semaine. Elle lui dit de lui réserver, « s'il le voulait bien », la journée du vendredi suivant, le prétexte du fournisseur ne pouvant être valable qu'en semaine.
« C'est une surprise, lui dit-elle de façon enjouée en l'embrassant tendrement. Nous aurons plus de temps pour nous et sans crainte d'être vus... En attendant, embrasse-moi goulument comme tu sais le faire ».
Le vendredi suivant, de bon matin, Antoine souhaita un excellent weekend de chasse à son camarade, qui éclata de rire, et lui souhaita, à son tour, bon weekend en lui disant qu'il saurait, le cas échéant, gérer la situation vis-à-vis de toute question indiscrète.
Arrivé à l'endroit convenu et situé en dehors du quartier latin, il fut tiré de ses pensées par un léger coup de klaxon d'une voiture qui vint se ranger contre le trottoir où il se trouvait. Il reconnut les yeux au travers du parebrise de cette berline bourgeoise, et s'y engouffra sans autre forme de procès.

Ils se regardèrent en signe de reconnaissance, s'echangèrent un baiser furtif. Antoine la regarda de façon amusée.
« Tu fais très bon chic-bon genre, façon partie de campagne, dit-il. Cela te va bien, surtout dans cette berline. »
« Ne te fous pas de moi, il fallait bien que je m'habille pour aller voir un fournisseur ! Mais j'ai de quoi me changer, rassure-toi. Tu m'aimes toujours ? », dit elle pour se rassurer en sondant son regard de ses yeux bleus.
« Et il se situe où ce fournisseur ?, reprit Antoine. Je suppose qu'il est en dehors de Paris ? »
« Il pourrait se situer sur la route de la Normandie, mais pas trop loin, c'est sa principale valeur ajoutée, dit-elle en souriant. En plus, il ne sait pas que nous venons le voir, et il ne nous attend pas : c'est un interlocuteur parfait ! »
Antoine jeta un regard sur l'intérieur de la voiture. Il admira le cuir des sièges, et le côté immaculé des moquettes et tapis de sol ; se dit qu'il faudrait vérifier la propreté de celui sur lequel il avait posé ses pieds ; et remarqua le parapluie bon chic-bon genre négligemment posé sur la lunette arrière. C'était effectivement plus luxueux et plus silencieux que sa wv pourrie, qui dégageait un bruit de tracteur... son pot d'échappement n'étant pas d'une première jeunesse.
Comprenant la pensée d'Antoine, elle declara : « nous aurions pu prendre la tienne, mais comment aurais-je pu justifier mon deplacement sans vehicule ? Tu ne veux pas conduire... j'aimerais profiter du chauffeur », dit-elle avec des yeux rieurs qui faisaient toujours fondre Antoine. Elle s'arrêta sur le bas-côté et, par un déhanchement aguicheur, poussa Antoine à l'extérieur du véhicule. Celui-ci contourna la voiture et s'installa au volant.
« Où madame veut-elle que je l'amène : je n'ai pas de road-book ! »

« Au septième ciel, mon brave, et que ça saute ! ». En disant cela, elle posa négligemment sa main sur la cuisse d'Antoine et l'embrassa dans le cou.
« Là, on frise l'accident et le fait divers mondain si tu continues, dit Antoine. Il est interdit de perturber le chauffeur et de faire du harcèlement sexuel sur ses salariés. Un peu de tenue svp madame ! »
Elle était toute émoustillée par cette escapade, heureuse de son initiative. Lovée dans le siège confortable, callée contre Antoine, elle avait l'air d'une petite fille heureuse de son coup, qui profitait du moment présent et regardant alternativement la route et Antoine l'air radieux. Ils doublèrent un poids lourd dont le chauffeur, en les apercevant, mis son pouce en l'air en riant et donnant un coup de klaxon empathique.
« Franchement, la vie est belle, chère amie, non ?!, dit Antoine. Au fait, où allons-nous ? »
Je pense que mon fournisseur se situe dans la forêt de Lyons, donc tu vas prendre la prochaine sortie. »
C'est ainsi qu'Antoine découvrit l'endroit où madame Bovary avait lutté contre le stress féminin du vieillissement. Ils s'arrêtèrent et, sous les hêtres centenaires, firent une longue promenade d'amoureux alternant embrassades, courses folles et observation silencieuse de la nature. Il faisait un froid sec d'hiver, la nature était endormie. Ils ne virent que de loin deux cervidés non identifiés en lisière de la forêt. Antoine qui adorait restituer, à une époque antérieure, le cadre dans lequel il se trouvait, dressa un tableau stressant de la vie dans les forêts au XVIII^{ième}siecle. Alors régnait une insécurité permanente telle que les voyageurs n'avaient de cesse de s'en échapper avant la nuit, pour retrouver le confort très relatif d'une auberge qui refermait ses portes cochères dès le coucher du soleil.Par souci d'exactitude quasi professionnelle, il avoua ne pas savoir si, à cette époque, les loups avaient envahi les forêts au nord

de la Seine et s'ils contribuaient à cette insécurité.Dans sa jeunesse, il avait lu comme tout le monde la comtesse de Ségur et « le Général Dourakine », qui avait marqué des générations de gamins apeurés par la fuite de la troïka du fameux général devant l'attaque des loups sanguinaires.

« Tu n'a pas lu cet épisode ? », lui dit-il.

« Non, mais cela me donne faim ! Si nous allions dans le village : il y a sûrement un petit restaurant discret, dit-elle… et puis, il faut vivre dangereusement », ajouta-t-elle.

« Je vais donc passer pour ton fournisseur attitré : après tout, Paris vaut bien une messe ! »

Il n'y avait en fait d'ouvert, que le seul établissement qu'avait connu parait il, madame Bovary sur la petite place centrale du village. Ils pénétrèrent dans la salle de restaurant déserte, et furent accueillis avec sympathie par une jeune fille heureuse de partager une solitude qui ne fut perturbée pas aucun autre client durant tout leur repas. Antoine poursuivit son histoire de loup pour la raccrocher à celle de sa famille et du frère de son arrière-grand-père : celui-ci, avant la guerre de 14-18, ne vivait en Limousin avec sa meute que pour chasser le loup. Et Antoine de se remémorer : « j'ai le souvenir, chez mon arrière-grand-père, de l'immense porte cochère menant aux dépendances et couverte de pattes de loup. C'était la grande meute de Paul Vialar : l'aïeul avait eu le bon goût, comme le héros du roman, de décéder juste avant la guerre, et son piqueux avait fait partie des premiers morts de la guerre. Game is over !

« Tout cela pour me montrer que monsieur a une antériorité », dit-elle amusée en se foutant légèrement de lui. « Je suis très honorée de frayer avec un jeune homme qui a de la branche. Ma mère serait rassurée, avant d'être horrifiée par la suite ! »

Ils continuèrent à deviser amoureusement sous l'œil indulgent et légèrement envieux de la jeune fille qui se prenait à rêver d'une telle

situation. Elle s'approcha à la fin de leur repas pour demander ce qu'ils voulaient de plus. Antoine attira la jeune fille près de lui, et lui sussura une réponse à peine audible. Elle piqua un fard, rosit, parut offusquée, puis reprit une contenance professionnelle. Et, comme si elle voulait valider la requête d'Antoine, elle regarda la mère de Caroline qui, n'étant pas dans la confidence, se tourna vers celui-ci d'un air interrogateur : « Que lui as-tu dit », demanda-t-elle, voyant l'émoi mal dissimulé de la jeune fille.
« Mademoiselle, reprit Antoine, nous demandait si nous voulions encore quelque chose, et je lui ai fait la réponse de Jean-Louis Trintignant, dans « Un homme et une femme ». N'est tu pas d'accord ? »
Elle éclata de rire. « Sur le principe, je ne suis pas contre, mais je ne sais pas si c'est possible », dit-elle en se retournant vers la jeune fille. « Excusez-le, il est insortable, poursuivit-elle en souriant. Mais si vous saviez comment, avec lui, je prends mon pied ! »
La jeune fille perdit une nouvelle fois toute contenance, rougit à nouveau et dit : « je voudrais bien vous faire plaisir, mais, je suis desolée, l'hôtel est fermé pour l'hiver et mes patrons sont partis. Amon avis, il faut aller à Rouen pour trouver un hôtel… vraiment, je suis désolée, répéta-t-elle. Cela m'aurait fait tellement plaisir : vous avez l'air tellement heureux ».
Ils sortirent du restaurant après avoir remercié la jeune fille, et l'avoir gratifié d'un pourboire à la hauteur de son accueil et de sa gentillesse.
« Tu n'as pas honte d'avoir traumatisé cette pauvre jeune fille, même si j'en avais fortement envie ! »
« Tu vois… et si tu es toujours d'accord sur le principe, je vais vous culbuter, chère madame, sur la banquette arrière de votre limousine. »

« Oh, oui, avec plaisir ! », répondit-elle avec un sourire engageant et amusé.

Ce qui fut dit, fut fait, dans un chemin creux de la forêt de Lyons, à la satisfaction non dissimulée des deux amants, et en toute discrétion grâce à la banquette arrière de la berline qui n'avait pas dû subir avant cet après-midi une telle expérience. Le retour à Paris fut silencieux, dans le respect de la pensée de chacun. Elle se surprit à penser que décidément elle n'aurait pas imaginé, il ya quelques temps, faire l'amour dans une voiture dans un chemin creux forestier. Elle n'en tirait ni culpabilité, n'en ressentait aucun remords : elle vivait et s'en félicitait. Qui plus est, elle avait retrouvé le chemin du plaisir,et elle n'osait s'avouer qu'il était bien supérieur à ce qu'elle avait connu.Sa seule légère anxiété, à cet instant, était de savoir qu'un jour cela s'arrêterait, ne pouvant supposer, en son fort interieur, qu'il n'y ait pas un épilogue à cette aventure qu'elle vivait, aujourd'hui, intensément.

Un brusque ralentissement de la circulation la rappela à la réalité. La nuit tombait, et la rentrée dans Paris se fit néanmoins à contre-sens sans encombre.

« C'était bien cette escapade, dit Antoine d'un ton faussement interrogateur. Tu ne trouves pas ? »

« Que dois-je répondre, dit-elle en souriant. Je me suis fait culbuter sur la banquette arrière de la voiture familiale : c'est en effet une expérience unique pour la bourgeoise que je suis. »

« Bonjour la poésie ! », répliqua Antoine, ajoutant « tu sais ce qu'il te dit l'escort boy !... Où doit-il envoyer la facture ? »

« Oh, dit-elle, ne prends pas la mouche, tu vas me forcer à dire ce que je ne veux pas t'avouer... et que j'espère que nous partageons tous les deux », précisa-t-elle en se pressant amoureusement contre lui.

Antoine descendit aux abords de l'Etoile, non sans avoir épousseté le sur-tapis de sol à la place du passager.

Chapitre 7
VOYAGE D'ETUDE A ROME

L'hiver finissant, le printemps de l'année 1968 s'annonçait calme et à l'unisson des années précédentes. La France s'ennuyait, avait déclaré un journaliste connu. Antoine poursuivait, en fait, en faux diléttante ses diverses études. Déjeunant un jour avec son père de passage à Paris, il lui demanda s'il pouvait avoir sa bénédiction financière pour faire un voyage d'études à Rome avec l'Institut d'art et d'archéologie. Il avait lancé cette idée comme tant d'autres en se disant qu'une réponse négative ne changerait pas le cours des choses. A sa grande surprise, son père ne dit pas non et demanda des renseignements sur les conditions de ce voyage. Antoine, pris au dépourvu, déclara que des professeurs les accompagnaient, insista sur le caractère semi officiel de ce voyage et promit à son père de lui donner rapidement des détails, y compris financiers. Il reconnaissait à son père, plutôt pingre sur certains postes de dépenses qu'il jugeait superfétatoires, une assez grande libéralité sur les voyages.
C'est ainsi que, pendant les vacances universitaires de printemps, Antoine se retrouva à partager avec sept autres camarades un compartiment de seconde dans le train qui le menait à Rome.Dans le couloir appuyé sur la rampe, le regard perdu devant le paysage qui défilait, Antoine réfléchissait. Il éprouvait une joie intérieure sereine, il était bien dans sa peau, ce voyage s'annonçait superbe à plusieurs titres. Il était sincèrement heureux d'aller à Rome et de découvrir « in situ » tout ce qu'il avait appris depuis des années, et qu'il apprenait encore en archéologie avec le professeur Lassus, sur la civilisation romaine. Et, bonne surprise, la mère de Caroline, par un hasard calculé, avait répondu à une invitation, maintes fois répétée, de sa sœur mariée à un diplomate de carrière en poste dans la ville éternelle. Tout cela devrait naturellement être géré sur place, mais le

serait d'une manière ou d'une autre, se dit Antoine. Il lui avait seulement communiqué les coordonnées de la pension de famille ou lui et le groupe d'étudiants étaient logés à Rome.

Le groupe d'une trentaine d'étudiants avait passé la nuit, pêle-mêle entassé, dans les compartiments du train de nuit qui leur étaient dévolus. Antoine, pour dormir s'était installé dans les filets au-dessus des banquettes où l'on mettait d'ordinaire les bagages : ceux-ci avaient été disposés entre les banquettes pour constituer une surface plane, mais inconfortable, permettant à ses camarades de s'allonger. Le groupe était essentiellement composé de jeunes filles en fleur qui suivaient les cours de l'Institut d'histoire de l'art en alternance avec l'Ecole du Louvre. Antoine s'était retrouvé seul mâle avec un spécialiste de l'Ecole de Barbizon, homosexuel de son état, égaré au sein de ce gynécée. Antoine se dit qu'il y avait une erreur de casting : il y avait un homosexuel au milieu de vingt cinq jeunes filles, et lui, arrivant pour passer huit jours à Rome avec son panier garni. Il y aurait sûrement des déçues à l'arrivée !

Pris en mains et cornaqué par un cerbère féminin, le groupe fut divisé en deux : celui des jeunes filles fut logé de façon séparée dans une pension religieuse à proximité de celle où le « groupe » de garçons devait être hebergé. Franchement, Antoine trouva qu'il était plus en danger dans sa pension avec le specialiste de l'Ecole de Barbizon que les jeunes filles ne l'eussent été si le groupe avait été réuni dans un seul endroit… mais la logique sexiste et la morale l'avaient décidé ainsi.

Le programme était chargé, avait dit le cerbère. Toute absence était formellement interdite compte tenu de la qualité des visites et des intervenants que le groupe rencontrerait ; la ponctualité de tous permettrait la sérénité de chacun ; la politesse était… Antoine décrocha devant tant d'aphorismes et se mit à penser à sa propre organisation.

Le voyage devait durer une bonne semaine, et le séjour à Rome était émaillé de visites très organisées dans des endroits ou le vulgum pecus n'avait pas accés. Les deux premiers jours constituèrent un round d'observation pour le groupe. A vaincre sans péril, il est bien connu que l'on triomphe sans gloire : plusieurs jeunes filles reluquèrent la « gueule » d'Antoine, ayant détecté que le spécialiste de l'Ecole de Barbizon ne pouvait, par définition, servir de camarade de jeu. Antoine se dit que le monde était décidément mal fait : il ne pouvait répondre aux avances discrètes que lui faisaient telle ou telle de ces jeunes filles... Elles n'étaient pas censées savoir qu'il allait retrouver celle qui était venue passer quelques jours innocents chez sa sœur à Rome. C'était un comble, et il passa même aux yeux de certaines jeunes filles pour être intimement lié avec l'Ecole de Barbizon, au simple motif qu'il répondait mollement aux discrètes attentions féminines.

Le troisième jour, en revenant en fin d'après-midi, un mot sous pli cacheté l'attendait à l'accueil de l'auberge. Elle lui disait qu'elle était à Rome, et lui donnait rendez-vous le lendemain dans le centre de Rome, au pied du grand escalier de la place d'Espagne.

Antoine prétexta une gastrite pour ne pas se joindre le lendemain au groupe qui partait visiter les termes romains de Caracala avec la specialiste du genre. Le cerbère féminin constata qu'il y avait sans doute une intoxication générale car, ce matin-là, manquaient à l'appel au moins trois ou quatre jeunes filles, toutes atteintes du même mal... il y avait de la dispersion dans l'air !

Il se dirigea vers l'endroit indiqué dans la missive. Et lui qui était très souvent en retard, y arriva avec une bonne heure d'avance. Il commença à lécher les vitrines de cette rue de Rome où se concentraient toutes les marques italiennes les plus connues en matière de vêtements et d'élégance. Il déambulait au milieu d'une foule grouillante et d'un trafic bruyant de voitures, qui klaxonnaient

autant pour attirer l'attention des belles passantes que pour se frayer un passage au milieu de la circulation. Pour passer le temps, il pénétra dans un de ces magasins phare de l'élégance masculine, et se décida à choisir et acheter une cravate pour son père. Après tout, il lui devait bien cela ! La vendeuse fit ensuite, cérémonieusement un paquet, peaufinant un nœud alambiqué, croyant faire apprécier à Antoine le temps passé dans cet antre ouaté et luxueux de la mode masculine. Mais lui commençait à regarder de plus en plus fébrilement sa montre, voyant le temps s'égrener inéxorablement. Il allait être en retard, après avoir été en avance, c'était un comble ! Il paya et sortit précipitamment sous l'œil intrigué de la vendeuse qui ne connaissait pas la genèse de son changement d'attitude.
Il balaya la rue du regard, cherchant à discerner, au milieu de la foule, le visage connu et desiré. Puis, soudain, il l'aperçut dans un magasin de l'autre côté de la rue. Antoine ressentit une joie certaine. Elle ne l'avait pas encore vu, et il savoura le fait de pouvoir la regarder, planté au milieu de la vitrine au milieu du flot des passants qui l'évitaient comme l'eau contourne une aspérité ou un rocher proéminent. Manifestement, pensa Antoine, elle n'était pas du tout intéressée par ce que lui présentait la vendeuse qui essayait en vain de capter son attention.Antoine vit qu'Elle regardait fréquemment dehors.Elle avait dû entrer dans ce magasin pour éviter les trop fréquentes interpellations familières de la gente masculine italienne.Son regard, par un magnétisme qui n'appartenait qu'à eux et dont tous les deux étaient devenus conscients, croisa celui d'Antoine et s'éclaira de cette façon inimitable qui le pénétrait toujours aussi profondément.Elle remercia la vendeuse, sortit du magasin d'une allure alerte et guillerette,et embrassa joyeusement Antoine comme un vieil ami.
« Vous, ici, cher ami, quelle surprise ! dit-elle en jetant un coup d'œil circulaire autour d'eux. Comment allez-vous ? Vous êtes ici pour

longtemps ? Comment s'est passé votre voyage ? Vos compagnons de route sont-ils sympathiques ? Voulez vous que nous prenions un café ? »

Antoine la regardait interrogatif. Il resta de marbre et civilisé, se disant qu'il saurait rapidement le fin mot de cette attitude distante et mondaine.

Elle se détourna de lui et s'adressa au chauffeur qui attendait dans la voiture stationnée devant le magasin :

« Merci Paolo, je viens de rencontrer un ami, je rentrerai par mes propres moyens à l'ambassade, ne m'attendez pas. »

Le chauffeur fit un signe d'aquiescement poli, remonta dans la voiture et disparu.

« Tu as compris, dit-elle en se retournant d'un air amusé. Maintenant nous pouvons nous retrouver, ajouta-t-elle. Embrasse-moi ! Que je suis contente et heureuse de te voir, je me languissais depuis deux jours. »

Antoine lui raconta son voyage et la composition du groupe.

« J'ai vingt cinq lolitas et un homosexuel à mes pieds, dit-il pour la faire « bisquer ». Le rêve absolu... mais voilà, je suis déjà « en mains », comme on disait dans les maisons closes. Avoue que le monde est mal fait ! »

« Merci pour la comparaison avec la maison close. Mais j'ai effectivement plus peur de l'homosexuel que des lolitas, répliqua-t-elle en riant... à moins que tu ne m'embrasses sur le champ, comme d'habitude, sans vergogne et de façon goulue. Calés contre le rebord du grand escalier ce la Place d'Espagne, ils s'étreignirent longuement et intensément. Puis partirent bras dessus, bras dessous comme tous les amoureux. Ils passèrent ainsi toute l'après-midi à se promener dans la ville éternelle, libres de toute contrainte, de toute contingence, de toute préoccupation, dans une sérénité amoureuse totale.Dieu que cela était bon, pensa Antoine. C'était cela la vraie vie,

même si cela ne pouvait être permanent. Elle avait pris un teint ensoleillé qui la rendait encore plus séduisante au regard des passants qui les croisaient. Les femmes heureuses perdent dix ans et retrouvent souvent un look qui n'était plus le leur depuis bien des années. La mère de Caroline attirait incontestablement les regards et la différence d'âge avec Antoine avait fondu comme neige au soleil, tant elle paraissait jeune, enjouée et heureuse.
Ils s'asseyèrent à la terrasse d'un estaminet, dans une ruelle proche de la place Navone.Ils virent passer les trois jeunes filles du groupe qui avaient été frappées, elles aussi, de gastroentérite, et qui succombaient chacune sous d'innombrables paquets, démontrant ainsi leur relatif intérêt pour les Termes Romains. L'une d'elles remarqua Antoine, jeta un coup d'œil discret mais appuyé sur la mère de Caroline, revint dans le regard d'Antoine et lui fit un signe rassuré et complice.
La journée se termina trop tôt aux yeux des deux amoureux qui furent obligés de se séparer pour rentrer chacun dans leur foyer respectif.
« Je vous aime, cher ami, dit-elle, et je me souviendrai toujours de cette journée. Ne m'oubliez pas demain, dit-elle d'un ton subitement grave. Puis, changeant de registre pour revenir à un ton badin : « surtout avec l'Ecole de Barbizon ».

******

Le jour suivant, ils ne se virent pas, car Antoine devait aller avec son groupe visiter la nécropole de Cervetri, haut lieu de la civilisation étrusque. Le groupe au complet monta de bon matin dans un car, le cerbère féminin ayant rappelé la veille à la cantonade que tous faisaient partie d'un voyage d'étude et non d'agrement ; que les

visites organisées étaient obligatoires et que personne ne pouvait s'en dispenser... A bon entendeur, salut !
Antoine s'était installé à l'arrière du véhicule pour finir sa nuit. Il sommeillait lorsque la jeune fille qui l'avait aperçu la veille vint s'installer à côté de lui et lui dit :
« Vous m'avez rassuré hier, j'avais failli croire la rumeur qui voulait que vous soyez du côté de Barbizon... C'eut été dommage ! ELLE est très belle et manifestement amoureuse. Dommage pour moi ! Rassurez vous je ne dirai rien sur votre « gastro » aigüe d'hier, dit-elle en lui faisant un petit signe. Elle se leva pour aller rejoindre ses deux amies.
Le car passa devant le quartier bati par Mussolini en vue d'une future exposition universelle. Antoine ne put s'empêcher de penser que cela avait encore de la gueule et en fit part à la jeune fille qui s'était installée subrepticement sur le siège à côté de lui, et qui était plongée dans une collection de cartes postales achetées la veille. Elle resta imperméable à la beauté de l'architecture mussolinienne, mais évoqua une fresque de Raphaël devant laquelle, disait-elle, elle était restée de longs moments sans pouvoir s'arracher à cette splendeur. Antoine constata, une fois de plus, que chacun avait ses centres d'intérêt, et laissa tomber la discussion. Derrière eux, deux jeunes filles comparaient les chaussures qu'elles avaient acheté la veille et échangeaient leurs adresses, la civilisation étrusque n'apparaissant pas, pour l'heure, leur preoccupation essentielle. La route longeait par moments la mer et la vue était superbe. Sans qu'Antoine en connaisse la raison, au groupe déjà constitué s'étaient joints un étudiant américain et un couple âgé, composé d'une asiatique et d'un européen exotique. Antoine pensa que leur présence était due au cerbère, en contre-partie d'une obole pour les bonnes œuvres de celui-ci.

Dans le car, le cerbère féminin, constatait que l'attention de son bâtaillon se relâchait et commençait, lui semblait-il, à négliger l'objet de la visite. Il s'empara alors du micro du caret débuta une entrée en matière à la visite qui allait suivre. Elle tentait ainsi de motiver et de sensibiliser une troupe qui commençait àêtre overdosée par le nombre incessant de visites depuis trois jours.
Antoine, qui avait pris un espace de liberté la veille, apprécia fortement cette visite, et ne vit pas passer la journée. Au retour, un groupe de jeunes filles examina la possibilité de faire une sortie collective : l'une d'elle déclara qu'elle avait horreur des sorties de patrônage et que, par conséquent, il ne fallait pas compter sur elle et elle retourna s'asseoir dans un siège à l'avant du véhicule. Antoine se demanda quelle mouche l'avait piquée, si elle n'était pas favorable à ce genre de sortie, elle n'avait qu'à ne pas se manifester…
La jeune fille qui avait vu la veille Antoine en bonne compagnie se retourna vers lui et dit :
« Et vous Antoine, viendrez-vous ou votre gastro vous tient-elle encore au corps ! » dit-elle avec un clin d'œil amusé.
« Je ne suis pas encore bien, et je crois que je vais vous faire faux bond, répliqua-t-il, pour mieux me rétablir ». C'est ainsi que la gastro d'Antoine devint un sujet public. Naturellement, la réalité de la « gastro » diplomatique d'Antoine fut devoilée par la jeune fille sous le sceau du secret à ses deux amies. Antoine retrouva ainsi aux yeux de celles-ci un statut qui les rassura : chacune d'entre elles, les jours suivants, avec un sourire narquois, venant s'enquérir de l'évolution du mal auprès du malade. Le cerbère, lui, se proposa de prendre le problème en mains et de conduire Antoine voir un médecin… ce qui provoqua la douce et discrète hilarité des trois jeunes filles.
De retour à l'auberge, une missive à en-tête de l'ambassade de France et à son attention, l'attendait. Ce pli, apporté par un chauffeur en tenue, avait fortement impressionné la personne à l'accueil : il

s'était empressé d'alimenter une rumeur selon laquelle le jeune homme qui était hebergé dans ce modeste établissement était en fait un VIP.

C'était une invitation privée à venir dîner le lendemain soir à l'ambassade. Y était joint un petit mot de la mère de Caroline expliquant le pourquoi du comment : la raison de l'invitation était qu'elle avait rencontré, par hasard, un ami de Fac de sa fille qui faisait actuellement un voyage d'études dans la ville éternelle au milieu d'un groupe d'étudiants de l'Institut d'histoire de l'art.La femme de l'ambassadeur, et sœur ainée de la mère de Caroline, avait pratiqué l'Ecole du louvre et cet Institut avant d'épouser le jeune attaché d'ambassade devenu, aujourd'hui, ambassadeur plénipotentiaire à Rome.Elle trouvait drôle de confronter ses propres souvenirs avec la réalité d'aujourd'hui. Et puis, il n'était jamais inutile et toujours intéressant de voir des visages nouveaux. C'est à ce titre qu'elle avait tout de suite proposé à sa sœur cadette d'inviter ce jeune homme. La mère de Caroline avait du faire une pirouette pour expliquer qu'elle connaissait l'adresse d'Antoine à Rome aux fins de lui faire porter l'invitation.

Une voiture de l'ambassade vint chercher Antoine à l'heure dite, sous le regard interloqué de l'Ecole de Barbizon, installé et desoeuvré dans le petit hall de l'hôtel, ainsi que du concierge de plus en plus impressionné.

Le dîner fut sympathique et heureusement à configuration restreinte et familiale. Antoine fit bonne figure, repondit aux questions de ses hôtes, tout en essayant de résister aux pressions du pied de la mère de Caroline qui s'amusait à le destabiliser. Elle le couvait en même temps du regard...Sa sœur le remarqua et se souvint qu'elle n'avait pas eu de mal, curieusement, à connaitre l'adresse de l'hôtel où ce jeune homme était hebergé. « Curieux ! », se dit-elle, se promettant de cuisiner sa sœur cadette sur un doute qui avait brusquement jailli de son esprit.

Antoine, à la demande de l'ambassadeur, déclina ses différentes activités estudiantines, tout en faisant preuve d'une volontaire modestie, ce qui fit bon effet sur son interlocuteur.

« Et tout cela va finir par Sciences po, jeune homme ! », dit-il d'un ton interrogatif. « La culture générale a ses limites dans le monde d'aujourd'hui : il y a un moment où il faut prendre une direction opérationnelle. Vous allez préparer ensuite l'ENA comme mon beau frère. Ne vous y usez pas comme lui », ajouta-t-il d'un ton ironique. Antoine se garda bien de rentrer dans une rivalité apparente entre les deux beaux-frères, mais constata que cette remarque faite par un diplomate chevronné cachait, à ce niveau, une antipathie sérieuse. La mère de Caroline protesta mollement et sa sœur resta silencieuse. Antoine en conclut que le père de Caroline était modérement apprécié dans sa belle-famille, ce qui, a priori, lui était parfaitement égal.

La mère de Caroline lui faisait du pied de façon de plus en plus insolente, et s'amusait de la situation dans laquelle elle mettait Antoine. Il était obligé de répondre de façon sereine aux questions qui lui étaient posées, sans paraître troublé par l'attention que lui portait, sous la table, le pied gauche de sa voisine.

La maîtresse de maison ne put résister à la tentation de poser à Antoine des questions sur sa famille, et parut rassurée sur les origines bourgeoises du jeune homme.

Le dîner se termina dans un climat détendu et convivial. Antoine remercia vivement ses hôtes et, de façon très civilisée, la mère de Caroline de lui avoir permis de découvrir cet endroit aussi superbe.

Le chauffeur de l'ambassade raccompagna Antoine à son hôtel. Dans la voiture, Antoine trouva dans sa poche de manteau une feuille de papier sur laquelle était inscrit un mot doux et une adresse pour un rendez-vous le lendemain.

******

« Il est charmant l'ami de ta fille, dit la sœur de la mère de Caroline. Apparemment, tu le trouves aussi sympathique, je me trompe ? »
« Qu'est ce que tu insinues ? », répondit la mère de Caroline. « Je ne vois pas de quoi tu veux parler. »
« Tu te fous de moi ma chérie : alors que cela fait deux ans que je t'invite, tu viens me voir subitement, ce qui me fait du reste très plaisir, et tu me ramènes un étudiant, ami de ta fille, que tu as rencontré par hasard via Veneto, et qui se trouve à Rome en même temps que toi ! Tu le couves du regard durant toute la soirée, tu es très en beauté, comme il y a longtemps que je ne t'ai vue... Tu me prends pour une grande naïve ?! Tu es ma sœur, et tu sais bien que je t'ai toujours tout pardonné... mais ne me prends pas pour ce que je ne suis pas. Je suis heureuse de ce qui t'arrive, et ton pisse-froid de mari n'a que ce qu'il mérite. »
Le visage de la mère de Caroline rosit en écoutant sa sœur. Elle sourit comme une gamine prise la main dans le sac, et finit par raconter son aventure à sa sœur qui n'attendait que cela.
Ça n'est pas bien naturellement... mais c'est super ! », dit cette dernière. « On ne vit qu'une fois, et je ne suis pas sûre que tu aies les mêmes sensations avec quelqu'un de nos âges, mais, quand même, tu fais fort ! Ta fille ne se doute de rien ? »
« Non, je ne crois pas. Il n'y a aucune raison pour qu'elle ait un quelconque soupçon : je ne me suis pas, il est vrai, mis à découvert comme aujourd'hui, je le reconnais. »
« Ecoute, comme je te l'ai dit, nous t'abandonnons deux jours à partir de demain, car j'accompagne ton beau-frère pour une mission à

Milan. Je vais te donner une clé qui ouvre une porte de service et qui donne directement sur la partie privée de l'ambassade où nous résidons, et là où se trouvent tes appartements. J'avertirai discrètement la sécurité... Ensuite, je ne veux plus rien savoir, ma chère sœur ! Mais si, dans ces conditions, tu peux monter au septième ciel et trouver l'extase devant les plafonds peints par Raphaël, c'est ton affaire ! ».

C'est ainsi qu'Antoine découvrit les ors de l'une des plus belles amabassades de la Republique. Il revenait tôt le matin à l'auberge, et apparaissait à l'heure dans la modeste salle à manger, et ce, sous l'œil amusé du veilleur de nuit auquel il avait donné un généreux pourboire pour prix de son silence. L'Ecole de Barbizon avait décroché depuis longtemps, et assistait à un manège qui ne l'intéressait plus.Lorsque le car passait prendre les deux « hommes » du groupe, le cerbère demandait à Antoine s'il allait mieux après une nuit qui, selon elle, était toujours réparatrice. Antoine la remerciait sous les fous rires répétés et dissimulés des trois jeunes filles réfugiées au fond du véhicule.

Le voyage d'études se termina en apothéose par une réception au Vatican et la visite d'endroits interdits à la visite et recélants des trésors inconnus donc du grand public. Le retour à Paris se fit à nouveau dans le désordre des compartiments dévolus au groupe, Antoine retrouvant sa place dans les filets.

Les cours universitaires reprirent le lundi suivant, mais pas pour trèslongtemps comme la suite des eévénements allait le montrer. Nous étions en avril 1968...

Chapitre 8
MAI 1968...

Le mouvement estudiantin né à Nanterre se déplaça rapidement vers la Sorbonne. L'épicentre de la contestation naissante se fixa à l'Institut d'Histoire où officiaient des étudiants dont certains seront les symboles du mouvement qui devait, en principe, changer le monde !
Antoine y côtoyait à l'époque, dans une indifférence réciproque, le frère d'un grand chef d'orchestre qui deviendra un tenant de la lutte révolutionnaire. Dans un esprit plus empathique, deux futurs grands journalistes, dont l'un fondera quelques années plus tard une grande agence d'information. Egalement des étudiants qui, critiquant la croissance économique de ces dernières années, rêvaient d'un monde plus joyeux, plus futile, et partageux à la fois.
Dés le mois d'avril, Antoine remarqua des têtes nouvelles et inconnues qui, visiblement, ne paraissaient pas particulièrement interessées par l'Histoire. Il nota une tension perceptible croissante dans la cour de la Sorbonne.Ayant d'autres sujets d'intérêt, Antoine, pourtant au cœur du réacteur, ne perçut pas tout de suite l'évolution de ce qu'allait être « Mai 68 ». En fait, il allait, tout au long de ces événements, être comme Fabrice Del Dongo à Waterloo. En ce mois de mai, Il n'avait, lui, pas plus de problèmes de logistique et de transport qu'auparavant. Entre la Sorbonne et la rue Madame, il n'avait que le « Luco » à traverser pour se retrouver au cœur des débats et des manifestations qui grossissaient au fur et à mesure de la cessation des cours, et du déclenchement des grèves. Spectateur privilégié, et n'adhérant pas spécialement aux thèses révolutionnaires développées dans les « amphis » de la Sorbonne ou au Théâtre de l'Odéon, il passait neammoins « In situ » de longues heures à observer le déroulement des événements. Puis il rentrait

retrouver le confort sympathique du foyer d'étudiants situé a proximité, mais à l'écart des barricades et des charges de CRS ! Depuis son retour de Rome, ses amours prospéraient sans nuage, et l'anonymat de sa relation amoureuse croissait curieusement au fur et à mesure du développement des manifestations. La France parisienne s'était scindée en deux. D'un côté, ceux qui se désolidarisaient d'un mouvement qu'ils considéraient comme explosif et destructeur d'une société qui leur convenait jusqu'à present : ils dénonçaient les fauteurs de troubles, apprentis-sorciers instrumentalisés par des forces obscures qui voulaient destabiliser l'ordre etabli. De l'autre côté, la masse plutôt joyeuse et bon enfant des manifestants qui voyaient « sous les pavés la plage », une libération des mœurs et une liberté apparente retrouvées. Les premiers restaient chez eux, ou avaient déjà déserté la capitale, tandis que les seconds, qui ne connaissaient, ni ne côtoyaient les premiers, avaient envahi l'espace public.

C'est ainsi qu'elle avait tout les peines du monde à convaincre son mari qu'elle ne risquait rien à aller à son magasin situé à deux pâtés de maisons du domicile conjugal... là où se confinait la haute fonction publique désarmée devant la tournure des événements qu'elle n'avait pas vu venir. Sa fille Caroline assistait mollement aux « amphis de la Fac d'Assas », où le mouvement avait quelque peine à s'implanter. Mais elle n'osait s'aventurer de l'autre côté du Luxembourg, sur le boulevard Saint Michel.

Au debut, la mère de Caroline comme la plupart des gens , n'avait pas non plus pris la mesure des événements. Cela changea le jour où, à la demande de son mari qui voulait avoir la disponibilité immédiate de sa voiture au cas où les choses tourneraient définitivement à l'aigre, elle fut chargée de rapatrier le véhicule à proximité de l'appartement familial. Elle se trouva alors prise au cœur d'une manifestation, dans une petite rue adjacente au boulevard Saint-

Germain.La voiture fut rapidement entourée par un groupe de manifestants qui commencèrent à conspuer « la bourgeoise au volant ».

Antoine, par le plus grand des hasards, se trouvait dans la foule des manifestants, observant comme à son habitude le comportement, en situation, des uns et des autres. Il eut un haut le cœur en reconnaissant la conductrice de la voiture. Que venait-elle faire ici ? Quelle inconscience ! Les manifestants entouraient le véhicule lançant des astuces plus ou moins vaseuses. Deux d'entre eux parlaient à la conductrice, qui avait baissé sa vitre, et dont le visage commençait à avoir une expression inquiète. Une égérie de la révolution commença alors à taper sur la carrosserie avec le plat de la main en traitant la conductrice de « sale bourgeoise fasciste ». Un qualificatif qu'elle jetait à la figure d'une représentante d'une catégorie sociale à laquelle elle devait sans doute appartenir, pensa Antoine. Il avait observé certains détails de son accoutrement qui ne trompaient pas. L'atmosphère se tendit avec cette interjection : l'air goguenard et moqueur des manifestants qui entouraient la voiture se transforma, et fit place à des visages plus ou moins fermés, certains même commençant à se teinter de méchanceté. Quelques manifestants commencèrent à faire chorus avec l'égérie... Une angoisse soudaine envahit alors le visage de la conductrice.

Antoine, immobile et passif jusqu'à présent, cherchait une solution pour faire s'échapper la voiture et sa conductrice. Brusquement, il se rapprocha des manifestants, écarta, posement mais fermement, ceux qui entouraient le véhicule, et, d'une voix assurée qui le surprit, déclara à qui voulait l'entendre :

« Cette femme, je la connais, c'est l'épouse d'un mec qui est avec nous, un avocat qui défend les étudiants et les ouvriers ». L'une des deux personnes qui étaient à la portière du véhicule, et qui paraissait être un des leaders du groupe, se releva pour dévisager Antoine. La conductrice aussi chercha d'où venait ce secours inespéré, découvrit Antoine, et lui lança un regard à la fois rassuré et inquiet. Antoine, par chance, reconnut dans l'un des deux leaders des manifestants qui s'étaient retournés vers lui, un de ses camarades de l'Institut d'histoire à la Sorbonne.

« Il est à la Sorbonne avec moi, c'est un des nôtres ! », déclara celui-ci.Antoine sentit qu'il ne fallait pas laisser s'installer un silence qui permettrait aux plus enragés, un instant decontenancés par cette intervention, de reprendre leurs esprits. Il cita une affaire médiatique judiciaire ayant conduit à la libération d'un révolutionnaire utopique. Cette intervention tomba à plat ne recueillant aucun écho auprès de l'assistance.

« De toute manière, reprit l'autre, faut pas se brouiller avec ces gens, sinon on sera isolés, ils peuvent nous servir ! ».

Un autre manifestant vint en renfort : « Laissez-la se barrer, arrêtez de l'emmerder, vous voyez bien qu'elle pète de trouille ! ».

« Et si c'était un indic ? », reprit l'égérie qui ne voulait pas s'avouer vaincue. Antoine réaffirma haut et fort ce qu'il avait dit précédemment. Mais le doute s'installait dans les esprits. Le groupe grossissait autour du véhicule, les curieux se multipliaient. Le camarade d'Antoine lui jeta un coup d'œil et brusquement, d'une voie forte et péremptoire, gueula pour pour faire dégager la voiture. Antoine l'y aida sans avoir son autorité. La foule commença à s'écarter, libérant le véhicule et sa conductrice de ce carcan humain, qui commença à s'ouvrir sous l'injonction énergique de deux ou trois manifestants qui avaient pris le parti d'Antoine et de son camarade.

Elle croisa furtivement le regard d'Antoine, qui fit semblant de ne pas la reconnaître, remercia son camarade, et avança doucement dans le couloir humain qui se dessinait devant elle.

Le groupe de manifestants se disloqua ensuite. Antoine retrouva quelques instants plus tard son camarade qui vint à lui un vague sourire aux lèvres, indiquant par là qu'il n'avait pas été tout à fait dupe.

« Un prêté pour un rendu ! », dit-il. « Après tout, je m'en fous de ta bourgeoise. Dis-lui simplement qu'elle a eu de la chance cette fois, de nous rencontrer, toi et moi ! En plus, elle a de l'allure ta meuf ! Je t'avais déjà vu avec elle au Champollion. Va prendre ton pied, elle te doit bien ça. Et je te donne ma part », ajouta-t-il, s'éloignant, en souriant et en en portant deux doigts à son front en signe d'amitié. Antoine pensa que c'était un brave type, sûrement trop humain et généreux pour faire un vrai révolutionnaire. La révolution ne se faisait pas avec de bons sentiments et dans la dentelle : l'action – répression ne supposait pas de demi-mesure, ni d'attendrissement vis-à-vis des adversaires. C'était l'égérie qui avait raison : il aurait fallu culbuter la voiture et y mettre le feu après avoir malmené la représentante de la bourgeoisie, elle qui était l'oppresseur des classes populaires et l'obstacle au changement radical et inévitable de la société.

Bien des années après, Antoine retrouva l'égérie qui était devenue un « mandat lourd » syndical dans la banque qu'il dirigeait. L'égérie était restée révolutionnaire, mais composait avec le capitalisme. Sa situation personnelle et ses émoluements étaient directement traités en centrale, par la direction des ressources humaines... ceci en échange d'une compréhension à minima dans les négociations sociales et salariales. Elle cumulait, déchargée de toute activité et emploi bancaire actif, les fonctions de présidente du comité d'entreprise, prébende qui lui permettait, à la fois, d'asseoir son emprise sur les employés bénéficiaires des activités du CE, et de profiter des avantages que lui donnait sa fonction.

Le camarade d'Antoine, lui, avait fini sans gloire au rayon livres de la FNAC. Son seul plaisir y était de voir arriver, le samedi matin, les bourgeois qui venaient lui demander le livre dont la promotion avait

été assurée la veille au cours de l'émission de Bernard Pivot. A son interrogation ironique et malicieuse, ils répondaient invariablement qu'ils connaissaient l'auteur depuis longtemps et, bien entendu, bien avant l'émission de la veille ! Piètre consolation pour une vie médiocre qui l'avait amené trop tard à être un vrai révolutionnaire. Sur ces pensées, Antoine se fondit à son tour dans la foule des manifestants tout en se promettant de ne pas oublier le geste de son camarade. De nouvelles clameurs s'élevèrent plus haut dans le boulevard Saint-Michel, bientôt reprises par les manifestants proches de lui. La Sorbonne allait sûrement être reprise par les CRS !
Par précaution, il regarda à droite et à gauche s'il y avait une issue vers laquelle il pourrait se diriger en cas d'éventuelle charge de la police. En général, il y avait toujours, au dernier moment, une porte d'immeuble qui pouvait s'ouvrir pour permettre de grimper dans les étages et ainsi échapper à la vindicte des « forces de l'ordre » qui avaient reçu quelques instants auparavant cailloux et cocktails Molotoff.
Utilisant sa carte d'étudiant, il repassa à la Sorbonne. Il avait espoir de voir les camarades qui l'avaient aidé à sortir son amie de la situation dans laquelle son mari l'avait, inconsciemment et indirectement, mise. L'endroit était curieusement devenu momentanément désert : « l'Histoire » s'était momentannément déplacée vers la Bourse et la rive droite. Antoine retrouva le calme relatif de la rue Madame. Arrivé au foyer, il vit dans la case de courrier qui lui était dévolu un mot couronné d'un baiser mouillé lui donnant rendez-vous au pied de la fontaine de Saint-Sulpice en fin d'après-midi.

******

Toute activité estudiantine était arrêtée du simple fait des votes renouvelés dans des assemblées générales houleuses en faveur de la grève générale.

les « mandarins » marxistes, professeurs titulaires des chaires d'histoire qui maniaient sans vergogne l'anachronisme historique pour mieux étayer les théories de l'émergence de la lutte des classes dés le XVII^{e}siecle, avaient disparu de la scène. Cette révolution n'était pas la leur. Et surtout, ils en venaient à appréhender une évolution de nature à remettre en cause leurs statuts et leurs prérogatives. Leurs premiers efforts pour s'associer au mouvement qui se développait, s'étaient heurtés à l'indifférence hostile de leurs étudiants, et surtout à celle de ceux qui ne l'étaient pas.

Antoine était libre comme l'air et desoeuvré. Le foyer était peu à peu deserté. Certains étudiants étaient même repartis dans leur province d'origine, sur injonction de leurs parents affolés par la « Révolution en marche », qui, vue de loin, envahissait Paris. L'atmosphère studieuse qui régnait encore au début de l'année avait subitement disparu. Seul le camarade d'Antoine qui pratiquait les langues orientales rue de Lille continuait imperturbablement, au motif que les principes devaient dominer l'événement, à pratiquer, quotidiennement et à heure fixe, l'art du thé. Cela ne dérangeait au demeurant personne. La plupart des hôtes, comme Antoine, partait assister et/ou participer aux événements qui allaient marquer leur jeunesse et faire d'eux, quelques années plus tard, des « bobos post soixante huitards ».Quelques uns avaient cependant pris fait et cause pour la Révolution, mais la « Générale » avait réussi à éviter tout prosélytisme actif de leur part dans le foyer. Il devait rester, avait-elle dit, un lieu de tolérance ou chacun avait le droit de penser ce qu'il voulait à condition de ne pas troubler la sérénité des lieux.

Curieusement, cette banalité dite avec l'ascendant qu'exerçait la dite « Générale » sur ses troupes avait eu un effet réel et anesthésiant sur

tous. L'ensemble des étudiants, même ceux qui montaient les barricades à quelques centaines de mètres, ne voyait pas d'inconvénients à ce que le personnel qui préparait leurs repas ne fasse pas partie, eux aussi, des grévistes révolutionnaires !
Antoine avait réussi à convaincre son amie de se défaire de ses accoutrements bourgeois et d'adopter des vêtements aussi impersonnels et anonymes que possible. Sa sveltesse aidant, cette métamorphose avait été pleinement réussie, mais avait aussi du provoquer quelques rapides interrogations chez elle. Son mari découvrit, avec stupéfaction, que son épouse portait depuis peu des vêtements d'étudiante attardée, que leur fille n'aurait en d'autres temps pas même osé porter. Mais aujourd'hui, tout était possible et permis ! De toute manière, notre haut fonctionnaire était trop préoccupé par l'impact que pouvaient avoir les événements en cours sur la suite de sa carrière pour accorder de l'importance au changement vestimentaire de sa femme. Seuls les yeux de la Belle et son regard à la fois doux et pénétrant, pouvaient la trahir et attirer sur elle l'attention des tenants de la révolution en cours. Elle dissimulait sa chevelure bourgeoise sous un bonnet qui laissait passer quelques boucles guillerettes. Ainsi habillée, elle parcourait, amusée, enjouée, amoureuse, le quartier latin avec Antoine, qui la faisait pénétrer dans des lieux où elle n'était jamais allée jusqu'à ce jour. Grâce à Antoine, elle découvrait, jour après jour, à la fois l'improvisation de certaines manifestations ; le côté utopique et irréel des discours enflammés des orateurs lors des réunions, dans les amphis de la Sorbonne ou à l'Odéon ; les mouvements de foule et l'excitation fébrile des manifestants devant la placidité apparente des CRS qui se faisaient traiter à longueur de temps de SS ; mais aussi, parfois, l'organisation autoritaire de certaines « Manifs » qui ne laissait place ni au hasard, ni à l'amateurisme. Elle découvrait que certains manifestants n'hésitaient pas à « tagger » des slogans sur

des murs encore vierges de toute inscription, à basculer des grilles entourant les arbres, à couper même leurs troncs pour édifier des barricades, à déchausser les pavés, à renverser des véhicules. Jamais elle n'aurait osé, elle, faire cela. Ces manifestants savaient parfaitement entraîner une foule dans des slogans incantatoires, l'orienter vers telle ou telle direction, voire organiser un repli improvisé pour éviter un clash inutile avec les forces de l'ordre. Bref, tout cela n'était pas le fait d'une transformation subite de doux agneaux en révolutionnaire patentés.

Antoine lui fit découvrir le grand amphi de la Sorbonne et les fresques de Puivis de Chavanne qui, curieusement, par timidité révolutionnaire, avaient pour l'heure échappé aux tags et inscriptions. Le spectacle était là, inégal en intensité, mais permanent à la fois sur la scène et dans la salle. En fait, c'était devenu un refuge pour ceux qui voulaient s'extraire du mouvement ambiant et de la frénésie des rues environnantes.La plupart de ceux qui étaient là se moquaient éperdument du « verbeux » qui vociférait sur scène. Certains récupéraient d'une nuit agitée. D'aures cuvaient, avant la lettre, le succès du mouvement en cours. Deux ou trois clochards redécouvraient le luxe de la civilisation et du monde de la culture : ils lorgnaient, rigolards, sur deux ou trois couples d'amoureux qui anticipaient la libération des mœurs qui serait, ils ne le savaient pas encore, un des seuls bénéfices de Mai 68 !

La mère de Caroline était en plein comportement schizophrénique. Pendant la journée, elle se baladait heureuse, virevoltante, découvrant un monde qu'elle ne connaissait pas, au bras d'un étudiant qui lui rendait une jeunesse perdue, qui la faisait rire, qui l'initiait à un mode de vie nouveau pour elle. Le soir, elle retrouvait, au domicile conjugal, une atmosphère confinée, crispée dans la crainte du développement du mouvement. Un mouvement qui pouvait déstabiliser l'ordre établi et aboutir à la perte des avantages acquis par ceux qui, précisement, en beénéficiaient. Caroline, sa fille, avait, au motif qu'il n'y avait plus de cours, décidé de partir avec une amie « chaperon » dans une proprieté de celle-ci, dans le Sud-ouest de la France. Ce départ avait soulagé sa mère qui ne risquait plus ainsi de croiser sa progéniture dans les allées de la Révolution. Elle subissait, en creux, tous les soirs, l'envers du décor qu'elle avait découvert, en relief, quelques heures auparavant à quelques encablures. Sans le vouloir, son haut fonctionnaire de mari la poussait chaque jour un peu plus dans les bras d'Antoine : il cherchait à communiquer à sa femme une inquiétude sociétale et la peur du lendemain… alors que celle-ci vivait intensément le moment présent. Et, sans pouvoir partager une expérience somme toute ouverte sur la vie et l'avenir, elle ne pouvait que rester silencieuse. Il y avait même eu, encore, un dîner sinistre au cours duquel le monde bourgeois et technnocratique avait échangé ses inquiétudes et son incapacité à trouver des solutions, une sortie de ce qui pouvait mettre en péril le statut des uns et des autres. Bien évidement, même si le machisme des supposés « sachants » autour de la table lui en avait offert la possibilité, la mère de Caroline n'aurait pu apporter un peu de souffle nouveau et d'air frais à une discussion surranée. C'eut été une déflagration d'incompréhensions génératrices de questions auxquelles Elle ne voulait surtout pas répondre. Le lendemain, elle avait retrouvé avec bonheur la vie légère et anjouée que lui faisait mener Antoine. Et, une nouvelle fois, elle avait pris son pied sur le lit de 90 d'Antoine.

******

Le quartier latin était devenu aussi une sorte de barnum, de Disneyland avant la lettre, pour ceux qui venaient s'encanailler pour rapporter des impressions inoubliables, sinon vécues, dont ils parlaient avantageusement ensuite dans des sphères bourgeoises situées encore à l'écart des événements. C'est ainsi, qu'un jour, Antoine et son amie rencontrèrent, au détour d'une rue, un de ses lointains cousins qui « la portait toujours beau et arrogant ». Il était accompagné d'une jolie fille. Il avait troqué son habituel costume gris à petit gilet contre une vieille canadienne qui avait dû appartenir à un de ses aïeux. Seuls les mocassins, de bonne facture, trahissaient le caméléon !

Ils discutèrent de choses et d'autres, le lointain cousin indiquant à son amie qu'Antoine, son cousin donc, était à la Sorbonne, précisément à l'Institut d'histoire, « le » centre névralgique du mouvement. Cette remarque n'avait qu'un but : mettre en valeur le dit cousin qui essaya ensuite d'obtenir des informations croustillantes sur le mouvement, informations qu'il pourrait ensuite distiller du côté de Neuilly.

Il dit avoir été, la veille au soir, à l'Odéon où Jean-Louis Barrault, raconta-t-il, avait retourné plusieurs fois sa veste et s'était, de son avis, ainsi ridiculisé. Antoine écoutait distraitement et poliment : il ne répondit pas à l'attente du dit cousin qui lui demandait de bénéficier de son statut de Sorbonnard pour rentrer dans le cœur du réacteur. Antoine dévia la conversation, non pas parce qu'il était en possession d'informations confidentielles et savoureuses, mais parce que son cousin l'irritait profondément. Antoine se surprit à penser qu'il préférait le naturel excessif des égéries de la révolution au faux semblant hypocrite de ceux qui voulaient, seulement par vanité, briller en racontant des événements auxquels ils ne participaient pas. La jeune fille qui l'accompagnait n'était pas dupe du jeu auquel se livraient les deux cousins : elle s'était rapprochée de la mère de Caroline qu'elle regardait de façon interrogative.

« Vous êtes souvent dans le quartier, vous venez souvent ici ? », dit-elle en souriant, après avoir remarqué la bague de la mère de

Caroline qui trahissait une origine sociale qu'elle connaissait bien pour en faire partie.
« Vous avez une jolie bague ! », poursuivit-elle doucement.
« Je vous remercie, je l'aime bien et je ne m'en sépare jamais », répondit la mère de Caroline. « Mais vous avez raison, dans le contexte actuel, je ferais mieux de ne pas la porter », ajouta-t-elle en lui rendant un sourire complice. « Et pour repondre à votre question, Antoine me fait découvrir un univers que je ne connaissais pas. La plupart des gens que je rencontre grâce à lui sont drôles, enthousiastes, joyeux, souvent excessifs… mais aussi naturels et sincères dans leurs propos et dans leurs démarches. C'est plutôt sympa ! Par contre, les mouvements de foule me font peur… Heureusement Antoine sait anticiper et esquiver au bon moment. Je ne sais pas où cela mènera, mais c'est une expérience inouïe, même si on peut ne pas partager les idées de ceux qui montent les barricades ! ».
Sur ces entrefaites, et par chance pour le cousin, un étudiant vint taper sur l'épaule d'Antoine. C'était, lui, un intello de la révolution : il maniait aisément toutes les théories révolutionnaires. Il avait une opinion nette et tranchée sur les solutions pour faire evoluer la societé et la sortir de la gangue bourgeoise et réactionnaire qui voulait que rien ne change. Celle qui maintenait sous le joug le peuple qui saurait sous peu s'en délier. Antoine savait que son camarade de Fac ne côtoyait que de façon condescendante le manifestant de base : il le prenait pour un prolétaire de la révolution seulement bon à coller des affiches et à déchausser les pavés du « boulmich ». « A tout mouvement révolutionnaire, il fallait une élite pour conduire la masse là où elle devait aller ! ».
« Fermez le banc ! », pensa Antoine qui connaissait par cœur la phraséologie et le comportement de son condisciple à la Sorbonne. Le cousin d'Antoine, lui, buvait ses paroles : il allait pouvoir épater

ses amis bourgeois qui n'osaient pas sortir de leur appartement. Il satisfaisait aussi son interlocuteur lancé dans une prosopopée enflammée puisqu'ayant trouvé, dans le dit cousin, un auditeur attentif !

Antoine et son amie s'éclipsèrent discrètement après avoir fait un petit signe d'amitié au copain révolutionnaire et à l'amie du cousin... lequel ne s'aperçut pas même de leur départ.

****

Durant le mois de mai, le mouvement étudiant, manquant de perspectives, commença à s'essoufler et fut mal relayé par le mouvement ouvrier en dépit des efforts des syndicats, et de quelques intellectuels qui avaient fait le déplacement aux usines Renault.Avec retard, la bourgeoisie de province commençait à s'affoler au moment précis où la courbe de l'asymptote des événements s'infléchissait. Le général de Gaulle partit et revint de Baden Baden : la manifestation gaulliste des Champs'Elysées rassembla, dit-on, un million de personnes. Bien évidemment, comme l'avait dit Edouard Bourdet dans une de ses pièces de théâtre consacrée au monde de l'édition et au tirage des volumes, il s'agissait de « mille de cinq cent ». Même s'il y avait eu moitié moins de participants à ce rassemblement, cela n'aurait rien changé... la page était tournée.

Georges Pompidou géra la sortie de crise de main de maître : il accorda de substantielles augmentations aux masses laborieuses ; il reporta les examens après l'été en donnant ostensiblement des consignes de souplesse aux instances universitaires ; il laissa entendre que, comme il n'y avait pas eu de morts pendant ces évènnements, il n'y avait pas lieu à poursuivre quiconque... prononçant de facto une amnistie générale ! L'été arrivant, la parenthèse se referma. Tout le monde partit en vacances, somme toute content que l'ordre fut ainsi rétabli. Woodstock pointait à l'horizon.

Le père de Caroline qui avait un instant pensé à basculer du côté du mouvement respirait. Son indécision latente lui avait permis de rester du bon bord. Il ne s'était pas commis, comme d'autres, au stade Charlety ; il pouvait donc revenir la tête haute dans une sphère technnocratique qui avait brillé par son silence et son inanité à maîtriser une situation. Naturellement, il se confortait lui-même dans le bien fondé d'un comportement qui lui avait permis de ne pas s'engager et de préserver l'avenir, par une prudente neutralité : il répétait d'ailleurs à son épouse qu'il avait, bien évidemment, prévu que les choses se termineraient ainsi. Caroline, elle, décida de rester chez son amie dans le Sud-ouest, arguant du fait qu'il n'était pas nécessaire de revenir à Paris, la reprise des cours n'ayant pas eu lieu. Sa mère en déduisit qu'il y avait « anguille sous roche », et ne songea pas une seule seconde à insister pour qu'elle revienne... considérant qu'elle était, en l'occurrence, mal placée pour lui donner des leçons. Dés la mi juin, le haut fonctionnaire chercha à obtenir le bénéfice de son inertie pendant les événements. Il n'eut de cesse que d'avoir auprès de sa hiérachie la légitime contrepartie d'un positionement par défaut. C'est ainsi que, revenant un soir chez lui, il déclara à son épouse qu'il faisait partie d'une mission qui partait la semaine suivante aux Etats-Unis, vers New York et New York. Le programme était chargé, poursuivit-il, et ne laisserait aucune possiblité de distraction : il ne voyait donc pas vraiment comment elle pouvait dans ces conditions l'accompagner. Il en était desolé.

« Ce n'est pas grave, repondit-elle, j'irai chez mon amie Nadia en Provence, le temps passera plus vite. Quand pars-tu exactement ? Je t'accompagnerai à l'avion, et, si tu en es d'accord, je prendrai la voiture pour descendre dans le Luberon », ajouta-elle sur un ton soumis et resigné qui l'étonna elle-même. Elle avait fait des progrès dans l'art de la duplicité depuis quelques mois, sans en éprouver aucune culpabilité. Menant depuis quelques temps une vie qui la satisfaisait, elle s'était pleinement détachée de l'égoïsme grandissant de son époux. Le lapin n'était plus dans les phares de la voiture et il pouvait en apprécier les défauts ! Antoine, inconsciemment, lui avait rendu une liberté d'analyse et d'appréciation, et surtout transmis sa façon de positiver les situations et les circonstances. La chance était donc avec elle !

« La mission a un premier entretien avec le département d'Etat americain dès le début de la semaine prochaine », déclara-t-il avec une pointe de fierté qu'il voulait partager. « Et on m'a demandé de faire partie de la délégation qui sera reçue par le Secrétaire d'Etat, ce qui veut dire que je dois partir dès ce weekend. »

Chapitre 9
ESCAPADE EN LUBERON…

Antoine avait, au plus fort des événements, résisté à la pression familiale qui l'avait fortement incité à retrouver le cocon familial : il avait alors seulement promis à son père qu'il ne se mettrait pas en situation de ramasser un mauvais coup, et que si les circonstances s'aggravaient, il quitterait sans tarder Paris.
Quand ELLE lui annonça la bonne nouvelle du départ de son mari, il se dit que l'alignement des planètes était incontestable : il n'y avait plus de cours en Fac ; les examens étaient effectivement repoussés en septembre ; la « Générale » avait annoncé que le foyer serait progressivement fermé, sauf pour les étudiants qui, sans autre hebergement sur Paris, devaient cependant y rester. Ils pouvaient donc partir en amoureux dans le Luberon. C'était à la fois inattendu et superbe… presque trop beau !
Antoine en vint à se demander jusqu'où irait cette aventure qui ne cessait de les transporter tous les deux. Pour l'instant, il vivait une aventure dense et délicieuse, et il ne voulait pas l'abîmer par des questions insidieuses et sans intérêt immédiat.
C'est ainsi qu'après avoir accompagné en épouse fidèle et dévouée son mari à l'aéroport, après avoir entendu les dernières recommandations sur l'utilisation de la voiture, puis reçu un baiser furtif et conventionnel, la mère de Caroline revint à Paris. Elle sentit monter en elle un sentiment de liberté qui la submergea. Elle repassa chez elle, se changea, laissant au magasin des accessoires la tenue bourgeoise, revêtit celle qui séduisait Antoine, reprit un sac qu'elle avait déjà discrètement préparé dans son dressing, reprit la voiture, et se précipita guillerette au rendez-vous fixé la veille avec Antoine.
Ils s'arrêtèrent tôt dans l'après-midi, sur la route du Luberon, dînèrent, et s'épanouirent dans une intimité où chacun avait la

connaissance de ce qui faisait plaisir à l'autre, en usait sans en abuser, innovait à la surprise de l'autre, l'étonnait sans le décevoir, partageant moments de tendresse et de fous rires, reprenant souffle lovés dans les bras l'un de l'autre, et repartant à la conquête du graal. Antoine ne répugnait pas à la besogne. Et il constatait que son amie avait développé des envies qu'elle ne manifestait pas aux débuts de leur idylle, qu'elle affichait une santé de plus en plus exubérante, et qu'elle, la bourgeoise, s'était lâchée, et témoignait d'un désir répété… « l'appetit venait en mangeant », disait la bonne de la grand-mère d'Antoine !

La matinée fut tardive. La serveuse de l'hôtel, qui leur apporta in extremis le petit-déjeuner, les dévisagea d'un œil complice demandant avec une fausse innocence s'ils avaient bien dormi, puis elle repartit sans même écouter leur réponse.

« Quel est le scénario ? », demanda Antoine alors qu'ils roulaient sur la nationale 7. « Nous allons chez une de tes amies ? Tu es sûre d'elle ? Comment dois-je me présenter ? Y a-t-il d'autres personnes ? Je ne suis qu'un pauvre étudiant provincial crotté et sans le sou ! ».

« Arrête, dit-elle en souriant, ne me la joue pas « fausse modestie et timidité maladive », tu n'avais pas ce comportement cette nuit ! Quelle santé ! »

« Je te retourne le compliment, reprit-il, elle a de la ressource la bourgeoise, elle est insatiable ! »

« Alors, fais-lui confiance, et joue-la naturel, c'est comme cela que tu es le plus séduisant. Mon amie est délicieuse, sans problème, et seule dans sa maison. Elle saura préserver notre intimité et notre secret. Nous serons logés à la bonne franquette dans l'inconfort des travaux : ils doivent être terminés pour cet été pour recevoir tous les pique assiettes qui s'installeront là quelques jours, au prix d'une bouteille de champagne ou d'un produit du terroir acheté à la va-vite sur le marché local. »

Le Luberon n'était pas encore la destination favorite de la gauche caviar. Les villages étaient encore pour la plupart en ruines. Les antiquaires n'avaient pas encore envahi L'Isle-sur-la-Sorgue. Et seuls quelques Anglais s'aventuraient dans la vallée conduisant à Apt. Antoine et son amie furent accueillis avec une joie simple et sincère. L'amie de la mère de Caroline était une petite femme un peu rondouillarde au visage ouvert et souriant. Alerte, ne tenant pas en place, elle parlait tout le temps, regardant alternativement ses interlocuteurs pour attiser leur attention et leur accord sur ses propos. Elle trottinait plus qu'elle ne marchait, virevoltant, se deplaçant par petits pas d'un bout de la pièce à l'autre. Elle leur fit les honneurs de la maison nichée au cœur d'une colline à proximité de Gordes, leur montra leur chambre monacale dont les murs avaient été blanchis à la chaux pour toute décoration.

Antoine découvrit une végétation qu'il ne connaissait pas encore, à la fois sèche et aride, où la roche qui affleurait ne laissait que peu de place à une terre fertile. Nadia, puisque tel était son prénom, les dirigea vers ce qui était le must de sa propriété : une piscine creusée dans la roche et dans la falaise qui dominait la maison. C'était effectivement superbe. Ce dénuement minéral, et l'absence voulue de tout aménagement balnéaire donnait à cet endroit un côté « commencement du monde », hors du temps et de la civilisation.

« Le soleil chauffe la pierre, et la pierre chauffe l'eau de la piscine », dit Nadia. « L'eau est donc déjà, en cette saison, àune température agréable. Vous pouvez vous reposer de votre voyage. Rendez-vous dans deux heures pour dîner ! Moi, j'ai à faire », dit-elle en s'éloignant et en leur faisant un petit signe d'amitié.

« Elle est sympa et naturelle ton amie, dit Antoine, et la maison lui va bien, tu avais raison ! ».

Pour toute reponse, elle fit un tour sur elle-même, revint passer ses bras autour de la nuque d'Antoine et l'embrassa, doucement puis avec intensité.

« On est bien ensemble non ?, dit-elle, je n'ai jamais été aussi heureuse. Cet endroit est idyllique et je suis contente que tu trouves mon amie sympa ! ».

Sur ce, elle se dégagea des bras d'Antoine et…sauta en riant toute habillée dans la piscine. Elle en émergea rayonnante et hilare.

« Il vient rejoindre la bourgeoise en folie l'étudiant timoré », dit-elle en riant aux éclats. Antoine se dit qu'une nouvelle fois il la trouvait superbe et séduisante, mais aussi enjouée, naturelle, surprenante… le tout à la fois.De temps en temps, il se pinçait pour savoir s'il ne rêvait pas, car ce qui lui arrivait ne cessait de l'étonner : et il s'en sortait en pensant, sans trop y croire, qu'après tout c'était peut-être cela la vie normale. Il la rejoignit et ils s'embrassèrent comme au premier matin du monde.

Ils se presentèrent ruisselants devant la table que préparait dans le jardin leur hôtesse sous un murier centenaire. Celle-ci, en les voyant, éclata de rire, et les traita de gamins.

S'adressant à son amie, elle déclara : « je suis très heureuse de te voir aussi en forme, je retrouve celle que j'ai connue quand nous étions adolescentes. Tu t'etiolais ces derniers temps… Je retrouve là ta fantaisie et ton allant ! Bravo Antoine, vous me rendez celle que j'ai connue : soyez heureux, profitez-en chaque jour, chaque instant ! ».

Elle leur fit raconter les événements parisiens du mois dernier, s'étonnant en riant du comportement de son amie aux côtés d'Antoine dans cette période mouvementée.

« Tu étais vraiment au « boulmich » au moment des charges de CRS ? », demanda-t-elle à son amie. « Alors là, tu me bluffes ! Au fond, j'aurais moi aussi bien voulu voir ce qui se passait réellement… Et ton bourgeois de mari, je suppose qu'il était chez vous entrain de

se demander quelle attitude il devait avoir pour assurer son avenir ? Franchement, je trouve votre aventure superbe ! ».
Les jours suivants, le chaperon et les deux tourtereaux menèrent une vie délicieuse et joyeuse. Ils alternèrent les visites de villages avoisinants, les balades en amoureux dans la garigue au-dessus de la maison, et des moments de dilletance sous les ombrages du jardin ou au bord de la piscine creusée dans le roc. Les deux amies se remémoraient leur enfance partagée. Nadia connaissait de mieux en mieux Antoine, par un jeu de questions subtiles, anodines, posées au hasard de leur conversation. Lui appreciait leur hôtesse qui savait les laisser seuls aux instants où ils en avaient envie, et réapparaissait au moment voulu, pour proposer une activité parfaitement accessoire… dont le seul but était de les réunir à nouveau ! Ils allèrent naturellement visiter Gordes et l'abbaye de Senanques, qui se trouvaient à quelques encablures. Antoine saisit l'occasion pour développer ses théories sur Saint-Bernard : en réaction à l'opulence des bénédictins, il avait envoyé, dans le cadre de la quatrième croisade, tous les pauvres du royaume de France se faire massacrer sur les routes des Balkans. Et ce, avec l'accord tacite du doge de Venise, du pape… et du roi français !
« Tu ne crois que tu exagères un peu », dit Nadia qui rappela qu'elle aussi avait fait des études d'histoire. « Tu fais de la contraction historique d'événements qui n'ont rien à voir entre eux, et tu caricatures les faits. Même s'il y a un peu de vérité dans ce que tu dis, ce n'est pas honnête intellectuellement : il n'ya aucun lien entre les deux événements. Tu as une vision marxiste et déformée de l'histoire. Cela ne m'étonne pas de la part d'un étudiant sorbonnard en histoire qui subit l'influence d'Albert Soboul, de Madeleine Rebeyrolles et de Droz », ajouta-t-elle en riant. « Tu vois que je connais mes classiques et tes professeurs ! ».

La mère de Caroline applaudit et déclara : « pour une fois, le bel étudiant est contré, bravo Nadia ! Quant à l'étudiant marxiste, là, je ne suis pas aussi lettrée que vous, mais je demande à voir », dit-elle. Sur ce, et après avoir visité et admiré l'abbaye cistercienne, ils rentrèrent à Capoue !

******

Les deux femmes partirent, le lendemain, « aux provisions », laissant Antoine explorer la bibliothèque de celle qui l'avait gentiment la veille « mis en boîte ». Nadia acheta de quoi déjeuner agréablement et, au détour de l'étal d'un marchand d'olives, entreprit son amie. « Tu vis un moment superbe, et je t'envie un peu… même si je suis très heureuse pour toi. Antoine est intelligent, plein d'humour, éduqué, attentionné ce qui est plus rare, et vous êtes bien ensemble et parfaitement en phase… Mais tu comptes faire quoi au-delà des bons moments passés ensemble depuis que vous vous connaissez ? ».
« Je te vois venir… », dit la mère de Caroline. « Il est trop jeune, je suis trop vieille, je suis mariée, je ne suis pas indépendante financièrement et notre situation n'est pas conforme au code de bonne conduite et de la morale chrétienne. Tout cela, je le sais, mais jusqu'à présent, je ne suis pas encore posée de questions : je vis au jour le jour, profitant du moindre instant, et je me sens rajeunir grâce à ces moments comme ceux que nous vivons avec et grâce à toi. »
« Si tu veux le fond de ma pensée, poursuivit-elle, je présage que cela aura un terme… mais honnêtement, je n'ai pas envie d'y penser. Et surtout, je ne veux pas l'anticiper par une discussion qui pourrait favoriser ce terme ou même seulement l'évoquer. Ce que je vis est trop beau pour l'instant pour l'abîmer, mais tu as raison, toi, de me faire atterrir ! ».

« Et ton mari, il ne se doute de rien, dit Nadia, Antoine et toi êtes très forts pour cacher votre jeu depuis des mois ! ».

« Il ne s'est toujours préoccupé que de lui ; et puis, il a peut-être, lui aussi, une vie de son côté… Mais je m'en fiche maintenant, et j'aurais mauvaise grâce à lui reprocher quoique ce soit en la matière. La vraie question est de savoir si nous continuons à vivre ensemble une vie somme toute parallèle, rangée et conforme à la morale bourgeoise, mais sans passion, ni, et c'est pire, sans éclat. Tu peux même me donner ton avis ma chère », dit-elle en riant.

« Antoine, reprit-elle, me dit souvent qu'il faut savoir utiliser l'événement si on n'est pas capable de l'influencer, ou si on ne veut pas le provoquer… En attendant l'evenement, « Carpe diem ».

Elles rentrèrent retrouver Antoine qui était en train de jardiner et de donner forme à un taillis rabougri, à la fois par le soleil intense de l'été et le froid rigoureux de l'hiver.

Nadia reçut, pour le compte de son amie, un télégramme de son mari l'informant que sa mission était prolongée d'une semaine et que, de ce fait, il ne rentrerait qu'à la fin de la semaine suivante. La mère de Caroline, au demeurant sans nouvelles de sa fille, regarda en souriant son amie d'un air entendu, et proposa un toast au moment présent.

******

Le soleil, la bonne chaire, la joie de vivre, rendaient l'amie d'Antoine chaque jour plus resplendissante et aimable. Les gens sur les marchés se retournaient sur son passage admirant sa démarche et son allure. Les commerçants en rajoutaient côté sourire, et en quelques jours elle fut aussi connue que son amie dans les allées du marché auquel elles se rendaient quasi quotidiennement. Elle acceptait avec grâce les dégustations, remerciait d'un sourire, et d'une pirouette insouciante poursuivait sa balade. Antoine la suivait à quelques mètres dégustant des yeux le spectacle qu'elle offrait, et recueillait les remarques élogieuses décernées après son passage. Indirectement, il en était flatté et surtout s'en amusait.

******

Antoine reçut un jour un coup de téléphone de son camarade de chambre au foyer rue Madame. Il lui avait communiqué le numéro de Nadia pour le cas où, la terre s'arrêtant de tourner, il eut fallu le joindre en désespoir de cause. En fait, il s'agissait de transmettre un message de ses parents rappelant qu'ils existaient toujours, et qu'il serait le bienvenu dans la cellule familiale à l'Ile de Ré. Il devait rappeler, dés ce message reçu, pour donner signe de vie et dire où il était. Antoine, à la teneur du message et de la sémantique fidèlement rapportée par son camarade, comprit qu'il fallait « atterrir », et reprendre contact avec la réalité. Il eut droit, par téléphone, à une volée de bois vert, son père lui rappelant qu'il y avait des limites à ne pas dépasser, et lui disant qu'il était prié de regagner le domicile familial dans les meilleurs delais. Antoine déclara qu'il était dans le midi chez des amis, qu'il allait remonter à Paris pour prendre ses affaires, et qu'il rejoindrait la famille directement à l'Ile de Ré, dés que possible. Son père en prit acte sans autre commentaire... ce qui témoignait d'une humeur qui ne souffrait ni contradiction, ni retard.
Antoine vint retrouver les deux femmes le visage fermé et l'air perturbé. La mère de Caroline comprit qu'une réalité dont elle ne connaissait pas encore la nature allait interrompre la vie heureuse dans cet eden. Dans le même temps, une inquiétude sourde monta en elle, son intuition féminine lui lança une alerte, elle interrogea d'un regard inquiet Antoine.

« Pas de mauvaises nouvelles, j'espere », dit-elle, plus anxieuse qu'elle ne le laissait paraître. Son visage s'était rembruni subitement, son sourire habituel avait disparu, et ses yeux marquaient une inquiétude subite. Son amie Nadia perçut immédiatement ce changement, et, pour rompre un silence lourd qui s'installait, s'associa à la question de son amie.

« Non, répondit Antoine, je me suis fait engueuler par mon père parce que je n'ai pas donné signe de vie depuis longtemps, et que je donne l'impresssion d'avoir oublié que j'ai une famille ! Il n'a, au demeurant et en l'occurrence, pas tout à fait tord ».

« De toute manière, reprit la mère de Caroline, nous devions remonter à Paris. Mon cher époux rentre ce weekend de son voyage. Et je ne peux pas ne pas être là, ne serait-ce que pour faire acte de présence », dit-elle en adressant un sourire empreint à la fois de tristesse et de résignation.

L'ambiance s'était brusquement tendue, chacun pressentait sans l'exprimer que cette partie au moins était achevée. « L'événement », dont avait parlé la mère de Caroline dans sa discussion avec son amie quelques jours auparavant, s'imposait et il fallait faire avec… à défaut de savoir dans l'instant l'utiliser. Il fut décidé qu'Antoine et son Amie repartiraient le lendemain matin pour se donner le temps de remonter sur Paris.

Ce soir là, pour redonner du tonus à tout le monde, Nadia se fendit d'un dîner consistant et qui fit honneur à ses qualités de bonne cuisinière. La boisson aidant, ils retrouvèrent une bonne humeur et rirent aux éclats aux plaisanteries d'Antoine, et aux souvenirs coquaces que Nadia rappelait sur la jeunesse des deux femmes. Chacun voulait perenniser ce moment privilégié d'amitié sincère, et le prolonger pour ne pas l'interrompre.

Antoine et son amie finirent par embrasser leur hôtesse avec tendresse et partirent se coucher. Leur nuit fut plus agitée que d'habitude. Elle s'était lovée dans les bras d'Antoine, s'agrippant à lui comme si elle avait peur de le voir partir. Il l'embrassait tendrement comme pour la rassurer. Cette nuit-là, il ne fut pas question d'ébats fougueux et répétés, mais d'une tendresse profonde qui se voulait rassurante devant la séparation, même momentanée, qui s'annonçait.

« Vous avez bien dormi vous ? », dit Nadia en leur apportant un dernier petit déjeuner sous le murier qui les avait hebergé durant leur sejour. « Moi pas du tout ! Je n'ai pas du tout envie de vous voir partir, nous étions bien ensemble ! », dit-elle d'un ton qu'elle voulait enjoué et qui dissimulait une inquiétude pour son amie.

« Tu es adorable, reprit la mère de Caroline, mais toute bonne chose a une fin, tu sais ». Elle regardait son amie d'un regard un peu triste. « Nous avons passé grâce à toi un séjour inoubliable, comme tu as pu en juger, merci, merci ! ».

Antoine et son amie prirent congés. Nadia embrassa Antoine en lui disant à l'oreille : « sois gentil avec mon amie, elle le mérite, et elle t'aime ». Il répondit par un sourire.

******

Dans la première partie de la route, ils restèrent silencieux. Elle posait amoureusement sa main sur celle d'Antoine ; la retirait quand il devait s'en servir pour changer de vitesse ou prendre le volant à deux mains ; et lui, son geste terminé, lui offrait le plat de sa main droite pour qu'elle puisse y lover la sienne. Ils ne dejeunèrent pas mais decidèrent, comme à l'aller, de s'arrêter tôt, dans une auberge à proximité de Beaune. Elle avait surmonté son stress, et s'offrit à lui avec enthousiasme et une énergie répétée. Décidement, ils étaient « raccord » comme disaient les amis de sa fille. Et la nuit fut encore une fois délicieuse et intense. Arrivés à Paris, ils se quittèrent après un baiser profond et interminable sans penser une seconde que c'était le dernier et qu'ils ne se reverraient pas.

Chapitre 10
RETOUR A UNE REALITE EGOISTE

Antoine passa au foyer, rassembla ses affaires, les porta à l'appartement, refit son sac, et prit le chemin de la gare Montparnasse pour prendre le premier train pour La Rochelle. Il s'attendait à un accueil frais, sinon glacial, de la part de ses parents qu'il n'avait pas vu depuis plus de deux mois. Il avait promis à la mère de Caroline qu'il l'appellerait à sa boutique dés que possible.
Elle rentra à l'appartement familial après avoir fait une revue de détail dans la voiture, pour effacer toute trace qu'aurait pu laisser Antoine, et avoir rangé celle-ci dans le parking situé à proximité. L'appartement sentait le renfermé et lui sembla sinistre et étriqué. Elle avait vingt quatre heures pour se remettre dans la situation de la bourgeoise mariée, et abandonner les mauvaises, mais très agréables habitudes qu'elle avait prises au contact d'Antoine et de son amie Nadia. Il fallait commencer par exclure le prénom de son ami de son vocabulaire quotidien. Elle vida son sac pour en extraire tout ce qui pouvait prêter à interrogation de la part de son mari, si jamais, ce qu'elle ne croyait pas, il lui prenait l'envie de fouiller le dit sac.Elle s'était entendue avec son amie pour dire que le bracelet qu'elle portait à son poignet et qui lui avait été offert par Antoine, lui avait été donné par Nadia.

L'appartement avait retrouvé un aspect présentable, et la mère de Caroline, un look d'épouse bon chic-bon genre, quand le mari encombré d'une lourde valise débarqua d'un taxi. Il l'embrassa avec le même entrain que d'habitude, posa sa valise sur le lit conjugal, en sortit un paquet qu'il offrit à sa femme, en disant qu'il espérait que cela lui plairait et que c'était sa taille. La mère de Caroline le remercia en découvrant une veste de lainage qui ne déparerait pas dans la

garde-robe d'une femme de haut fonctionnaire. Nous étions loin de la fantaisie avec laquelle elle s'habillait depuis quelques temps, mais il ne pouvait pas le savoir.
Il s'installa ensuite, comme à son habitude, dans le canapé du salon et demanda comment s'était passé le séjour chez son amie Nadia... mais, sans attendre la réponse, il commença à raconter les événements qui avaient marqué son déplacement à lui. Son épouse s'était installée dans le canapé situé en vis-à-vis, et l'écoutait consciencieusement, sentant que ces préambules constituaient les prémices d'une discussion plus sérieuse. Elle était instinctivement sur la réserve et attendait la suite.

Celle-ci arriva assez rapidement !
« Cette mission, dit-il, était très intéressante et laisse augurer d'une suite possible, voire probable, qui m'intéresse et sur laquelle je voudrais avoir ton avis. »
« Ca y est nous y sommes, pensa-t-elle, que va-t-il m'annoncer ? »... loin de se douter de ce qu'elle allait entendre.
« J'ai rencontré à New York un camarade de promotion, sorti dans un meilleur rang que moi il est vrai, qui me propose de le rejoindre au FMI. Je pense que nous ne pouvons pas refuser cette possibilité qui me permettrait de me sortir de mon corps d'origine... mais, j'ai réservé ma réponse durant quelques jours, pour t'en parler. »
« Et moi, dit-elle stupéfaite, qu'est-ce-que je fais dans ce scénario ? Tu as décidé visiblement de partir ! Tu ne me demandes pas mon avis ? J'existe ! J'ai peut-être un avis à donner... Et si je ne veux pas partir, m'expatrier ? Je suppose, qu'en fait, tu as deja donné ton accord ! ».
Un silence s'installa de part et d'autre de la table basse. Elle se leva, partit dans sa chambre, s'assit, plongée dans un abîme de réflexion, sur le rebord du lit.

Le véritable événement, c'était celui là ! Toute sa vie actuelle était remise en question : soit en épouse fidèle et dévouée elle suivait son mari ; soit elle refusait et c'était le clash avec lui. Elle réalisa, dans un deuxième temps, que, dans la premiere hypothèse, sa relation avec Antoine s'arrêtait là : ça lui était insupportable. Elle repensa à son mari, ce type était d'un égoïsme incommensurable : décidément, il ne pensait qu'à lui ; finalement, elle n'était qu'une potiche corvéable à merci, qui était là uniquement pour que, lui, fasse bonne figure dans une société qu'elle avait fini par éxécrer. Elle valait mieux que cela !
Ils ne s'adressèrent pas la parole de la soirée. Après avoir pris un yaourth et un fruit dans la cuisine, elle alla se coucher. Elle n'allait tout de même pas en plus lui servir un dîner. Elle s'en voulait quelque part de ne pas avoir pensé plus tôt à ce qu'il mijotait.Le but de ce voyage, c'était bien sûr, pour lui, l'occasion de se recaser sur le plan professionnel. Et elle devrait suivre, comme d'habitude, comme elle l'avait fait lorsque, jeunes mariés, elle avait dû abandonner un métier prometteur pour le suivre à la préfecture de Mende.
Le lendemain, il revint à la charge, pénétrant pour la première fois depuis longtemps dans la cuisine où elle s'était réfugiée, pour prendre un petit-déjeuner solitaire et pensif.
« Est-ce que tu as réfléchi à notre discussion d'hier ? Je n'ai pas fait preuve, il est vrai, d'une grande diplomatie à ton égard, mais, ajouta-t-il, c'est une opportunité qui ne se représentera pas, et je ne peux la laisser passer... tu peux le comprendre. Je dois te dire, en plus, que cela doit se faire dans un délai relativement court. Et puis, comme Caroline compte rester dans le Sud-Ouest, à Toulouse, pour poursuivre ses études de droit avec son copain, j'ai proposé de prêter notre appartement à celui qui a accepté que je le remplace et qui revient pour un an à Paris... je lui dois bien cela ! ».

« Mais tu te fous du peuple », dit la mère de Caroline. « Et moi, si je veux rester dans cet appartement, on fait comment ? »
« Je ne pense pas qu'il soit possible que tu ne viennes pas à New York, dit-il. Tu auras une vie agréable, comme celle que tu mènes ici. »
Elle ne répondit pas, s'habilla et partit à sa boutique, pour réfléchir, et espérer un coup de téléphone d'Antoine.Son monde avait basculé en vingt quatre heures, et elle devait songer à son avenir.

******

En cet été, Paris se vidait, soulagé finalement de l'issue des événements. Pour certains, la récréation était heureusement terminée ; pour d'autres, la révolution avortée était à refaire sur un autre théâtre d'opération ; pour la plupart, il s'agissait de trouver le soleil et le farniente, avant de retrouver une vie active à la rentrée. Aussi, la mère de Caroline ne vit-elle « âme qui vive » dans sa boutique tout au long de la journée, et réfléchit-elle à la suite des événements, attendant ce coup de fil qu'elle espérait ardemment. Elle ne cessa de retourner dans sa tête les données du problème qui avait surgi devant elle. Il était évident que son mari partait aux Etats-Unis. Il était non moins évident qu'il avait déjà tout organisé et notamment le prêt de l'appartement à son collègue. Elle était « dans la seringue », et, sauf à faire un esclandre difficilement réparable, elle ne pouvait en sortir. En clair, si elle refusait d'aller à New York, il fallait qu'elle trouve un logement et un job qui lui permettent de vivre correctement, sa boutique constituant, à cet égard, un viatique insuffisant. Si elle décidait de rester, était elle sûre des sentiments d'Antoine ? Quel pouvait être l'avenir avec lui ? Elle ne pouvait s'empêcher de penser à la difference d'âge, au fait qu'il était étudiant, que tous les deux, en vivant dans un cocon, ne s'étaient pas

offerts à la vision du monde extérieur qui serait sûrement sévère et désapprobateur. Lui retrouverait certainement d'autres amours, elle serait vite remplacée. Elle avait vécu une aventure inouïe qu'elle n'aurait imaginée un an auparavant, mais pouvait-elle penser que cela durerait avec cette intensité ? Elle fut interrompue dans ses réflexions par la sonnerie du téléphone, et décrocha avec fébrilité l'appareil.
C'était Antoine. Il demanda si son retour s'était bien passé... sous entendant ses retrouvailles avec son mari qui avait dû regagner le domicile familial.
« Et toi, demanda-t-elle, pour ne pas répondre tout de suite à cette question. L'ambiance n'était pas trop fraîche à ton arrivée ? Tu ne t'es pas fait trop tancer ? »
« Si, assez vertement, et même engueulé, à dire vrai ! Je pense tout le temps à toi, mais ça ne me suffit pas... mais, pour l'instant je suis astreint à residence. Mais revenons à toi : je ne te sens pas bien, tu as une petite voix, que se passe-t-il ? ».
« Un événement, pour reprendre ta sémantique, très ennuyeux pour moi, et surtout pour nous, reprit-elle. Figure-toi que mon mari a décidé tout seul, sans me prévenir, de partir à New York, d'y habiter, de louer notre appartement... et, en clair, de ne pas me donner le choix de rester à Paris. Je hais ce type et son égoïsme ! Il me sacrifie sur l'autel de sa carrière professionnelle, sans même me demander mon accord. Il dispose de ma vie comme si j'étais quantité négligeable et que je n'existais pas. Depuis qu'il est revenu et qu'il m'a annoncé sa décision, nous ne nous parlons plus. Je pense tout le temps à nous, et à trouver une solution pour ne pas être obligée de le suivre. Mais, sauf à faire un clash définitif, je ne vois pas comment faire. Il a déjà promis l'appartement à un collègue qu'il remplace précisément dans son poste à New York, je n'en aurai donc plus la disposition. Et, tiens-toi bien, à partir de la fin août. Ma boutique, tu

le sais bien, ne me fait pas suffisamment vivre pour assurer mon indépendance financière. Je retourne le problème dans tous les sens, dès que je ne pleure plus. J'ai envie de te voir, dit-elle en éclatant en sanglots, je t'aime et je suis malheureuse. Nous étions si bien ensemble. »

Antoine était resté silencieux. Il pensa brusquement à la vieille dame russe et à ce qu'elle lui avait dit. C'était plus facile à dire qu'à faire. En plus, cela lui tombait dessus inopinément, par surprise. Comment pouvait-il, par téléphone, la consoler et réfléchir dans le même temps, à la situation à laquelle, dans l'immédiat, il ne savait apporter de solution. Il était étudiant, sans autre ressource que le viatique que lui donnait sa famille. Certes il allait habiter à temps plein dans l'appartement familial à la rentrée prochaine, mais il ne pouvait héberger subrepticement son amie dans ce qui était, somme toute, une chambre d'étudiant « familiale ». Ils ne méritaient pas de tomber dans la médiocrité après avoir connu l'ivresse de l'insouscience amoureuse, et il ne pouvait l'inciter à refuser de quitter Paris.

« Je ne peux te rejoindre maintenant, même si ça n'est pas l'envie qui m'en manque, tu t'en doutes, dit Antoine. Mais cela n'est pas possible, je dois rester « low profile » en ce moment ». En disant cela, Antoine sentit qu'il scellait une séparation au moins temporaire, mais au demeurant inévitable, et comme ils étaient en phase, elle ressentit la même chose.

« Je te rappelle demain, poursuivit Antoine, d'ici-là, réfléchissons à ce qu'il est possible de faire. Je t'embrasse comme tu aimes ! »

« Moi aussi, très fort, dit-elle d'une petite voix desolée. A demain. »

******

Elle passa le reste de la journée à réfléchir et dut se rendre à l'évidence : elle ne pouvait pas ne pas suivre son mari. Elle l'accompagnerait donc aux Etats-Unis, et décida, dans le même temps, que sa vie de couple avec lui était « de facto » terminée à compter de cet instant. Les quelques mois qui venaient de s'écouler l'avaient ouvert à la vie, lui avait montré l'inanité de sa vie antérieure : la chrysalide avait donné naissance au papillon et débarrassé de la gangue qui l'enserrait jusqu'à présent. Elle se promit, dés son arrivée à New York, de vivre pour elle, et non plus pour celui avec lequel, désormais, elle ne ferait que cohabiter. Elle eût dans l'instant une pensée pour Antoine qui avait été l'artisan, volontaire et involontaire, de cette transformation. Il était apparu aussi triste et impuissant qu'elle devant cet événement. Elle se surprit à envisager, sans trop y croire, qu'une fois à New York, elle pourrait revenir souvent à Paris, ou qu'il pourrait lui aussi venir la voir. Après tout, c'était une destination qui attirait les jeunes et les moins jeunes.En tous cas, elle se refusait encore à croire que leur aventure était finie, tant elle avait été superbe, intense et heureuse. Considérant qu'elle n'aurait pu dire ce qu'elle ressentait par téléphone, elle prit le parti de lui écrire une longue lettre pour lui expliquer sa décision, et lui redire tous les sentiments qu'elle avait pour lui, sentiments qui demeureraient à tout jamais au plus profond d'elle-même.

« Tu m'as rendue à la vie, ne m'oublie pas, nous nous retrouverons un jour quelque soit les circonstances de la vie. »

Epuisée par l'intensité qu'elle avait voulu mettre dans cette lettre, elle la mit sous enveloppe et le lendemain la posta avec le sentiment qu'une page importante de sa vie se tournait.

Chapitre 11
LA CHRYSALIDE SORT DE SON COCON...

Antoine reçut cette lettre, dont il reconnut immédiatement l'écriture, en comprit vite la teneur, et s'isola pour lire attentivement les deux pages qui scellaient le premier grand amour de sa vie. Il n'aurait pas employé d'autres termes. Il ne put s'empêcher, alors, de penser à ce que lui avait dit la vieille dame russe. Fin de partie !
Elle reçut quelques jours après, à l'adresse de sa boutique, un énorme bouquet de fleurs avec un mot sibyllin qu'elle seule pouvait comprendre et qu'elle conserva des années durant au tréfond de ses affaires personnelles.
Le couple s'installa à New York dès la fin août, dans l'appartement très confortable, au cœur de Manhattan, laissé par celui que remplaçait le père de Caroline.

******

Ce dernier s'aperçut assez vite du changement radical de comportement de son épouse. Au début, il mit cela sur le compte du dépaysement et de la nécessaire adaptation à une vie nouvelle pour elle.
 Elle n'était plus là en épouse modèle et attentionnée pour faire bonne figure quand il rentrait de son bureau. Elle ne lui adressait la parole que de façon neutre et insignifiante pour le tenir au courant de ses absences et déplacements, justifiant ainsi qu'elle n'était plus à son service. Elle s'était ainsi inscrite à des cours de langues accélérés pour bonifier son anglais, et s'était abonnée à un club de gymnastique très select où elle allait très régulièrement. Ayant mis au courant sa sœur et son beau-frère de son expatriation obligée, ceux-

ci lui avaient ouvert leur carnet d'adresses à New York où ils avaient été en poste quelques années durant auparavant.

C'est ainsi qu'elle se constitua rapidement un réseau relationnel d'autant plus étendu que son charme opérait chaque fois qu'elle rencontrait des personnes nouvelles qui ensuite faisaient son éloge auprès de leurs amis. Elle fut très vite invitée dans les cercles « peoples » de la Grosse Pomme où son allure et son sourire faisaient merveille. De temps en temps, elle même ne se reconnaissait pas : nous étions loin de la bourgeoise parisienne. Comme elle venait de Paris, on la questionnait régulièrement sur les évènements du mois de mai, et elle prenait alors un malin plaisir à donner quelques détails croustillants sur ses tribulations dans le quartier latin… ce qui étonnait toujours ses interlocuteurs qui se demandaient comment la jeune femme « people » qui était devant eux avait pu participer à de tels évènements.

Elle devint rapidement la représentante d'une maison de couture française connue, ce qui lui donna à la fois, une garde-robe et l'excuse d'une vie professionnelle nouvelle qui l'obligeait à des sorties et des déplacements solitaires et répétés.

Le haut fonctionnaire fut vite débordé par l'activité relationnelle débordante de celle qui ne se considérait plus, en fait, comme son épouse. Libérée et déculpabilisée par son aventure avec Antoine, elle regardait ses congénères droit dans les yeux, et cédait, avec discernement, à qui lui plaisait : elle livrait son corps sans offrir son cœur. Les cocktails avaient bon dos, les « fashion weeks » également. Et les invitations dans les Hamptons et à Cap code facilitaient les nouvelles relations.

De temps à autre, elle avait un coup de blues et pensait à Antoine, et aux vrais bons moments qu'ils avaient simplement passés ensemble. Elle n'était pas dupe du côté artificiel de sa vie actuelle, même si elle en appréciait les côtés les plus agréables. En fait, elle tenait aussi sa revanche sur l'égoïsme dont avait fait preuve son mari durant des années, et particulièrement lorsqu'il avait décidé, unilatéralement, de leur installation aux Etats-Unis.Aujourd'hui, elle ne lui devait plus rien. Grâce à ses nouvelles fonctions, elle avait de quoi vivre... et lui cachait sa nouvelle indépendance financière tout à fait réelle. Lui assistait impuissant à la transformation de son épouse, pygmalion involontaire d'une fleur dont il ne maitrisait plus ni l'éclosion, ni le développement.Il était quelque part flatté de l'aura nouvelle de sa femme, mais il n'avait plus de prise sur elle, et la voyait s'éloigner irrémédiablement de lui.

******

Lors d'une réception donnée par un grand magazine de mode, à laquelle elle assistait, seule, à la présentation de la nouvelle collection d'un diamantaire connu, elle se trouva à côté d'un homme qui lui donna une impression de « déjà vu ». Il était assez grand, brun, élégamment vêtu, sans ostentation. Environ quarante ans, se dit-elle. En le regardant plus attentivement, la forme de son visage lui en rappela un autre. Ses traits ne lui étaient curieusement pas inconnus alors qu'elle ne l'avait jamais rencontré auparavant. Ses yeux avaient un regard qu'elle avait connu, en d'autres temps. Elle crut un instant reconnaître Antoine, mais l'homme qu'elle avait maintenant devant elle, était plus âgé, plus corpulent.
« Je vous intrigue, dit-il, puis-je savoir pourquoi ? » avança-t-il, en se rapprochant d'elle, en souriant et avec un léger accent.
« Excusez-moi, vous me faites penser à quelqu'un que j'ai bien connu, répliqua-t-elle, même votre sourire ressemble au sien ! C'est très étonnant. »

« La pente va être dure à remonter dans ces conditions ! Puis-je vous inviter à prendre un verre pour me faire pardonner cette ressemblance puisque je ne peux l'effacer ? ».

Il se présenta et elle sut qu'il était citoyen américain d'origine serbe, ce qui expliquait son léger accent. Ils conversèrent agréablement. Elle accepta une invitation pour la semaine suivante, prétextant des obligations professionnelles jusqu'à cette date.

Il lui avait donné rendez-vous dans un restaurant à la mode et, prévenant, l'attendait à la table réservée pour la circonstance. Elle arriva superbement habillée, attirant les regards des hommes, et celui, moins indulgents des femmes qui les accompagnaient. Au cours du repas, ils apprirent à se connaitre, se questionnant alternativement, passant également d'un sujet d'actualité à un autre, pour éviter la litanie des questions réponses. Elle était frappée de la similitude de certaines expressions du visage de celui qui lui parlait, avec celles d'Antoine… mais s'abstint de revenir par décence sur ce sujet.

L a conversation fut légère et agréable. Elle apprit qu'il était un chef d'entreprise, que celle-ci était florissante, qu'il l'avait créée une vingtaine d'années auparavant. Il était arrivé avec sa mère aux Etats-Unis juste après la guerre, n'avait jamais connu son père, et sa mère était toujours restée très discrète sur ce sujet.

« Comment s'appelle votre mère ? Ce doit être une belle femme, dit-elle, se sentant, en posant cette question, un peu « pute », sachant que tout fils unique a souvent une sainte admiration pour sa mère… ce qui n'est parfois pas sans poser de problème dans la vie amoureuse du fils. La question n'était donc pas anodine.

« Ma mère s'appelle Gordana et, effectivement, elle a toujours été une belle femme au visage un peu triste. Son père, mon grand-père donc, avait été un des chefs des Tchetniks en Serbie. A la fin de la guerre, il nous a exfiltrés, ma mère et moi, de Serbie, avant d'être exécuté par les troupes de Tito. La vie, ensuite, n'a jamais été très facile, mais nous nous en sommes sortis. C'est ça l'Amérique ! » ajouta t-il en souriant.

Ils se revirent, couchèrent ensemble. Elle découvrit sa résidence, fut présentée à la mère, qui l'adouba avec empathie et simplicité. Elle était attirée par cet homme qui se montrait prévenant et attentionné. Au fond d'elle-même, et de temps à autre, elle croyait se retrouver avec le clone d'Antoine auquel elle se surprenait à penser, y compris lorsqu'elle se trouvait dans les bras de Branko puisque tel était son nom.

C'est à ce moment que le mari en titre crut bon de dire à son épouse qu'il fallait envisager un retour en France : son détachement arrivant à son terme, il devait réintégrer son corps d'origine dans un délai qui restait à fixer, mais qui ne dépasserait pas deux ou trois mois. Sa vanité égoïste l'empêchait de dire que ce retour cachait en fait un échec : sa tentative de donner à sa carrière un nouveau départ, sur une orbite différente, et telle qu'il en avait eu l'opportunité avec ce séjour à New York, n'avait pas réussi. Celui qui occupait leur appartement parisien, lui était nommé à Londres dans des fonctions importantes, nettement plus que celles qu'il occupait actuellement à Paris.

Elle ne répondit rien sur le moment, mais prit en son fort interieur sa décision : elle ne reviendrait pas à Paris avec celui qui n'était plus rien pour elle. Dans les semaines qui suivirent, elle accentua ses relations avec Branko, jouant de ses charmes avec efficacité. Celui-ci était de plus en plus amoureux : sa réticence à se lier avec une femme qu'il ne connaissait somme toute que depuis peu s'évanouit. Il convient de dire qu'elle avait entrepris le siège de Gordana qu'elle trouvait au demeurant charmante et de qualité. Au cours des quelques longues conversations qu'elle avait eues avec cette femme, elle avait su acquérir sa confiance. Elle n'avait pas pu, par contre, connaître les raisons de la grande tristesse qui, de temps en temps, envahissait son visage.

Lorsque son mari lui dit, un soir, qu'ils devaient rentrer sous deux mois, leur appartement étant libéré, et le décret concernant son retour à la Cour étant à la signature, Elle lui répondit posément, et sur un ton neutre qui l'étonna elle-même :

« Je ne reviendrai pas à Paris avec toi ! Prends-le comme tu veux, ma décision est définitive. » Elle tourna les talons, sans un mot, et sans attendre une réponse qui l'aurait engagée dans une discussion qu'elle se refusait à avoir.

Il resta planté, immobile et interloqué, sans voix. Sur le moment, son éducation l'empêcha de rentrer dans une querelle violente ; et son intelligence lui fit comprendre qu'elle était inutile. Il se dit quasi instantanément qu'il allait effectivement revenir seul à Paris.Son égoïsme reprit le dessus, et il envisagea les modalités de ce retour, se surprenant à penser néanmoins que sa femme devrait assumer les conséquences pratiques d'une décision qu'il croyait réversible à l'épreuve des faits.

Elle fit part à Branco, un soir, de la décision de son mari de retourner à Paris, de son propre refus de le suivre, de sa volonté de rester à New York. Celui-ci lui proposa aussitôt de l'héberger. Elle accepta en disant que c'était naturellement à titre temporaire. Branco sourit et l'embrassa.

Elle repassa prendre ses affaires personnelles un après-midi où elle savait être seule dans l'appartement que devait être laissé vide la semaine suivante.Le haut fonctionnaire prit son avion seul et disparut de sa vie.

******

Elle s'était installée chez Branco qui avait pris soin de préparer son arrivée en lui réservant, pour son usage personnel, une partie de son appartement. Elle fut touchée de cette attention et le lui dit. Elle rendit visite à celle qu'elle appelait depuis quelques temps Gordana pour l'informer de sa situation, et de l'accueil sympathique que lui avait réservé son fils. Gordana la remercia de sa démarche, et sourit gentiment de ses yeux tristes.
« Toutes ne sont pas comme vous, dit-elle. J'apprécie votre visite, soyez sans craintes, je ne jouerai pas les belles-mères abusives, ajouta-t-elle, et vous serez toujours la bienvenue. »

******

Le nouveau couple s'installa dans une quotidienneté conviviale et sympathique. La colonie française d'expatriés apprit la nouvelle de la séparation du haut fonctionnaire et de la Belle, et la plupart donnèrent raison à celle-ci à l'exception de quelques « pisse froid » que la libération des mœurs de 68 n'avait pas encore atteint. Branco était très actif, et concentré sur son affaire. Elle l'éloignait pour de courts séjours en dehors de New York. Il revenait toujours avec une attention pour sa compagne. En un mot, il était amoureux.
Elle ne l'était pas autant, mais appréciait la situation. Elle s'étonnait encore de sa décision de quitter son mari, mais elle ne regrettait rien. Depuis qu'elle avait eu cette aventure avec Antoine, elle vivait pleinement, et s'en félicitait tous les jours. Elle avait une quarantaine épanouïe, en pleine possession de ses moyens, elle se sentait en forme. Elle pensait souvent à celui qui avait été le déclencheur de sa vie nouvelle, se demandait fréquemment ce qu'il devenait. Sans nouvelles de lui, elle n'osait pas en donner ; mais elle conservait en permanence sur elle un mot doux et un pétale de rose racorni.

Son amie Nadia, avec laquelle elle n'avait plus que des relations de plus en plus espacées, lui avait bien dit, un jour, qu'elle avait revu, par hasard, Antoine. Celui-ci lui avait demandé des nouvelles de son amie. Il avait ajouté qu'il avait même eu la « faiblesse », lors d'un de ses voyages à New York, de rechercher ses coordonnées. Il ne les avait pas trouvées. La mère de Caroline avait repris son nom de jeune fille. De temps en temps, il apparaissait comme en filigrane de son ami actuel. Avec ce dernier, il est vrai, elle ne connaissait pas l'intensité des rapports sexuels qu'elle avait connu précédemment avec Antoine. La différence entre les deux hommes tenait à la fantaisie du premier, et à une douceur faussement innocente dans le regard, qui débouchait sur l'inattendu des propositions et du comportement. Branco, lui, était plus « carré », moins imaginatif et intuitif, mais sûrement plus opérationnel. Le taureau n'était pas gémeau et réciproquement. Il était légèrement plus grand, et surtout plus costaud ; sa démarche était plus décidée, moins virevoltante... Mais certains gestes, postures, et comportements, outre les ressemblances dejà évoquées, réunissaient les deux hommes dans la perception qu'elle en avait. L'un était limousin, l'autre était serbe : ils n'avaient rien en commun sauf leurs ressemblances.

******

Quand Branco partait en voyage, Elle se débrouillait toujours pour passer voir Gordana, qui l'accueillait avec sympathie et la remerciait de se substituer à son fils. Elle ajoutait alors toujours que cela ne devait pas être une obligation, même si pour elle c'était un plaisir d'accueillir la compagne de son fils. Gordana l'avait souvent questionné sur son passé « pour mieux la connaitre », disait-elle, mais restait, quant à elle, très discrète et évasive sur le sien, et sur les conditions de son arrivée aux Etats-Unis. Un jour, pourtant, elle se laissa aller à plus de confidences, disant qu'elle aussi elle avait connu, jeune, un grand amour qui avait fini comme celui de la mère de Caroline, à ceci près qu'elle s'était retrouvée enceinte couverte de l'opprobre de sa famille et de son entourage. Seule l'autorité incontestable de son père l'avait protégée de l'exil familial. Le père de l'enfant était un français.

« Nous nous étions connus quelques mois plutôt, à l'hôpital de Belgrade, où il était médecin en stage, et moi infirmière. Il est reparti en France sans savoir que j'étais enceinte de lui. Je ne l'ai jamais revu, et j'ai gardé Branco qui ne sait pas qui est son père, il a du vous le dire. Ensuite, la guerre est arrivée, la vie a été difficile, les moyens de communication ont été interrompus, et le danger a cru pour moi et ma famille avec l'arrivée de Tito. Mon père, avant d'être arrêté et fusillé avec mes frères, a organisé mon départ et celui de Branco vers l'Italie dans un premier temps, puis vers les Etats-Unis. Voilà, vous savez tout ou presque ! La suite a peu d'importance me concernant. J'ai commencé par vivre comme peut vivre une femme immigrée sans beaucoup de ressources, utilisant ma jeunesse encore relative pour séduire un brave américain qui est mort quelques années plus tard, non sans avoir adopté Branco, et lui avoir donné la possibilité d'avancer dans la vie… ce dont je le remercie tous les jours. Ma seule satisfaction, aujourd'hui, est la réussite de mon fils : moi, je ne suis plus qu'une vieille femme qui a des souvenirs inachevés. »

Elle regarda la mère de Caroline d'un air doux, l'embrassa sur le front, et dit : « Ne me l'abîmez pas, je tiens à lui ! ». Puis, elle s'éclipsa dans une autre pièce de son appartement, une larme à l'œil. La mère de Caroline fut bouleversée par les confidences de cette femme qui avait dû avoir, dans les années trente, la beauté sauvage, brune et fière, des jeunes femmes des Balkans.Elle avait gardé une épaisse chevelure, devenue blanche sous le poids des ans, et des difficultés rencontrées, elle conservait une certaine allure bien

qu'aujourd'hui légérement voûtée. Elle revint, après s'être refaite une beauté, avec un sourire moins triste que d'habitude.
« Je suis heureuse d'avoir partagé avec vous ces souvenirs. Cela, quelque part, me soulage. Mais, je vous en prie, n'en faites pas état à Branco, cela ne sert à rien, et réveillerait des questions qu'il n'a pas le temps, en ce moment, de se poser. »
Ce en quoi Gordana se trompait... Son fils avait précisément entrepris depuis quelques temps, à l'insu de sa mère et pour ne pas la perturber, des recherches sur sa filiation. Ses affaires marchaient bien, il avait plus de temps disponible, et surtout des moyens financiers qui lui permettaient alors de commencer à faire faire les dites recherches en Serbie, puis en France. Il avait, peu à peu, glané quelques renseignements qu'il compilait dans une chemise soigneusement conservée dans un porte document.
Un jour, il reçut un pli confidentiel de la personne qu'il avait missionnée en Europe pour faire cette recherche. Il l'ouvrit à la fois avec curiosité et une certaine anxiété. Il en prit connaissance avec une certaine avidité.Le courrier, en préambule, soulignait, comme il se doit en pareil cas, la difficulté de la recherche et de la mission, détaillait le processus adopté pour exécuter cette mission... Cela n'en finissait pas : le missi dominici racontait par le menu ses voyages, les rencontres qu'il avait du provoquer, ses interrogations, les déductions qu'il avait effectuer pour avancer dans son enquête, les impasses dans lequel il s'était fourvoyé... Tout cela pour arriver aux deux pages essentielles qui, seules, intéressaient Branco. Celui-ci lut un nom qu'il ne connaissait pas, et qui le plongea dans un abîme de réflexions et d'interrogations.
Il se promit d'avoir un entretien avec sa mère qui, au vu du rapport qu'il avait sous les yeux, lui avait caché jusqu'à ce jour un certain nombre d'informations qu'elle ne pouvait ignorer. Il n'avait alors pas le temps de passer la voir et d'aborder une discussion avec elle, qui

ne pouvait se faire entre deux portes. Il devait s'absenter deux jours pour affaires. Il laissa un mot doux à la mère de Caroline. Il prit l'avion qui s'écrasa quelques heures plus tard à l'approche de l'aéroport de la ville où il se rendait.

******

Les télévisions reprirent aussitôt en boucle l'information de cet accident d'avion qui, disaient les dépêches en sur lignages, « ne comportait pas de survivants ». Gordana, en voyant cette information sur l'écran de sa télévision, fut saisie d'une angoisse, et téléphona à la mère de Caroline pour savoir où était parti son fils. Celle-ci, en conférence de rédaction, n'avait pas eu encore connaissance de cette catastrophe aérienne. Elle rassura la vieille dame, et promit de venir la voir, tout au moins de la rappeler dés qu'elle le pourrait.
Dans le taxi qui la ramenait chez Branco, elle prit connaissance des éléments constitutifs de cette catastrophe aérienne, et comprit qu'elle venait de perdre son ami. Livide, elle paya le taxi sans un mot, s'engouffra dans le hall de la résidence. Arrivée dans l'appartement, elle vit le mot doux de son ami lui donnant un rendez-vous impatient le lendemain soir. Ce mot avait été posé à la va vite sur des feuillets d'un rapport intitulé « Recherche sur la filiation de Monsieur Branco… ». Ainsi, contrairement à ce que pensait et disait sa mère, il avait entrepris des recherches poursavoir qui était son père biologique et, visiblement, il touchait au but.
Avait-elle, Elle, le droit de lire ces quelques feuillets, surtout en la circonstance ? Devait-elle les rassembler et les communiquer à la mère de Branco, les laisser en l'état, les remettre dans le porte document à l'abri des regards indiscrets… qui ne manqueraient pas

de les voir, dans le mouvement généré par la disparition de la personne à qui ce rapport était destiné ?

La curiosité féminine l'emporta ! Après tout, elle était son amie, personne ne saurait qu'elle avait pris connaissance des conclusions de ce rapport, et malheureusement pas lui. Ensuite, elle remettrait le rapport dans la sacoche et la mettrait à l'abri des regards des tiers. Elle prit donc connaissance des deux dernières pages du rapport, et, à leur lecture, plongea dans un abîme de stupéfaction. L'auteur du rapport déclarait que le père biologique de Branco, était un certain Henri D..., jeune et brillant interne des hôpitaux de Paris, né en 1909, et qui, au milieu des années trente, avait été détaché quelques mois à l'hôpital de Belgrade. Le rapport confirmait qu'il était reparti en France bien avant que Gordana M...... ait accouché, quelques mois après, d'un fils dénommé Branco. Le dit rapport témoignait ensuite d'une traçabilité incertaine, et concluait au fait que l'objet de la mission qui avait été dévolue au missi dominici s'arrêtait à cette information.

La mère de Caroline, qui avait gardé aux mains les gants qu'elle portait habituellement, remit délicatement, dans leur ordre initial, les feuillets qui composaient le rapport, réintroduisit le tout dans l'enveloppe qu'elle glissa dans la sacoche que son ami avait visiblement prévue à cet effet. Puis elle s'assit, pour digérer l'information qu'elle venait de découvrir.

Elle avait, assurément, l'explication et la réponse, aussi incroyable qu'elles puissent paraître, aux interrogations qu'elle se posait depuis qu'elle avait rencontré Branco.

Une voyante lui avait dit un jour qu'elle aurait, bien que déjà mariée, un grand amour avec un jeune homme qui décèderait malheureusement dans un accident d'avion. La voyante s'était trompée dans les détails et dans le déroulé des évènements, mais la mère de Caroline dut se rendre à l'évidence. La voyante avait eu, dans le désordre, des intuitions, mais n'avait pu deviner l'improbable absolu.

Le hasard était allé encore une fois au bout de sa logique. Antoine et Branco étaient, à coup sûr, demi-frères ! Elle avait eu pour amants deux demi-frères qui ne s'étaient jamais vus, qui ne se connaissaient pas. Elle comprenait maintenant les ressemblances, les mimiques, et son attirance pour ce qu'elle avait apprécié dans le jeune étudiant, et qu'elle avait retrouvée chez son aîné, le Serbe naturalisé américain. C'était tout juste incroyable ! Elle resta un moment sans réagir, puis reprit peu à peu ses esprits. Dans l'instant, elle avait à gérer le stress de la mort de son compagnon, celui de l'information qu'elle venait de recueillir, et le désespoir de Gordana lorsqu'elle apprendrait la terrible nouvelle. Elle ne put, cependant, s'empêcher de penser qu'Antoine était lui en vie.

Les jours qui suivirent furent douloureux et pénibles à la fois. Le plus difficile fut de soutenir et d'assister Gordana dans sa douleur de mère. La mère de Caroline décida de lui remettre, sans commentaires de sa part, les documents, dont elle avait aperçu la teneur, en lui disant que son fils avait du les recevoir juste avant son départ.

Durant les quelques mois qui suivirent, elle accusa le coup. Bien que n'ayant aucune position officielle, elle eut à régler un grand nombre de problèmes liés au décès de son ami. Et ce, d'autant plus que la mère de Branco avait, à sa mort, décroché de la réalité de ce monde, déclarant que plus rien ne la retenait sur cette terre. Celle qui n'était pas sa belle-mère lui laissa la disposition de l'appartement de son fils, dans lequel elle se retrouvait seule le soir. Durant quelques temps, Elle n'eut pas le cœur de reprendre une vie mondaine intense, se contentant d'assurer le service minimum lié à ses fonctions de représentation de la maison de couture qui l'employait.

Elle reçut un jour un coup de téléphone d'une compagnie d'assurance l'informant qu'elle était bénéficiaire d'une assurance-vie souscrite, en sa faveur, par Branco… Son interlocuteur lui demandait un rendez-vous pour régulariser cette affaire alors close pour lui ! Elle apprécia sa « délicatesse », ne put s'empêcher de la lui reprocher : il s'excusa et convint avec elle d'une date et d'une heure. Elle se retrouva ainsi avec un pécule à la hauteur de la générosité de son ami qui n'avait jamais été mesquin depuis qu'il l'avait rencontrée… mais se retrouva seule.

Chapitre 12
POUR ÊTRE DANS LE FLUX, IL FAUT ÊTRE A FLOT...

Antoine, lorsqu'il avait reçu la lettre de la mère de Caroline, avait aussi accusé le coup. Certes, la vieille dame russe lui avait bien dit de toujours garder la tête froide dans les jeux de l'amour et du hasard, il s'avérait qu'à l'épreuve des faits, c'était une position difficile à tenir. Ses parents le trouvèrent changé et taciturne : sa mère mit cela sur le compte d'une année universitaire sûrement fatigante ; son père s'abstint de tout commentaires, même s'il avait fait, lui, le lien probable entre le courrier reçu par Antoine, et son brusque changement d'humeur.

Les vacances, le soleil, le bateau, les amis, et la mer atténuèrent progréssivement le « maelstrom » du jeune homme qui écourta ses vacances pour préparer les examens qui avaient été reportés en septembre, après les évènements de mai. Il s'installa dans l'appartement familial, et ne reprit contact avec personne pour mieux se concentrer sur les cours et matières qui faisaient l'objet de ses prochains examens fixés courant septembre.

L'indulgence recommandée par le ministère permit à la presque totalité des étudiants de passer avec succès leurs examens. Antoine n'échappa pas à la règle, et dans les différentes disciplines qu'il avait pratiquées jusqu'alors, se réinscrivit au niveau supérieur. Il ressentit un grand vide dans les mois qui suivirent : ses parents, à leur grand étonnement, le virent plus souvent débarquer chez eux. Il utilisait le temps libre et sa disponibilité pour avancer dans sa maitrise d'histoire contemporaine.

A Assas, il n'avait pas revu Caroline et avait appris, par ses camarades, qu'elle s'était inscrite à la Fac de Toulouse, et » que ses parents étaient partis aux Etats-Unis durant l'été ». Aux Langues'O, monsieur Mirambelle, dont c'était la dernière année de cours, avait perdu toute espèce d'enthousiasme pour la langue qu'il était censé enseigner. Cela sentait aussi la fin de partie, et ce d'autant plus que la rumeur sur le démantèlement de l'école et la fermeture de la rue de Lille se précisait. Silvestre de Sacy, le fondateur de l'école, allait se retourner dans sa tombe, devant l'éclatement probable d'un enseignement ventilé dans les différentes facultés créées en banlieue. « La Rue de lille » avait un charme désuet : certains délateurs disaient que certains dialectes étaient plus parlés dans l'enceinte de l'école, que dans leur pays d'origine ! Certes ses locaux étaient inadaptés à l'enseignement des langues, mais elle était « germanopratine », et aller à Villetaneuse manquait de charme ! Antoine décida de ne pas poursuivre l'étude du grec moderne qu'il ânonnait. Monsieur Mirambelle retournerait dans son Gers natal, et Antoine se consacrerait à des études plus opérationnelles : il était rattrapé par la réalité et l'efficacité !

Dans les années qui suivirent, il rentra dans le moule qu'avait évoqué le ministre plénipotentiaire lors de son voyage à Rome.Il intégra la Rue Saint Guillaume « en service public », en seconde année. Sa touche d'originalité lui fit néanmoins privilégier quelques enseignements exotiques aux dépends de matières jugées pourtant nécessaires pour tenter le concours de l'ENA.C'est la raison pour laquelle il ne tenta qu'une fois le dit concours, se souvenant de la remarque du même ministre plénipotentiaire faite à l'intention de son beau-frère. Il ne voulait de surcroit pas terminer au tribunal administratif de Guéret, ou sous-directeur à la direction des affaires sociales. En fait, il s'était aperçu que pour réussir dans cette voie, il fallait y penser depuis des années ! Il fallait avoir été mis en condition par un environnement familial qui n'était pas le sien, se concentrer sur l'objectif suprême qui était de sortir dans la botte pour prétendre aux grands corps, et de ce fait adopter, sauf à être un de ces esprits qui surclasse tous les autres, une vie scolaire et estudiantine quasi monacale… Vie monacale qui était à l'opposé de l'activité ludique et dispersée qu'avait exercé Antoine jusqu'à présent. Il avait été, au cours des dernières années, une abeille qui butinait agréablement autour du Luxembourg ; il n'avait jamais été obsédé par le rang de sortie d'une école qu'il n'avait pas encore intégré ; et quand il avait pris conscience de ce qui préoccupait une partie de ses congénères, il était déjà hors course pour prétendre à être dans le bon tiercé.

******

Sur le plan personnel, depuis l'été 1968, il s'était « refait », mais son attitude vis-à-vis de la nature humaine s'était modifiée. Pour la première fois, il avait eu des courbatures à l'âme. Il avait découvert à ses dépens que l'égoïsme des autres pouvait être un obstacle à une vie épanouïe telle qu'il en avait menée une jusque là sans souci. Curieusement, son aventure et l'épilogue de celle-ci l'avait endurci. Il avait pris de la distance dans la relation amoureuse avec la gens féminine, suivant en cela la recommandation de la vielle dame russe. Il s'était même surpris à jouer avec le sentiment féminin, « allumant » comme savent le faire certaines femmes, pour ensuite laisser tomber l'impétrante dont il n'avait, somme toute, rien à faire. Naturellement, il ne s'agissait pas alors pour lui de vouloir revenir en deuxième semaine. Ce jeu, au demeurant malsain, lui permettait de tester le comportement féminin, de peaufiner ses recettes de séduction, de s'entraîner à les appliquer sans fausse pudeur, ni timidité. Force était de constater que, même s'il s'était pris quelques « rateaux » sévères, un grand nombre de femmes s'intéressait à sa démarche… ce qui ne cessait de l'étonner.
Il s'était laissé aller à quelques aventures qui demeurèrent sans lendemain, encore polluées, en ce qui le concernait, par les souvenirs liés à son aventure avec la mère de Caroline. Il fut ainsi quelques

temps le « sex toy » d'une cougar, épouse insatisfaite d'un homme politique du Sud-Ouest.Deux fois par mois, elle déboulait à Paris,par l'avion de la fin de matinée,pour satisfaire avec Antoine à ce qui ne l'avait pas été par la voie matrimoniale officielle.Le rituel était immuable : dés qu'elle était arrivée, elle lui donnait rendez-vous à l'hôtel où elle descendait habituellement. Le concierge faisait semblant de ne pas voir Antoine qui passait devant lui, le regard tourné vers la ligne bleue des Vosges, pour rejoindre la belle dans la chambre qui lui était dévolue d'un séjour à l'autre. La belle, toute excitée par la perspective de prendre son pied s'enflammait à la première allumette, et en redemandait en général une fois avant le dîner... Antoine pouvant être après, et selon l'humeur du moment, remis à contribution. Après cet exercice, qu'Antoine considérait comme parfaitement hygiénique et plutôt baroque, lui rentrait chez lui, et elle reprenait l'avion le lendemain en fin de matinée. Un jour, l'histoire s'arrêta : Antoine ne sut jamais pourquoi... et la terre continua à tourner sans que cet épisode en eut modifié le cours ! Antoine en retira simplement que la nature féminine était quand même, encore une fois, très étrange et insondable.

L'Année universitaire se termina sans incident. A la rentrée de la suivante, et en rentrant de vacances, Antoine découvrit qu'il était obligé de se marier prématurément pour satisfaire aux bonnes mœurs bourgeoises de l'époque. Il satisfit à cette obligation sans que cela lui posa un problème particulier. On voulait qu'il se marie, il se maria, épisode qui, de son point de vue, ne changeait pas le cours des choses. Son mariage le labélisa au rang des « jeunes couples bourgeois mariés avec progéniture ».

N'ayant pas de vocation particulière, et sans pouvoir bénéficier de conseils éclairés qui l'auraient propulsé vers des secteurs en développement, il aboutit dans une banque où son esprit de synthèse, son analyse et le sens politique acquis à Sciences Po, le propulsèrent comme adjoint de la secrétaire générale. Ses fonctions consistaient essentiellement à faire ce qu'elle ne voulait pas ou n'avait pas le temps de faire, compte tenu des relations intimes qu'elle entretenait avec le directeur général de la dite banque. En clair, Antoine tenait la chandelle, servait d'alibi et de paravent à la relation qu'entretenaient les deux tourtereaux. Pour prix de son efficacité et de son silence, il disposait d'une grande liberté.Il avait bénéficié rapidement d'une aura certaine auprès du personnel de la banque qui, naturellement, ignorait les « hautes » responsabilités qui étaient les siennes en la matière, mais voyait bien qu'il était près du pouvoir.

Il changea de banque grâce à l'amitié intéressée d'un grand banquier homosexuel qui s'était trompé sur ses inclinaisons, et qui pensait trouver dans le jeune homme un compagnon de route, ou, à tout le moins une roue de secours momentanée. Antoine dut mettre les points sur les « I » devant une persévérance devenue gênante. Cet intermède lui permit néanmoins de se placer sur une orbite professionnelle supérieure, qui lui servit de tremplin pour de nouvelles fonctions dans un autre établissement bancaire.

Pour rompre la monotonie d'une vie qui s'installait, et éviter de passer de trop longues vacances en famille dans la villa des beaux-parents, Antoine organisa des voyages, pour et avec ses copains et leurs épouses, dans des destinations lointaines.

C'est ainsi qu'il emmena son groupe d'amis aux Antilles faire une croisière sur ce qui était, à l'époque, considéré comme un grand voilier, et qui, à défaut, d'être rapide, était lourd et confortable. Antoine avait joué la sécurité en prenant un skipper et une hôtesse en charge du bien-être culinaire des passagers. La présence du skipper permettait d'éviter de faire les « clearances » à chaque arrivée dans les îles. Sa principale qualité était aussi de connaître les mouillages les plus agréables. Il n'était pas, au demeurant,

outrageusement sympathique, se contentant du service minimum vis-à-vis d'Antoine et de ses amis. La jeune femme qui l'assistait, elle, était plus aimable et avait déclenché, dés leur arrivée à bord, l'empathie générale du groupe. C'était une grande jeune femme, élancée, au visage expressif, empreint de douceur. Elle était, de plus, bonne cuisinière, cherchant instinctivement à compenser la froideur apparente de son compagnon.
La croisière dans ces conditions, et dans des eaux qui n'étaient pas encore fréquentées par d'innombrables bateaux de plaisance, laissa un souvenir impérissable à tous les participants qui échangèrent leurs coordonnées avec celles de l'équipage, conscients que cette démarche n'avait en général aucune suite... chacun continuant sa vie sur une trajectoire centripète !

******

La vie professionnelle absorbait les uns et les autres, ne leur laissant que peu de temps pour retrouver les instants d'une insouciance passée. Antoine essayait d'échapper au flux d'une vie qui l'entraînait, et dont il aurait aimé mieux maîtriser le cours ou le rendre plus attractif.
Il s'échappait régulièrement faire des virées solitaires en mer sur le voilier dont il avait fait l'acquisition avec ses premiers bonus de cadre bancaire. Le voilier était amarré au port des Minimes, à La Rochelle. Hors saison, personne n'insistait pour l'accompagner. Il arrivait le vendredi soir dans un bateau humide et froid, s'engouffrait dans un duvet et écoutait le vent qui ralinguait dans les haubans et dans les filières. Le lendemain, selon le temps et la météo, il partait vers les pertuis toutes voiles dehors, mettait le pilote automatique et admirait avec contentement la mer, son bateau qui filait dans le légerclapot qui était la règle entre Ré et Oléron. Engoncé la plupart

du temps dans une polaire ou dans son ciré, il goûtait le moment présent. Le vent semblait balayer les miasmes de la semaine, son esprit se vidait, il laissait libre cours à une imagination qui reprenait le dessus sur le timing des obligations et des contraintes de tous ordres. Installé au vent, il regardait son bateau tracer sa route dans les moustaches de l'écume qui bordaient son étrave. Peu à peu, la dictature de l'instant et du temps s'effaçait devant une sorte de plénitude intemporelle, et même si un « grain » arrivait, il laissait porter la voilure et restait engoncé dans son ciré battu par la pluie jusqu'à ce que, le vent forçant, il se décide enfin à réduire la voilure.Ces heures de navigation en solitaire, et plutôt tranquilles,le plongeait dans des abîmes de réflexions qui le conduisaient invariablement à considérer que, somme toute, il n'était pas malheureux, qu'il avait une vie plutôt agréable… Il lui manquait simplement des perspectives pour donner du sel à sa vie, un challenge supérieur à ceux, accessoires, pensait-il, qu'il avait à surmonter périodiquement. « A vaincre sans gloire, on triomphait sans péril ! ». Il était, en fait, inconsciemment en attente d'un événement qui modifierait le cours de sa vie, qui l'obligerait à prendre une décision qui influerait sur le cours de son existence. L'hiver, la nuit et l'humidité tombaient vite, et, n'ayant rien à prouver, il rentrait au port. Il avait toujours doucement souri quand il entendait certains « régatiers » qui se la jouaient dans les salons du Yacht club,en décrivant leurs « entrainements d'hiver » à la Trinité ou à La Rochelle.En fait, les dits entrainements se passaient entre onze heures du matin et quinze heures de l'après-midi, dans le Golf du Morbihan ou des pertuis à l'abri des rudes tempêtes d'hiver. Quand les heures de marées étaient favorables, il couchait le premier soir à Saint-Martin de Ré ou à Oléron, sinon il revenait à La Rochelle et retrouvait certains de ces « régatiers » amis chez « André », autour de la soupe de poisson traditionnelle et d'une douzaine d'huîtres.

Comme en novembre ou en février la foule des touristes de passage ne se pressait pas dans cette brasserie, les clients étaient dument identifiés… ce qui leur permettait de ne pas faire la queue quand ils arrivaient déjeuner ou dîner en saison ! Le premier garçon, et pilier de l'établissement, les reconnaissait alors d'un coup d'œil et leur disait d'un ton complice : « j'avais bien noté votre réservation, venez vous installer ». Et ceux qui attendaient patiemment une table s'effaçaient devant les impétrants qui passaient devant eux, l'air un peu gêné soit, mais néanmoins décidés aprofiter de leur avantage. L'événement improbable qui devait modifier le cours de l'existence d'Antoine arriva lors d'une de ces virées maritimes. Ce matin-là, Antoine était parti purger sa semaine de travail au large du phare de Chassiron. Toute la semaine, un coup de vent d'ouest avait balayé la côte atlantique. Antoine avait fortement hésité avant de venir : rester au port dans un carré humide sous une dépression pluvieuse n'avait pas d'intérêt, et le jeu n'en valait pas la chandelle. Et puis, la météo qui prévoyait quelques éclaircies et un vent de nord-ouest devant faiblir après le passage de la tempête, l'avait incité à partir pour La Rochelle.C'est ainsi que sous voile arisée et foc enroulé au tiers, le bateau progressait dans un clapot hâché qui s'était substitué à la forte houle des jours précédents. Le ciel était encore lourd et chargé de nuages gris sale, qui s'engouffraient dans le pertuis d'Antioche, pour se vider du côté de Chatelaillon, avant de remonter l'embouchure de la Charente.Antoine, pour rester mobile et parce qu'il pensait porter une attention permanente à ses gestes et déplacements à bord du bateau, ne portait pas de harnais… et ce jour-là pas plus que d'habitude.
Le bateau, alternativement, accompagnait le mouvement de la houle résiduelle dans un mouvement lent et ample, et tapait dans le clapot lorsque celui-ci arrivait à hauteur de son étrave. Ce qui déclenchait des embruns qui balayaient le pont et giflaient le ciré d'Antoine calé

au vent dans les filières. Heureusement, il était seul, et assumait en silence cette situation qui avait de quoi dégoutter toute autre personne normalement constituée. Il fallait être « maso » pour apprécier cette situation pour le moins inconfortable. En pareil cas, il ne se faisait jamais de cuisine. Quelques instants auparavant donc, comme Jean-Paul Belmondo dans le film « Itinéraire d'un enfant gâté », il avait, en ciré et bottes, calé au bas de l'escalier qui menait à l'intérieur de la cabine, consommé, à même la boîte, du maïs froid. Le capot du roof l'abritait des embruns et il pouvait ainsi admirer la mer défiler à l'arrière de son bateau.

Antoine, perdu dans ses pensées, vit un « bout » qui s'était délové et dont l'extrémité s'effilochait progressivement dans l'eau sous le vent du bateau. Il se leva pour remettre le cordage en place ; le bateau fit, sous l'effet d'une vague venant par le travers, une embardée qui déséquilibra Antoine et qui le projeta dans la filière sous le vent. Il rebondit sur le balcon arrière et se retrouva, dans l'eau, groggy, après avoir glissé à l'extérieur du tableau arrière du bateau. Par instinct, il saisit à l'aveugle le bout qui traînait dans le sillage du bateau et qui passa, par le plus grand des hasards, à portée de sa main gauche. Tout aussi instinctivement, sa main comprit qu'il ne fallait pas lâcher ce qu'elle avait entre les doigts.

L'eau froide aidant, il reprit quasi instantanément ses esprits, remerciant sa main gauche et le hasard qui l'avait placée sur le chemin du cordage. Il se dit tout aussi instantanément qu'il fallait tenir le fil de sa vie. Antoine réussit à lover sa main droite libre dans le cordage qui flottait, librement et sans tension en aval de sa main gauche, main qui commençait à faiblir. La situation s'avérait pour le moins précaire. Il ne tenait qu'à lui de s'en sortir ou non : personne ne pouvait l'aider. Le bateau était sous pilote automatique et « Georges » ne s'était aperçu de rien, « il » continuait à guider sans états d'âme le bateau vers le large.

Antoine, en maintenant sa tête hors de l'eau en dépit de l'avancée du bateau, essaya de se séparer de ses bottes. Maudit fabricant de ciré qui avait jugé bon de mettre des élastiques au bas des cirés pour en assurer l'étanchéité ! Il finit par larguer ces objets inutiles, enroba sa jambe gauche autour du cordage qui flottait dans l'eau opportunément à côté d'elle, reprit son souffle, et analysa à nouveau rapidement la situation. Celle-ci ne pouvait persister très longtemps : il lui fallait à tous prix remonter à bord avant que ses forces ne l'abandonnent et que le froid ne l'envahisse. Il était, à un mètre du tableau arrière, dans l'eau. Il devait, par la seule force de ses muscles, non seulement ne pas lâcher le cordage, mais se rapprocher du bateau. La mer lui donna un coup de pouce inespéré : une vague arriva face au bateau, le ralentit, et le stoppa même très momentanément, avant que « Georges » n'intervienne pour le remettre en ligne. Antoine alourdit par le ciré qui, peu à peu, se remplissait d'eau, réussit néanmoins à se rapprocher de la coque. Il lova à nouveau sa main droite sur le cordage, réajusta sa jambe gauche sur le dit cordage.

Comment dès lors remonter sur le bateau qui avait repris sa course hâchée dans un clapot qui ne faiblissait pas ? L'espace d'un instant, Antoine se surprit à souhaiter que le cordage soit bien arrimé sur le bateau ; et dans le même temps, il regretta de ne pas laisser à poste, de façon permanente, l'échelle de bain sur le tableau arrière du bateau ! En tout état de cause, il ne pouvait, pour se hisser plus aisément, profiter de la hauteur diminuée du franc bord du bateau sous le vent : le risque de se faire assommer par les mouvements du bateau qui avançait péniblement dans cette mer hâchée, était trop grand. Il fallait rester sur l'arrière du bateau, et se tracter par la seule force des bras sur le tableau arriére ! Bien qu'il soit très en forme, et doté d'une musculature qui témoignait d'un entrainement physique permanent, Antoine sentait la fatigue l'envahir et ses forces diminuer. Il fallait agir et se sortir de ce mauvais pas, sauf à ce que l'on ne retrouve son corps quelques jours ou semaines plus tard, sur une plage de Vendée ou de Charente Maritime.

De sa main libre, Antoine ramena le cordage qui flottait derrière lui, en saisit maladroitement l'extrémité, et la jeta sur le balcon. A la troisième tentative désespérée, le bout eut le bon goût, avec l'aide du vent, de s'enrouler autour d'une embase du balcon, avant de retomber en pendant sur le tableau arrière prés d'Antoine qui le saisit à la volée ! A bout de forces, et par instinct de survie, Antoine réussit à tirer sur le bout jusqu'à ce que celui-ci puisse, en boucle, lui servir de point d'appui pour son pied droit. Il se hissa péniblement sur le plat bord arrière du bateau, puis se laissa tomber lourdement dans le cockpit. Il resta un long moment sans bouger, l'esprit vidé, le corps épuisé, sans réaction. Le bateau continuait sa course comme si de rien n'était. La mer semblait s'être quelque peu calmée. Antoine ne commença à bouger que lorsque le froid l'envahit : il avait encore son ciré qui s'était rempli d'eau de mer. Il se sentait engourdi, courbatu, incapable en fait de faire un mouvement précis. Ses doigts étaient douloureux et gourds. Il entreprit de s'extirper de son ciré et de ses vêtements, y réussit maladroitement, et se retrouva nu comme un ver dans le vent. Et, du plus fort qu'il pouvait, poussa un grand et long cri dans le vent pour montrer aux éléments qu'il était encore, et bien vivant ! Il était passé à côté de la mort, et en éprouvait une intense satisfaction.

Après s'être changé, réchauffé, et avoir bu une tisane brûlante, il ressortit du bateau. Il déconnecta « Georges » qui n'avait pas montré à son égard une intelligence anormale... qui eut été pourtant de bon ton en la circonstance. Il n'avait pas non plus d'ailleurs porté une attention particulière à ce qui venait de se passer. Il aurait pu, en effet, se déconnecter par surprise, laisser le bateau remonter au vent : les voiles se mettant alors à fasseyer, le bateau se serait arrêté tout seul, permettant à Antoine de remonter plus facilement à bord. Le hasard, s'il n'avait pu convaincre « Georges »de se détraquer, avait bien permis néanmoins au cordage qui flottait dans l'eau de rencontrer la main gauche d'Antoine ! En fait, Antoine se dit que le hasard avait fait l'essentiel, et lui pardonna d'une voix forte, que, naturellement, personne d'autre que lui n'entendit.

Estimant que la journée avait été suffisamment fertile en émotions, Antoine vira de bord et reprit le chemin du port des Minimes. A la barre, au vent portant, il pensa à ce qui venait de lui arriver. Ce n'était pas son jour, il en était du reste assez content, mais cet événement devait l'inciter, il en avait le sentiment encore diffus, à réfléchir sur lui-même et sur son avenir. Après tout, sa vie aurait pu s'arrêter quelques heures auparavant et le sursis qui lui était accordé devait être utilisé sinon c'était une opération inutile. A tout le moins, ce qui venait de se passer était un signe qui devait lui permettre de faire le point sur lui-même, sur son environnement, sur son avenir. Lors de son retour à Paris, il laissa courir ses pensées et, en arrivant, décida de garder pour lui ce qu'il venait de vivre. A minima cela lui permettrait de couper court a toute recommandation ou conseil de la part de ses proches l'incitant, notamment à ne plus faire de la voile en solitaire.

Il se réveilla le lendemain, perclus de courbatures, mais l'esprit serein. Sa secrétaire le trouva plus enjoué que d'habitude, considérant curieusement comme plus accessoire ce qui lui apparaissait d'ordinaire important. Dans les jours suivants, son entourage le trouva curieusement plus détaché que d'habitude des choses de la vie. En fait, et de façon schizophrénique, un nouveau logiciel se mettait en place dans son esprit. Antoine avait repris, en apparence, le cours naturel des choses, tant sur le plan professionnel que privé. Mais, il ne cessait, en fait, de penser à ce qui lui était arrivé, et aux leçons à en tirer. Cette période d'incubation dura quelques semaines durant lesquelles il resta Parisien. Comme les dépressions s'enchaînaient sur la côte atlantique, il n'eut pas à se poser la question de savoir si, comme le cavalier qui fait une chute doit remonter immédiatement sur son cheval, il devait, sans tarder, reprendre la barre. Le bateau resta donc au port en ce mois de mars.

Dans les mois qui suivirent, le comportement d'Antoine vis-à-vis des choses de la vie évolua profondément, mais imperceptiblement pour ceux qui passaient sans le voir, ou qui vivaient à ses côtés sans perspicacité, amour ou attention. Il s'était abstrait du train-train quotidien, de la gangue de son éducation bourgeoise judéo-chrétienne. Désormais, en survivant, il osait sans timidité, ni fausse pudeur : il voulait utiliser le sursis que lui avait accordé le hasard, un jour d'hiver, au large de l'Ile d'Oléron.
Il divorça un an après, changea de job, de voiture et de bateau. Il rencontra de nouveaux amis, et élimina de son calepin d'adresses ceux qui ne lui avaient pas pardonné son divorce, et surtout ceux qu'il avait ainsi déstabilisé dans leurs propres certitudes et habitudes. Il revivait sans regrets, sans remords.

Chapitre 13
LES ANTILLES DEBARQUENT A PARIS...

Quelques années passèrent. Un matin, alors qu'Antoine était à son bureau en train de préparer une réunion, sa secrétaire passa une tête pour lui dire qu'elle avait au bout du fil une personne qu'elle ne connaissait pas et qui le demandait. Antoine s'amusait toujours de l'imperium discret dont elle faisait preuve dans les relations qu'avait celui-ci.
« C'est une personne qui dit vous connaître et qui vous appelle de l'aéroport d'Orly. Je n'ai pas très bien compris son nom. C'est une voix féminine, mais sa voix ne m'est pas connue. »
« Passez-la-moi », répondit Antoine vaguement interrogatif.
Dans l'instant, il ne reconnut pas la voix.
« C'est Sylvie, tu ne te souviens pas de moi ? », dit-elle. « J'étais l'hôtesse qui vous avait accueilli, toi et tes copains, sur l' « Ikoula », aux Antilles, il y a déjà quelques années. Je suis en déshérence à Orly, et je ne connais personne. Comme j'avais gardé ton numéro de téléphone, je me suis permis de t'appeler pour savoir si tu pouvais très momentanément m'aider. Mais, ajouta-t-elle, je ne veux surtout pas te déranger, ni perturber ta vie actuelle. »
« Tu veux que je vienne te chercher à Orly ? », s'entendit répondre Antoine pensant déja à l'éventuelle galère dans laquelle il risquait de s'engager.
« Oui, si tu es disponible, car je ne connais pas Paris, et ne sait même pas y aller d'ailleurs. Je peux t'attendre, moi j'ai tout mon temps, et toi sûrement pas ! »
« Disons qu'entre midi et deux heures, je peux aller à Orly. Rendez-vous au point d'information... A tout à l'heure. »
Sur le chemin, il pensa alternativement aux eaux claires et transparentes des Antilles, et, plus égoïstement, au fait que cette

Sylvie était plutôt « gonflée » de l'appeler au débotté en arrivant à Paris dans des conditions qu'il ignorait... qu'il allait sûrement découvrir. Il espérait seulement que son bon geste n'était pas générateur d'une source d'ennuis et de tracas qu'il aurait par la suite à supporter. Il la découvrit avec pour tout bagage un sac ultra léger, au détour d'un de ces massifs de fleurs artificielles qui meublent les endroits publics. Après un temps mort, un échange de sourires de convenance, ils s'embrassèrent sur le mode le plus anodin et artificiel qui soit, ne sachant ni l'un ni l'autre, sur quel pied danser. Ils échangèrent quelques banalités en se dirigeant vers la voiture ou le chauffeur d'Antoine attendait patiemment en double file, lisant le quotidien du jour.

A leur arrivée, il sortit de la voiture, salua la jeune femme, prit son sac, le rangea dans le coffre, et demanda à Antoine où il devait aller. La jeune femme fut impressionnée par cet accueil, n'ayant pas envisagé le statut de celui qu'elle avait dérangé dans son cadre professionnel.

« Tu devais avoir des tas de choses à faire, dit-elle, je suis confuse de te déranger, mais, honnêtement, je ne savais pas quoi faire, ni qui appeler. »

« Dis-moi plutôt comment tu en es arrivée là », répondit-il avec un sourire l'engageant à le faire.

Elle lui raconta que son compagnon avait succombé aux charmes douteux d'une grosse becquet « avariée », selon ses propres termes. Et que tout s'était « déglingué » à partir de ce jour pour le plus grand préjudice des passagers du bateau. L'équipage avait alors été viré : elle s'était retrouvée à la rue sans aucunes ressources, son ex compagnon étant parti avec leurs modestes économies. Ce qui ne l'avait d'ailleurs pas empêché de la battre pour lui en faire payer le prix de leur licenciement, licenciement qu'il lui attribuait ! Elle avait alors décidé de quitter les Antilles, le monde délétère de la voile dans cette région, et le climat pourri des « globe flotteurs » dont faisait partie son compagnon. Grâce à une amie qui lui avait prêté de l'argent pour un billet, elle avait pris le premier avion pour la métropole.

Elle ne demandait rien d'autre à Antoine qu'un soutien moral. Elle avait une vieille tante, qui habitait un deux pièces dans le Nord de Paris, qui l'hébergerait sans problème. Et elle se débrouillerait pour être le plus rapidement possible « auto subsistante ». Antoine la dévisageait en l'écoutant : l'oiseau des îles avait les traits tirés, le regard fatigué et éteint. Elle avait gardé sa silhouette longiligne et son profil aquilin, qui occultaient une tenue légère et défraîchie, non adaptée, en tout état de cause, aux frimas de la capitale en ce début d'hiver.

La voiture s'arrêta devant un immeuble sans caractère du côté de la porte de la Chapelle. Antoine glissa discrètement, et à l'insu du chauffeur, dans la poche de la robe de Sylvie, une enveloppe contenant ce qu'il avait sur lui. Il lui déclara : « Repose toi, reprends tes esprits, tu as mon numéro, appelle-moi ». Elle le remercia d'un regard, descendit de la voiture, prit son sac que lui tendait le chauffeur, et s'éloigna en adressant un petit geste d'amitié à Antoine.

******

Durant plusieurs semaines, Antoine, sans qu'il en ait parlé avec ses amis, lui apporta, par sa présence répétée, un soutien moral et financier qui permit à Sylvie de survivre sans tomber dans un engrenage dépressif, conduisant à une dérive dont elle ne pourrait plus sortir. Bon samaritain, il avait le souvenir des jours heureux qu'ils avaient tous passé à bord de « l'Ikoula ». Il sacrifiait une partie de son temps disponible à soutenir le moral de la jeune femme : il déjeunait avec elle, ainsi était-il sûr qu'elle ne mourrait pas de faim ; il lui faisait découvrir Paris en recherchant avec elle les possibilités d'activités qu'elle pourrait entreprendre dés qu'elle serait en mesure de le faire. Celle-ci, dans les premiers jours, se laissa aller sans réagir et sans s'apercevoir du poids qu'elle faisait supporter à Antoine. Puis, peu à peu, elle reprit « du poil de la bête », se fit plus attentive, plus prévenante, soignant sa tenue et son allure. Cette transformation remplit d'aise Antoine qui, avec plaisir, soulagea le dispositif.

Un jour où ils savouraient un croque monsieur arrosé d'un café dans le troquet où ils se donnaient rendez-vous habituellement, Antoine aperçut un ami qu'il n'avait pas vu depuis longtemps. Celui-ci s'installa volontiers à leur table et, après les présentations habituelles, ils devisèrent tous les trois de choses et d'autres, évoquant les bons souvenirs d'aventures qu'avaient en commun les deux amis. L'ami d'Antoine, après avoir été conseil en communication dirigeait un grand magazine consacré à la décoration. Antoine fit état de la difficulté à trouver, même dans la banque, des esprits de qualité et opérationnels. L'ami approuva et, pour associer Sylvie restée muette, lui demanda ce qu'elle faisait.

« Rien, dit-elle avec aplomb. Je suis entre deux eaux et j'essaye de remonter à la surface grâce à Antoine. J'étais aux Antilles où je faisais du charter : ça s'est mal terminé, et j'ai quitté ce milieu que je n'appréciais plus du tout. Aujourd'hui, je suis en jachère, et je me refais une santé avant de rebondir. »

« Bravo pour l'esprit de résilience », reprit l'ami d'Antoine à l'adresse de la jeune femme qui l'intriguait. Il se dit qu'elle ne ressemblait pas à ces cigales parisiennes dont la superficialité l'horripilait. Derrière un physique agréable, il sentait une volonté affirmée.

Les deux amis se séparèrent en se promettant, après avoir échangé leurs dernières coordonnées, de se revoir bientôt, promesse toujours très parisienne qui n'engageait jamais personne. Antoine, de retour à son bureau, trouva un mot de sa secrétaire lui disant de rappeler l'ami qu'il venait de quitter. Il sourit doucement en composant le numéro de son ami.

« Alors, dit-il, ton empressement, c'est pour moi ou c'est pour elle ? ».

« Tais-toi ou je dirai tout sur la place publique », répondit son ami en riant.

« Il n'y a aucune équivoque, tout est clair », répliqua Antoine. Et il se mit à lui raconter le fin mot de l'histoire. Son ami lui dit qu'il recherchait une journaliste pour faire des reportages pour son magazine, qu'elle lui paraissait sérieuse et présentable, et qu'il pouvait faire un essai sans garantie avec elle, si elle le voulait.

C'est ainsi que Sylvie se retrouva immergée dans le monde parisien de la presse « déco », et de la publicité, où elle se fit rapidement une place. Elle avait troqué sa tenue de vagabonde des mers contre un look classique : il la mettait tout autant en valeur, et la crédibilisait dans les rencontres qu'elle faisait dans le cadre de son activité. Elle devint responsable d'une rubrique consacrée au reportage sur des maisons et des intérieurs d'appartement de qualité. On lui recommanda un jour d'aller visiter, en vue d'un éventuel reportage, une petite chartreuse qui était, lui avait dit son informatrice, superbement restaurée et dans un goût « exquis », selon le terme consacré dans le domaine de la décoration.

Chapitre 14
RENCONTRE IMPROBABLE…

Après le décès accidentel de Branco, la mère de Caroline avait géré les suites induites et collatérales de la disparition de son ami. S'en était suivi une période durant laquelle, concernant ses affaires et son job, elle avait expédié les affaires courantes. Le moment vint où, se trouvant de nouveau à la croisée des chemins, elle se posa la question de savoir quelle direction prendre : son indépendance financière étant assurée, devait-elle poursuivre et relancer son aventure américaine ou devait-elle laisser se développer un sentiment indicible et souterrain qui l'incitait à retourner sur la vieille Europe ? Certes elle avait coupé les ponts. Certes, elle avait accepté le divorce proposé par son mari. Certes, elle n'avait plus de nouvelles de sa fille qui avait vraissemblablement mal digéré sa décision de ne pas revenir à Paris, et ainsi pris le parti de son père. Elle n'avait plus non plus de nouvelles d'Antoine, son amie Nadia avait pris, sans le vouloir, mais progressivement, ses distances. Elle n'avait plus de relations qu'avec sa sœur et son beau-frère qui, par esprit de famille pour l'une et, par absence de toute considération et d'estime pour l'ex-mari, pour l'autre, avaient pris son parti. Ils avaient ainsi poursuivi avec elle une relation suivie et empathique. La relance de son aventure américaine supposait un élan et une ténacité qu'elle n'était plus tout à fait sûre d'avoir. Elle céda à la facilité et décida de rentrer en France. Elle avait pris soin de s'assurer qu'elle pourrait continuer à exercer son talent de représentation dans la maison de couture qui l'employait alors.
De retour en France, Elle s'installa dans une petite chartreuse dans la vallée de Chevreuse qu'elle restaura de fond en comble. Cette opération terminée, elle ne résista pas à la vanité de montrer son « chef d'œuvre » et accepta de recevoir la journaliste de la revue de

décoration recommandée par l'architecte qui l'avait aidé dans ces travaux. Ce dernier voyant dans cette démarche, une promotion pour sa notoriété professionnelle l'y avait fortement incité .
C'est ainsi que Sylvie rencontra un après-midi d'automne une femme charmante, d'une cinquantaine d'années, au visage régulier bien que commençant à subir les assauts du temps, mais éclairé par un regard lumineux où l'intelligence malicieuse le disputait à une tendresse sereine… un de ces regards qui vous vont droit au cœur. Elles s'asseyèrent dans un petit salon décoré avec goût pour discuter des modalités du reportage qui devait mettre en valeur la maison. Sylvie détailla le processus habituel de ce type d'opération, assura son interlocutrice de la discrétion avec laquelle elle traiterait le sujet : le lecteur ne pouvait localiser avec précision l'endroit où les photos étaient prises, ainsi le magazine préservait-il l'anonymat de ceux, en l'occurrence de celle, qui avait si bien aménagé leur demeure. Son hôtesse la laissait parler, l'observait avec la curiosité de ceux qui cherchent à percer la personnalité de leur vis-à-vis, à en déterminer, péché mignon de la bourgeoisie française, l'origine sociale. Manifestement, la jeune femme qu'elle avait en face d'elle avait de l'allure, un style de bon ton, une réserve de bon aloi, et une courtoisie qui cachait très vraisemblablement une énergie peu commune et une volonté de fer.
La conversation dériva ensuite autour d'une tasse de thé préparée à l'arrivée de Sylvie vers un registre plus anodin et personnel. La journaliste sachant que cela faisait partie du processus relationnel habituel, se laissa aller sur ce terrain. Son hôtesse avait envie de sécuriser leur relation professionnelle par le développement d'une empathie qu'elle sentait instinctivement possible avec la jeune femme.
Sylvie évoqua rapidement sa vie aux Antilles, son arrivée à Paris, et comment, de fil en aiguille, elle en était venue à son activité actuelle.

Et ce, grâce à un ami qui avait commencé par être un client aux Antilles, ayant loué avec ses copains le voilier sur lequel elle officiait. Elle était rentrée, grâce à lui au magazine comme pigiste, et était devenue chef de rubrique.

« Ce devait être un bateau important, reprit son interlocutrice, pour héberger, outre l'équipage, toute cette bande, je suppose, de joyeux drilles ! »

Sophie sortit de son sac une photo un peu racornie du voilier. Y figurait une dizaine d'énergumènes qui portaient un toast à la vie au travers de l'objectif de celui qui les photographiait.

« C'est la seule photo que j'ai pu garder de quelques années de charter ! ».

Son interlocutrice prêta dans un premier temps une attention amusée et polie à la photographie que lui tendait Sylvie. Mais son expression se figea et son regard se fixa sur la photo. Son visage avait rosi sous le coup d'une émotion perceptible et non dissimulée.

« Cette photo est ancienne ? », demanda-t-elle en regardant Sylvie qui lui répondit :« Oui, mais vous dire l'année exacte… », et elle ajouta « vous pouvez voir précisément l'ami qui m'a accueilli à Paris, il est sur la photo, c'est le dernier sur la droite.

La mère de Caroline restait pensive et paraissait obnubilée par cette photo.Bien évidement, elle avait reconnu Antoine au premier coup d'œil, et elle trouva qu'il n'avait pas tellement changé. Comme sur la photo il était à côté d'un autre homme, elle chercha à savoir quelle était sa contre partie féminine.

Sylvie ne savait pas sur quel pied danser : en montrant de façon anodine une photo de « l'Ikoula », elle avait déclenché, sans le vouloir et sans en connaître la cause, un stress chez son interlocutrice qu'elle n'aurait pu imaginer. Elle ne voulait surtout pas que cette brusque tension remette en cause l'accord de son interlocutrice sur le reportage envisagé. Il fallait qu'elle reprenne la main, mais ne savait pas comment, et n'osait pas interrompre son interlocutrice dans ses pensées.

Ce fut cette dernière qui, revenant à la surface, et reprenant ses esprits, déclara avec un sourire chargé d'émotion : « le monde est petit, vous savez ! Votre ami qui vous a sauvé des eaux était un ami de ma fille. Ils étaient en Fac de droit ensemble et puis… la vie sépare ». Disant cela, elle sentait rejaillir à la surface tout un pan de sa vie. Elle croyait avoir tiré un trait définitif sur ces années, et voila que leur rappel la submergeait à nouveau.

Puis, sur un ton qu'elle voulait le plus naturel et badin du monde, demanda : « Qu'est-t-il devenu ? Que fait il maintenant ? ».

Sylvie lui répondit qu'il était responsable d'une banque, qu'il avait été marié, qu'il avait deux enfants. » C'est un type d'une gentillesse et d'une bonté extrêmes : il aurait pu ne pas répondre à mon appel au secours quand je suis arrivée à Paris. Il aurait pu abuser de la situation, mais il ne l'a pas fait, et m'a soutenue dans tous les sens du terme, jusqu'à ce que je m'en sorte. C'est grâce à lui que je suis dans ce magazine. »

« Comment était sa femme ? Est-elle sur la photo que vous m'avez montrée ? », dit son hôtesse, comprenant au même moment qu'elle venait quelque part de se dévoiler aux yeux de celle qui avait déjà compris que la vision d'un ami ancien de sa fille ne pouvait susciter une tel choc chez une femme qui avait vécu, et qui savait sûrement dominer ses sentiments.

Sylvie préféra ne pas répondre et s'en sortit par une pirouette. Elle prit congé en disant que si son hôtesse en était d'accord, elle reviendrait avec un photographe pour les prises de vue.

« Je suis ravie de vous avoir rencontrée, et heureuse du moment que nous avons passé ensemble, revenez vite ! », dit son hôtesse en la raccompagnant sur le perron qui donnait accès à la maison. Sylvie, sur le chemin du retour, repensa à la scène à laquelle elle venait de participer, et dont elle était involontairement responsable. Elle aurait donné cher pour connaître ce qui s'était passé entre cette femme et Antoine. A n'en pas douter, leur relation n'avait pas été simplement le fait d'une amitié de Fac de la fille de celle qui venait de la recevoir. Cette femme avait dû être très belle il ya quelques années, elle en avait gardé un charme indéfinissable. Sylvie se demanda à quelle époque ils s'étaient rencontrés, et dans quelles conditions ? Elle se promit d'en parler à son retour au bureau, lorsqu'elle verrait l'ami d'Antoine qui était devenu son patron.

Le lendemain, au terme de la conférence de rédaction, elle sollicita une interview exclusive et confidentielle de « Môssieur le directeur ». L'ami d'Antoine lui demanda ce qui lui valait un tel honneur et la fit entrer dans son bureau.

« J'ai appris des tas de choses intéressantes hier après-midi ! Connais-tu vraiment ton ami Antoine ? N'a-t-il pas été amoureux, ou en liaison avec une très jolie femme nettement plus âgée que lui ? ».

« Si, répondit-il étonné... mais comment sais-tu cela ? »

« Je l'ai vue hier après-midi, c'est chez elle que je vais faire le prochain reportage. »

« Comment s'appelle-t-elle ? ». Au nom énoncé par Sylvie, il réfléchit un instant, plongea dans ses souvenirs, et déclara « elle a peut-être repris son nom de jeune fille ! »

« Quand cela s'est-il passé ? demanda Sylvie. Il ya quand même une différence d'âge, non ?! »

« Ca se veut jeune et belle, et c'est déjà bégueule et confite dans le conformisme ?! A partir de cet instant, par solidarité masculine et par amitié, je ne dirai plus rien ! Saches simplement qu'il m'arrivait en 1968 de tenir la chandelle ! J'attends le reportage sous huit jours, ajouta-t-il, sans délai supplémentaire ! Rompez soldat Sylvie ! »

Sylvie ne put s'empêcher de penser à Antoine sous un angle et sous une sensibilité nouvelle. Cela remettait en cause, en son fort intérieur, bien plus de réflexions et de pensées qu'elle ne voulait se l'admettre.Bien qu'elle eut conscience de risquer de réveiller le feu sous la cendre, elle se promit de lui parler de son entrevue avec celle qui n'avait pas pu dissimuler une réelle émotion en voyant une photo défraîchie et en entendant son nom.

******

Sylvie revint la semaine suivante avec un photographe pour réaliser son reportage. Elle fut accueillie avec empathie et chaleur par la maîtresse des lieux qui ne put s'empêcher de lui demander, subrepticement, entre deux prises de vue du photographe, si elle avait eu l'occasion de voir Antoine en ajoutant :
« Je pense que vous avez rapidement compris, l'autre jour, la véritable raison de mon émoi. Je n'ai, aujourd'hui, plus rien à cacher, il y a prescription, et je vous souhaite de vivre ce que j'ai vécu ! »
« J'ai essayé de le joindre, mais il est en voyage à l'étranger. Je me suis permise de lui laisser un message disant que nous nous étions vues. Je lui ai indiqué votre nom actuel et vos coordonnées... je ne sais pas si j'ai bien fait, mais en tous cas le coup est parti ! », dit Sylvie avec un sourire interrogateur.
« Le hasard doit aller au bout de sa logique comme il le disait », répliqua son interlocutrice.

******

Quelques jours après, la mère de Caroline recevait le même bouquet de fleurs que bien des années auparavant, avec un message aussi elliptique... pour toute autre personne qu'eux deux. Il lui était proposé un déjeuner la semaine suivante, « si toutefois cela lui agréait, mais il comprendrait très bien que si cela n'était pas le cas… ». Suivait un numéro à rappeler dans les deux cas. Elle sentit monter en elle un sentiment schizophrénique : d'un côté elle sentait, du plus profond d'elle même une joie intérieure surgir, et avait une furieuse envie de se rendre à ce déjeuner quelqu'en soient les suites ; de l'autre, elle se demandait s'il fallait « remettre le couvert » après toutes ces années. Si elle était libre aujourd'hui, le poids des ans n'était plus le même. Et lui avait été marié, avait deux enfants, comme le lui avait appris sa nouvelle amie Sylvie. Elle ne pouvait jouer les troubles fêtes pour son seul plaisir. Plus elle réfléchissait, plus le côté raisonnable l'emportait ; moins elle réfléchissait, plus son cœur lui dictait de suivre ses élans irraisonnés. Elle se souvint d'un soir, dans sa boutique, où elle s'était lâchée devant un jeune homme timide au mépris des codes et de la morale bourgeoise : elle ne l'avait pas regretté. Elle décida d'accepter cette invitation. Dès lors, la seule question qui lui vint à l'esprit était de savoir si elle devait révéler à Antoine l'existence de Branco. Etait-ce utile maintenant qu'il n'était plus de ce monde et qu'il n'avait pas d'héritier ? Elle n'en n'était pas sûre : les secrets de famille, se dit-elle, ne doivent pas toujours être exhumés.

******

La secrétaire d'Antoine passa une tête dans le bureau de son patron, et dit d'une voix interrogative : « Je viens de recevoir pour vous une confirmation de la part de quelqu'un que je ne connais pas, pour un déjeuner, jeudi prochain. Il n'y avait rien sur l'agenda ce jour-là », dit-elle d'un ton interrogatif.
« C'est un déjeuner privé. Je déjeune avec moi-même », répondit-il en souriant. « Réservez quand même deux couverts chez Le Doyen ». Elle repartit dans son bureau, déçue de ne pas maîtriser la situation.

Durant les jours qui suivirent, la mère de Caroline se sentit frétiller. Elle retrouvait un allant qu'elle n'avait plus connu depuis longtemps. Elle chercha une tenue adéquate pour ce déjeuner, demanda à son coiffeur une coupe plus « jeune ». Elle imagina le comportement à adopter lors de se rendez-vous avec celui qu'elle n'avait pas revu depuis qu'ils s'étaient quittés, au retour de leur séjour paradisiaque dans le Luberon… Bref, elle ne tenait plus en place ! Antoine, lui, prit soin de doubler, la réservation qu'avait faite sa secrétaire, à son insu, pour demander une table isolée donnant sur les jardins. Puis il reporta sa réunion prévue en fin de matinée ce jour-là.

******

Le jour venu, elle sortit de chez elle, non sans s'être regardée dans la glace de l'entrée qui lui renvoya une image qu'elle trouva tout à fait présentable. Elle avait de beaux restes : elle se dit qu'elle pouvait encore séduire. Et, curieusement, elle se rappela ce que lui avait dit, à l'époque, Antoine ? « La chrysalide sortait à nouveau de son cocon ». Elle monta dans sa voiture et prit la direction de Paris sur l'autoroute de l'Ouest.Elle se sentait guillerette et ouverte à une vie nouvelle. Elle ne vit pas venir, derrière, et trop vite, un gros poids lourd, qui s'encastra dans le coffre de sa petite voiture et la propulsa alternativement contre les autres voitures et le rail de sécurité. Au fracas des tôles froissées, succéda un silence mortifère : la petite voiture était réduite en bouillie et gisait au milieu des autres véhicules accidentés.
Antoine attendit vainement son invitée, finit par revenir à son bureau, dépité, silencieux, cherchant les raisons qui pouvaient l'avoir conduite, elle, à lui poser un lapin au dernier moment. Ca n'était pas son genre, elle avait du avoir un empêchement de dernière minute et n'avait pu le joindre. Il saurait sûrement d'ici peu le fin mot de

l'histoire. Il reprit, perturbé, le cours de son activité professionnelle. Le soir, aux actualités télévisées, il fut rapporté l'information d'un grave accident qui s'était produit sur l'autoroute de l'Ouest à l'entrée de Paris. Un poids lourd, dont le conducteur était ivre, avait percuté plusieurs voitures et avait provoqué la mort d'une femme et plusieurs blessés graves dont les pronostics vitaux étaient encore, à cette heure, engagés. Antoine eut un pressentiment terrible et fit le lien entre cette information et son déjeuner manqué la veille.

Le lendemain, sa secrétaire lui passa un appel téléphonique de la gendarmerie de Saint-Cloud, qui l'informa du décès de la mère de Caroline. Son interlocuteur le prévenait de cette nouvelle conformément, disait-il, au souhait de la victime, qui avait encore à la main son nom et son numéro de téléphone au moment de l'accident, et avant de décéder dans l'ambulance qui la transportait à l'hôpital. Un grand vide envahit Antoine qui demanda à sa secrétaire qu'on ne le dérange pas pour l'instant. Il demanda à son ami, patron du magazine de décoration, de néanmoins publier le reportage sur la demeure de la mère de Caroline qui était déjà en boîte. Une photo d'elle, faite au dernier moment, figurait en bonne place : elle apparaissait heureuse et détendue et son allure était « raccord » avec le décor très raffiné de la chartreuse qu'elle venait de rénover.

Chapitre 15
TERRE DE CONQUETE ET RENCONTRE INOPINEE…

Sylvie avait, naturellement, appris l'accident et la mort de celle qui l'avait si gentiment reçue. Elle avait su trouver les mots qu'il fallait à l'adresse d'Antoine, sans toutefois insister sur une relation qui, au fond, ne la concernait pas. Elle poursuivit son activité de journaliste spécialisée dans le domaine de la décoration, et réussit même à en retirer une certaine notoriété. Le simple fait d'évoluer dans un monde assez élégant avait affûté sa silhouette et son comportement. Elle n'était pas pour autant devenue comme ces poupées snobinardes et mondaines qui papillonnaient dans le tout Paris, confondant le fond et la superficialité des êtres et des choses. Elle gardait, en toutes circonstances, une réserve de bon aloi, n'était ni hautaine, ni réservée avec ceux et celles qui lui paraissaient sympathiques, mais faisait preuve d'une civilité très professionnelle à l'encontre de ceux pour lesquels elle n'éprouvait aucune empathie. Elle se sentait à la fois insecte et entomologiste dans un milieu où tout le monde finissait par se connaître, à force de se croiser dans les cocktails, vernissages, inaugurations et autres manifestations à vocation culturelle ou supposée telle. Elle y retrouvait invariablement les mêmes pique assiettes, ceux et celles qui voulaient avoir l'air sans pouvoir y arriver, les escrocs mondains, ceux qui paraissaient vivre grand train et qui couraient les buffets pour subsister, les cougars en chasse permanente, les laissées pour compte après deux divorces malheureux qui erraient à la recherche d'un nouveau compagnon. Heureusement, elle avait appris à séparer le grain de l'ivraie, et prenait plaisir à rencontrer les quelques personnes qui, dans cette comédie humaine, ne se la jouaient pas.
Peu à peu, elle prit conscience de ce qu'il ne fallait pas qu'elle devienne. Elle rencontrait souvent, dans son activité, une femme

charmante plus âgée qui oeuvrait, depuis des années, dans le même secteur d'activité qu'elle. Certes celle-ci connaissait tout le monde, avait ses entrées partout, travaillait sans effort, était reçue dans les meilleurs endroits… Mais quand ce n'était pas le cas, elle vivait modestement et seule dans un appartement du quinzième arrondissement. Le moment venu, sa retraite ne lui permettrait pas de maintenir un niveau de vie fondé, alors, largement sur des notes de frais et des frais de représentation.

Sylvie se dit qu'elle ne voulait pas de ce destin et ce n'était pas en restant salariée, fut-ce chef de rubrique, dans un organe de presse, qu'elle y échapperait. Mais, il ne fallait pas se tromper de chemin car, comme le disait son grand père, « il n'y avait pas dans la vie de marche arrière. » Après une réflexion approfondie, elle prit le parti, un soir, de proposer à l'ami d'Antoine qui l'avait recrutée dans son magazine, d'être sa correspondante permanente aux Etats-Unis. Elle lui enverrait des reportages comme ceux qu'elle réalisait déjà en France. Outre une rémunération fixe, qu'elle consentait à voir quelque peu diminuer, elle serait payée sur les piges qu'elle enverrait. Pour le convaincre du bien fondé de sa proposition, elle lui dit qu'elle avait largement fait le tour des demeures qui méritaient, en France, un reportage et qu'il fallait élargir le débat. Elle se ferait fort de lui envoyer, dans les six mois, une dizaine d'articles sur des habitations américaines somptueuses.

L'ami d'Antoine, en son fort intérieur, pensa qu'elle avait du culot, mais que l'idée n'était pas mauvaise, bien au contraire même, puisqu'elle donnerait une dimension internationale à son magazine. En plus, il allait pouvoir alléger sa masse salariale… ce qui n'était pas pour lui déplaire. Il accepta donc le « deal ».

Sylvie partit donc à New York. L'estampille du magazine, son allant, son habilité et son intelligence lui permirent de s'introduire dans les plus belles résidences et demeures de la côte-est des Etats-Unis. Elle

jouait « gagnant, gagnant », en rencontrait leurs propriétaires et en faisant des reportages sur des intérieurs somptueux ; et eux se trouvaient flattés qu'une française élégante, représentante du bon goût français, puissent les sélectionner pour figurer dans un grand magazine de décoration. Naturellement, la revue comportant le reportage sur leur demeure figurait ensuite en bonne place sur la table basse du salon principal. Pour emporter l'accord des hésitants, elle était, de temps en temps, amenée à leur montrer le type de reportage qu'elle faisait et qu'elle avait réalisé en France, et leur laissait des exemplaires du magazine français témoins de son activité passée. C'est ainsi que le numéro dédié à la présentation de la chartreuse de la mère de Caroline lui ouvrit les portes d'un certain nombre de villas dont les propriétaires avaient connu et reçu cette dernière. Ce fut notamment le cas pour un vieil et richissime américain, amoureux transi et à vrai dire refoulé de la mère de Caroline. Un homme dont elle devint d'ailleurs inopinément la veuve après lui avoir donné quelques mois de joie et d'assistance.
Sophie s'installa ensuite dans le sud de la Floride, séduisit un promoteur immobilier local, et obtint, peu après, une prestation compensatoire pour prix d'un divorce accepté. Depuis, elle vivait simplement et sans souci sur une goélette bermudienne, et faisait du cabotage entre la Floride et les Iles Vierges. Et ce, au gré de sa fantaisie... puisqu'elle en était la propriétaire. Cette goélette avait été dénommée « l'Ikoula ».

******

Après la disparition de la mère de Caroline, Antoine avait réussi à dissimuler à ceux qui l'entouraient une tristesse qu'ils ne pouvaient imaginer, ni, a fortiori, expliquer. La vie avait continué, et le développement de ses multiples activités l'empêchait de penser trop souvent à ce qui se serait passé si un chauffeur ivre ne s'était pas trouvé sur l'autoroute ce jour-là. Il voyageait assez souvent, à la fois pour la banque et pour ses activités d'enseignement qui l'attiraient au Maghreb et en Afrique francophone. Il était à nouveau rentré dans un moule qui, sans l'oppresser, l'empêchait de donner de la fantaisie à sa vie personnelle et affective. Sur ce plan là, à l'exception de quelques aventures brèves, insatisfaisantes, et sans lendemain, son encéphalogramme était plat. Il eut fallu accorder à ce registre plus de disponibilité et d'attention. Mais, lui qui avait appris en son temps à détecter au premier coup d'œil la féminité en attente et disponible, il passait, aujourd'hui, sans la voir ! Il avait « le nez dans le guidon », comme disait un de ses amis, et, de ce fait, ne pouvait voir les fleurs sur le bas-côté de la route, ni, a fortiori, les cueillir. L'oisiveté n'a jamais été la mère de tous les vices comme le prétendent les esprits chagrins ; c'est au contraire une disposition qui peut permettre, à qui le veut bien, l'ouverture à l'autre, et la créativité dans son comportement. Les femmes adorent l'oisiveté et la disponibilité des hommes à leur égard : c'est un des secrets de la séduction.

Antoine se retrouva un jour à Miami dans le hall d'un de ces grands hôtels, à la fois froids et impersonnels, et qui regroupent une faune cosmopolite en instance d'affectation de chambre ou sur le départ. Il avait toujours eu une certaine pitié pour les décorateurs de ces endroits qui devaient réaliser un décor, fatalement, anodin pour plaire à tout le monde, et, suffisamment, neutre et résistant pour résister au passage et à l'usure d'un va-et-vient continu. Assis dans un de ces fauteuils aux formes vaguement contemporaines, il observait le mouvement apparemment désordonné de la clientèle de passage, et laissait son imagination divaguer... quand son regard se posa sur une silhouette et sur un visage qu'il reconnut instantanément en dépit des années qui s'étaient écoulées. C'était Sylvie !

« Quelle bonne surprise ! », dit-elle en l'apercevant.

Puis, le regardant, ajouta : « tu n'a pas tellement changé ».

« Merci pour le *pas tellement*, lui répondit Antoine, je te rends le compliment… Mieux, tu me parais très en forme ». De fait, si ses traits s'étaient quelque peu émaciés, elle gardait l'allure générale de celle qu'avait connu Antoine quelques années auparavant.

« Que fais tu là ? », demanda-t-elle.

« Toujours aussi directe et indiscrète ! J'attends comme toi mes petits enfants », répondit-il en riant.

Elle resta, un instant, interloquée, ne sachant pas s'il plaisantait ou non. A son air goguenard, elle comprit qu'il se fichait d'elle : il n'avait effectivement pas changé !

« Je reformule ma question, dit-elle. As-tu un moment pour prendre un verre ? Cela me ferait plaisir de savoir ce que tu deviens depuis tout ce temps ! »

« Je ne reprends mon avion que demain soir, j'ai loupé celui d'aujourd'hui, j'attends que l'on me donne une chambre », dit Antoine. « Je t'accorde le temps nécessaire pour satisfaire ta curiosité jusqu'à demain. Et toi, que fais-tu ici », enchaîna-t-il. « Je suppose que tout va bien pour toi puisque je n'ai reçu ni appel au secours, dit-il malicieusement, ni aucune nouvelle de ta part depuis ton départ de Paris ».

Elle lui raconta, au cours du dîner qu'ils prirent en commun, sa vie mouvementée, et sa situation actuelle. Elle se disait assez satisfaite du parcours réalisé : elle vivait aujourd'hui sur son bateau, et ne lui manquait que, ajouta-t-elle, un amoureux qui puisse lui donner un enfant.

« Toujours aussi directe, dit Antoine. Claque des doigts, et il va surgir à l'entrée du restaurant ! »

« Pourquoi le ferais-je ? Il est devant moi et je le connais depuis assez longtemps pour en apprécier les qualités ». Antoine la regarda ahuri dans un premier temps, puis éclata de rire.

« Tu ne parles pas sérieusement, je ne t'ai pas sauté dessus il ya quelques années quand tu es arrivée à Paris à la ramasse... C'eut été contraire à mon éducation, et à mes principes bourgeois. Et je ne voulais pas profiter de la situation ».

« Je t'en ai été reconnaissante, encore que... », ajouta-t-elle.

« J'aurais cédé sans beaucoup de résistance et, à dire vrai, avec plaisir même. Mais tu étais dans un autre « trip », et tu n'en étais pas encore sorti. Et dire que j'ai failli t'y faire replonger, naïvement je ne m'étais pas aperçue que je travaillais encore une fois contre mon camp. Mais, maintenant... Je ne sais pas si tu es encore marié ? Moi, j'ai tout à fait de quoi te faire vivre si tu me fais un bébé », dit-elle avec un grand sourire joyeux qui se voulait engageant. « Alors, tu topes là ? Mon bateau t'attend », dit-elle en allongeant sa main.

« Affaire conclue ?!! ».

« Tu es quand même insensée », s'entendit-il répondre. « Tu débarques dans un hall d'hôtel, tu me demandes comment vont mes affaires et tu me proposes, après un verre, de donner mes spermatozoïdes à l'appétit de tes ovocytes ! Jene suis pas vieux jeu, je pense, mais quand même ! Où veux-tu que cela nous mène ? On ne revient jamais sur ses traces. Il faut aller de l'avant : trouves-toi un bel Haïtien ou un jeune Cubain que tu pourras évacuer à la première escale, qui te fera un gosse, et le tour sera joué. »

Elle le regarda dans les yeux avec une intensité nouvelle et inattendue :

« Tu ne comprends pas que c'est toi que je veux depuis le début, depuis que tu as mis le pied sur le bateau aux Antilles ? Pourquoi t'aurais-je téléphoné en arrivant à Orly, et pas à quelqu'un d'autre ? Pourquoi aurais-je fait tout ce que j'ai fait, conquis mon indépendance financière au prix de moments qui n'étaient pas toujours agréables ? Je n'avais pas connaissance, au demeurant, des stigmates que tu gardais en toi, et je me suis enfuie ensuite pensant qu'elles étaient indélébiles. Aujourd'hui, le hasard absolu nous a réuni, accompagnons-le comme tu savais si bien et si souvent le dire jusqu'au bout de sa logique ! »

Elle avait fait cette déclaration d'un trait, et sur un ton rauque et sérieux qu'Antoine ne lui avait jamais connu. Un instant incrédule, il fut touché au cœur par ces propos qu'il comprit être sincères, intimes, et sans ambiguïté. Il se prit à penser que, décidément, il avait encore des progrès à faire dans le domaine de la compréhension de la démarche féminine.

« Que de confidences ! », dit-il sur un ton qui se voulait plus léger.
« Que puis-je répondre », poursuivit-il, en regardant Sylvie avec un sourire qui se voulait affectueux, et en lui tendant la paume inversée de la main dans laquelle elle lova la sienne.
« Rien, ton geste me suffit. Si nous sortions faire un tour ? », dit-elle pour détendre l'atmosphère. Ils allèrent, comme un vieux couple, bras dessus bras dessous, jusqu'au News Café qui se situait à quelques encablures. Puis, sans mot dire, revinrent à l'hôtel d'Antoine, montèrent dans sa chambre. Sylvie se montra entreprenante, enjouée et amoureuse. Antoine reprit goût à ce qu'il n'avait pas ressenti depuis longtemps. Dans l'après-midi du lendemain, elle l'accompagna à l'aéroport, non sans lui avoir montré « l'ikoula » qui attendait à quai un nouveau départ vers l'arc Caraïbe.

Chapitre 16
QUAND LE QUAI D'ORSAY S'EN MELE...

Antoine n'eut plus de nouvelles de Sylvie, et ne chercha pas en avoir. Leurs chemins avaient, à nouveau, divergés. Ainsi allait la vie. Les années passèrent, sexagénaire en forme, Antoine vieillissait bien, sans souci, et sans préoccupation matérielle particulière. Ses enfants avaient pris leur envol. Il vivait bien, conservant une activité toute aussi diversifiée que par le passé.
Il découvrit, un jour, dans le journal qu'il parcourait quotidiennement, un article sur l'évolution politique dans les Caraïbes. Il y lut que certaines îles étaient troublées par des mouvements subversifs visant à déstabiliser les régimes en place.A l'appui de cette thèse, était relatée la tentative avortée du débarquement d'un groupe d'insurgés sur la côte-est d'une de ces iles.Il était dit, dans le même article, qu'une goélette appartenant à une riche américaine d'origine française avait été gravement endommagée,alors qu'elle mouillait au large, par les tirs des forces régulières lorsque celles-ci avaient repoussé l'assaut des envahisseurs.Suivaient les considérations habituelle sur les difficultés d'établir un processus démocratique dans les pays émergents en butte aux pressions du grand capitalisme international, et d'autres dires sur la prévarication des élites locales.
Antoine téléphona au journal pour en savoir plus sur cet incident et surtout pour connaitre ce qu'il était advenu de la goélette et de sa passagère. Le dit journal confirma simplement le nom du bateau, mais sans pouvoir en dire plus. Il contacta alors le quai d'Orsay : on l'orienta vers la sous-direction des Caraïbes où on lui dit que l'on ne donnait pas ce genre de renseignements par téléphone. Il fallait venir et, en outre, justifier les raisons de sa demande.Il se rendit donc sur place et fut introduit dans le bureau de la sous-directrice des affaires

Caribéennes. Là, il reconnut Caroline avec laquelle il avait été à Assas, bien des années auparavant.

« Ca alors, c'est une surprise ! », dit-elle. « Antoine, que viens-tu faire ici ?! Ca fait un bail que l'on ne s'est pas vus. Raconte-moi ce que tu es devenu, et je défilerai mon modeste parcours si toutefois cela t'intéresse... Mais ce n'est pas très glorieux tu sais ! Et tu me diras en quoi je peux t'être utile ».

Ils décident de partir déjeuner chez Françoise, à proximité du bureau de Caroline.

« Tu avais bien compris que, si j'étais restée à Toulouse après 68, c'est parce que mon coeur y était resté. En plus, mes parents avaient, durant l'été, pratiqué la politique de la terre brûlée, en partant à New York et en prêtant leur appartement. Sauf à louer une chambre de bonne, je n'avais plus d'hébergement à Paris ! Mes parents se sont séparés ensuite, et seul mon père est revenu à Paris. En fait, j'ai perdu alors tout contact avec ma mère. Mon père, aujourd'hui en retraite après avoir été longtemps en disponibilité, ressasse ses souvenirs d'une vie somme toute assez médiocre dans une maison de famille en Touraine. Par piété filiale, je luis rends visite régulièrement, mais sans enthousiasme », dit-elle avec un bon sourire. « En ce qui me concerne, après « mon droit », comme on dit, j'ai passé le concours de la magistrature à Bordeaux, puis le concours interne de l'ENA. Je ne suis pas sorti dans la botte, et me voila ! J'ai une fille que je ne vois plus beaucoup, suis divorcée, et en fin de carrière à m'occuper, au « Quai », des miettes d'une démocratie vacillante en Amérique centrale. Cela me vaut quelques voyages agréables tous les ans, mais je n'ai pas le sentiment de faire avancer le « schmilblick », comme tu le disais à l'époque ! Et toi, qu'es-tu devenu ? », poursuivit-elle.

Antoine lui raconta sommairement sa vie, en occultant naturellement ce qu'il ne pouvait lui dire. Au fur et à mesure de son propos, il s'aperçut lui aussi que son passage sur terre ne changerait pas les

données fondamentales de l'humanité… même si, dans le même temps, il pensait qu'il avait vécu tout à fait agréablement. Il y avait mieux, mais c'était plus cher, et il eut fallut davantage s'investir.
« « Fabrice del Dongo à Waterloo » et « Carpe Diem », comme tu le disais à l'époque », dit en souriant Caroline. « Tu vois, je n'ai pas oublié tes aphorismes. Bon, cessons nos histoires d'anciens combattants, et dis-moi ce qui t'amène et me vaut le plaisir de te revoir… »
« D'abord, dit Antoine, c'est un plaisir partagé, mais je ne supposais pas te rencontrer en venant ici ! »
« Merci, répliqua-t-elle en riant. Au moins, je sais maintenant que ce n'est pas pour mes beaux yeux que tu es assis en face de moi ! C'est, sinon agréable, au moins franc et direct comme on dit dans la diplomatie. Mais continuez donc, cher monsieur, je vais voir ce que je peux faire pour vous ! ».
Antoine lui raconta l'histoire de Sylvie jusqu'à l'épisode de Miami, sans rentrer dans les détails qui n'étaient pas censés l'intéresser. Il lui avoua son inquiétude à la lecture d'un article de presse récent sur les troubles caribéens et l'incident qui avait conduit, très probablement, la goélette de son amie à couler sous les feux nourris de deux camps opposés.
Caroline l'écoutait, l'air de plus en plus amusée, et finit par l'interrompre.
« Mon pauvre Antoine, tout ceci correspond à des billevesées de l'histoire qui ne méritent même pas que je fasse une note particulière au ministre sur le sujet. Bien sûr, nous sommes au courant : je peux même te dire que ta goélette n'a pas coulé et qu'elle a réussi à s'échapper du guet-apens dans lequel sa propriétaire l'avait engagée. Excuse-moi, mais c'était une affaire montée par des pieds nickelés ! Le journaliste qui a pondu cet article et qui est marié à une caribéenne, est installé depuis longtemps sur

cette île. Il y est correspondant d'une presse intellectuelle de gauche. En réalité, il fricote dans toute la Caraïbe : il est soi-disant le conseiller très spécial de gouvernements qui défendent un intérêt général, correspondant le plus souvent, en fait, à ses interêts à lui. Tu vois l'objectivité très relative de ses papiers ! Mais tu le connais, dit-elle, puisqu'il était avec nous à Assas et qu'il a fait Sciences Po après, probablement d'ailleurs en même temps que toi. Je peux même te dire que « ta riche héritière américaine d'origine française », comme elle est dénommée dans cet article, a un fils d'une trentaine d'année. Et ce fils-là est assez brillant pour prendre le pouvoir, si notre ami de Fac ne s'y oppose pas.
Tel que je te connais, dit-elle en le regardant dans les yeux, tu me caches quelque chose... Et, en général, si je me souviens bien, tu en sais toujours plus que tu ne veux en dire. Tu n'es pas venu simplement pour satisfaire une curiosité qui m'apparait somme toute assez légère... alors accouche ! »
En entendant les propos de Caroline, Antoine fit dans sa tête un rapide calcul, et en vint à se dire simultanément qu'il y avait une chance que Sylvie ait réussi son stratagème. Il ne put s'empêcher d'être admiratif à l'égard de la ténacité opérationnelle de cette femme. Un instant perdu dans cette réflexion, il reprit contact avec la réalité, encore une fois sous l'œil interrogateur, mais amusé, de son amie.
« Je ne connaissais pas ce détail, mais, à la vérité, je pense que ce jeune homme est peut-être mon fils... ce qui change et amplifie le sens de ma visite si tel est le cas. Que peux-tu faire pour lui et pour elle ? »
« Eh bien voila, nous y sommes ! », dit-elle en éclatant de rire.
« Petite cause, grand effet ! L'histoire se situe souvent, chez les hommes, en dessous de la ceinture... »

« Pour elle, rien. Je pense que tu peux t'en charger comme tu l'as fait par le passé ? Ne me demande pas, en plus, d'assurer un service après-vente que tu n'as pas su ou voulu assurer ? C'est ton problème mon vieux, dit-elle, assume ! Par contre, il y a peut-être un coup à jouer avec son fils, si ce que tu me dis est vraiment probable. Je vais t'envoyer voir notre ami devenu conseiller et journaliste à la fois : tu essaieras de reprendre contact avec celle qui est probablement la mère de ton fils. Puis, avec lui. Et nous assisterons, avec intérêt, à une petite révolution « spontanée »... une de plus ! Si d'aventure il y avait besoin d'un support logistique, voire de quelques conseils, nous pourrions, dit-elle, prendre contact avec les services intéressés. Mais, en attendant, le premier pas t'appartient ! Je vais te faire nommer dans une mission d'études consacrée à l'accroissement des relations inter-caribéennes et de la France, c'est drôle, non ?, ajouta-t-elle en riant. Mais, de grâce, pas un mot à la reine mère, ceci reste entre nous ».

Caroline avait retrouvé l'éclat d'une petite fille entrain de réaliser un bon coup. Ses yeux pétillaient dans la perspective de sortir de la monotonie intellectuelle de ses fonctions actuelles, où elle n'était que spectatrice d'événements auxquels elle ne participait pas. En plus, elle connaissait Antoine et l'alignement des planètes pouvait conduire à une expérience intéressante. Et si l'opération échouait, Antoine ne lui en voudrait pas d'être son fusible.

Chapitre 17
AVENTURE EN CARAIBE…

Antoine, quelques temps après, reçut une lettre de mission, et partit pour les Caraïbes. Il s'arrêta à Miami, alla à la capitainerie du port pour savoir si l'on connaissait la dernière destination de la goélette. Il lui fut répondu qu'après avoir réparé des avaries dans un chantier à Fort Lauderdale, elle avait fait une brève escale à Miami et était repartie en direction des Bahamas. Il retrouva la goélette à Nassau, ainsi que sa propriétaire qui le vit débarquer sur le quai où le bateau était amarré.
« Quelle surprise ! », dit celle-ci. « Que viens-tu faire ici ? Ne me dis pas que tu es là encore une fois par hasard… Qu'est-ce qui me vaut l'honneur et le plaisir de ta présence ? ». Elle l'invita à monter à bord, et lui fit les honneurs de l'ikoula. « Ce n'est effectivement pas le bateau que tu as connu il y a maintenant plus de quarante ans, avec tes copains. Celui-ci est plus grand et plus confortable. Mais nous étions jeunes et beaux à l'époque », dit-elle en souriant. Je suis heureuse de te voir, quelqu'en soient les raisons. Elle l'invita à s'asseoir dans le carré, le regarda avec une culpabilité amoureuse, et, dit-elle, « il faut que je t'avoue quelque chose. »
« Confirme-moi simplement que c'est la réalité », dit Antoine en riant, se souvenant des propos qu'elle avait tenu, il y a bien des années, dans un hôtel à Miami.
« Comment le sais tu ? », dit-elle. Tu es un enfoiré ! Tu aurais pu donner signe de vie si tu le savais, tu es un père indigne », ajouta-t-elle presque offusquée.
« Je ne le suppose que depuis très peu de temps, mais ne renversons pas les rôles : moi j'étais aisément joignable, toi tu l'étais difficilement, et l'information c'est toi qui l'avais ! Alors enfoirée pour enfoiré… c'est l'hôpital qui se fout de l'infirmerie ! »

Sylvie le regardait en souriant, et dit : « comme je ne pouvais avoir l'homme, j'ai voulu conserver sa progéniture. Mais je te promets que la nuit que nous avons passé ensemble, il y a bien longtemps, était sans préméditation aucune. C'est un enfant de l'amour et non du calcul. Ensuite, je me suis dit qu'il ne servait à rien de remuer un ordre établi, et, à dire vrai, difficilement modifiable. Tu ne m'en veux pas trop ? Mes sentiments pour toi, tu le sais bien, restent les mêmes, de ce côté-là, je suis passée à côté de toute ma vie, mais c'est ainsi ! ».

« Comment s'appelle-t-il ? », se surprit à demander Antoine dans une réaction qui l'étonna lui-même.

« Je ne pouvais quand même pas lui donner ton nom à ton insu, dit-elle en riant. Je lui ai fait donner le nom d'un homme qui m'a couru après dans les mois qui ont suivi notre nuit d'amour, dit-elle. Il porte un nom bizarre d'origine d'Europe centrale. Mais je peux t'assurer que l'enfant n'est pas de lui : lui a d'ailleurs disparu un beau jour et je ne l'ai jamais revu. »

Antoine lui fit raconter, ensuite, l'aventure dans laquelle elle s'était lancée plus récemment, il le savait maintenant, pour compte de son fils, en fait de leur fils !

Pourquoi diable celui-ci avait-il choisi cette voie, se dit Antoine en son fort intérieur, plutôt que de devenir chirurgien plasticien, dentiste mondain, ou promoteur immobilier ? C'eut été plus confortable et moins risqué ! Il lui fut répondu qu'il avait toujours rêvé de politique et de justice… ce qui n'apparut immédiatement ni corrélé, ni évident, à Antoine, qui s'abstint néanmoins de tout commentaire.

Il lui raconta ensuite ses retrouvailles, par le plus grand des hasards, avec Caroline dont elle, Sylvie, avait connu la mère en d'autres temps lorsqu'elle s'occupait de décoration en France. Il s'abstint de lui préciser la qualification que Caroline avait attribué à leur expédition. Et il évoqua, de façon voilée, le processus conseillé par Caroline.

« Je ne doute pas de tes relations avec ton contact au Quai d'Orsay, mais ôtes moi d'un doute : tu ne t'es quand même pas payé la fille après avoir eu la mère... encore que je n'en sois pas sûre ! », dit-elle en souriant.
« Je n'ai pas ce talent », répondit en souriant Antoine sans épiloguer. Pour changer de sujet, il ajouta, : « serait-il possible qu'un jour je puisse voir ton fils, s'il est dans les parages, et surtout si tu lui as dit qui était son père biologique ? Est-ce trop demander ? »
« Il est à Miami pour rencontrer des sympathisants. Mais je vais lui dire de rentrer le plus tôt possible. Tu restes avec moi un peu, demanda-t-elle ? Je serais une femme comblée », ajouta-t-elle en se lovant contre lui.
Il entrelarda son séjour d'une visite à son copain de Fac, prévenu subrepticement par Caroline. Celui-ci le reçut dans un premier temps avec une certaine réserve. Puis, les souvenirs aidant, l'atmosphère se décontracta progressivement. Antoine faisait la course en tête et son interlocuteur finit par s'ouvrir à l'empathie développée par son visiteur. Antoine lui fit sentir qu'il n'était pas sans ignorer l'influence qu'avait son copain de Fac dans la géo- politique des Caraïbes... au delà même de son activité de journaliste et de correspondant de presse des plus grands quotidiens européens.
« Je suppose, dit en souriant son interlocuteur, que tu n'es pas venu uniquement pour me dire cela ? Viens au fait, nous gagnerons du temps ! Que me vaut, aujourd'hui, l'honneur de ta visite ? Notre amie ne m'a rien dit de l'objet de ta visite, t'en réservant habilement la primeur : comme cela, en bonne diplomate, elle ne se mouille pas ! La seule chose qu'elle m'ai dit, c'est que tu avais eu probablement un faible pour sa mère, sans qu'elle en ait eu la certitude, et puisse en déterminer l'intensité. » Antoine accusa le coup, et dit mollement qu'il ne voyait pas de quoi son ami voulait parler.

« Ne te casses pas à trouver un argument contraire, ou une justification avec moi : elle ne m'a rien dit de tel, en fait. Mais je suis le petit cousin de Nadia que tu as connu jadis dans le Luberon », dit-il en éclatant de rire et en tapant sur l'épaule d'Antoine. « Elle était ma seule famille, et n'avait pas de secret pour son seul cousin ! Rassure-toi, je n'ai rien dit à notre amie. Et de toute manière, il y a aujourd'hui prescription. Tu as du goût : à ta place, j'aurai fait le même choix... Qu'il m'en souvienne, Caroline manquait de personnalité à l'époque et était un peu mièvre ! ».

Content de son effet, il rompit la glace et déclara : « allons, dis-moi, mon frère », dit-il avec l'accent pied noir qu'il retrouvait de temps à autre lorsqu'il était en situation empathique. « Qu'est-ce que tu attends de moi ? ».

Antoine, sans en faire le détail, raconta son histoire avec Sylvie, et ce qu'il était advenu d'une nuit passée ensemble il y avait de nombreuses années. Il passa rapidement sur l'opération « pieds nickelés », comme l'avait caractérisée Caroline, et que connaissait sûrement plus en détail son ami, et il termina sur le scenario évoqué lors du déjeuner chez Françoise, avec son amie.

« L'analyste veut devenir officier traitant ? Elle en a marre de faire des notes sur des événements qu'elle ne fait que commenter après coup, tout en essayant d'insinuer qu'elle en avait eu la prescience ?! Elle veut terminer en beauté une carrière de spectateur, en mettant la main à la patte ? Bravo ! Tu sais, Antoine, depuis que Caroline est à ce poste, elle ne m'a pas toujours facilité la tache. Les Français sont toujours attachés aux grands principes, et ignorent la plupart du temps la réalité du terrain. Combien d'opportunités ont été perdues, dans cette région du monde, au nom du respect des droits de l'homme et de la démocratie. Deux notions bien souvent bafouées en sous-main par ceux qui y paraissent attachés ou qui les portent en

bandoulière. Moi, affirma-t-il, j'ai une nombreuse famille et des frais généraux à payer tous les mois ! »
Comprenne qui voudra, pensa Antoine, au moins affiche-t-il la couleur. Ils se quittèrent en se promettant de ne pas attendre quarante ans pour se revoir, pensant, l'un et l'autre, que ce qu'ils venaient de se dire devrait, en principe, en avancer rapidement la date. Antoine revint à Nassau, et fit connaissance de son fils.

****

« Vous êtes mon père, m'a dit ma mère. Je suis heureux de vous connaître », dit-il sur un ton qui se voulait engageant et avec un grand sourire. « Il parait que, comme moi, vous ne le saviez pas avant une date très récente. Donc, bienvenue au club ! Ma mère m'avait dit que vous aviez disparu sans laisser d'adresse. Et elle ne m'avait donné ni les informations, ni les moyens, à l'époque, pour me permettre de vous rechercher. »
Sur ces entrefaites, Sylvie arriva et se glissa, souriante et heureuse, entre les deux hommes. « Enfin je vous ai tous les deux sous la main ! Tu ne trouves pas qu'il te ressemble ? », dit-elle en s'adressant en riant à Antoine. Sentant les deux hommes un peu tendus, elle multiplia les efforts pour adoucir l'atmosphère. Elle décida d'un dîner à sa façon, et porta un toast à l'avenir. Le fils de Sylvie posa toutes sortes de questions à son père. Celui-ci fut plus discret, Sylvie lui ayant fait le panégyrique de son fils quelques jours avant, après avoir avoué son existence.
Le lendemain matin, le père et le fils s'isolèrent à l'avant du bateau. Antoine lui parla des rencontres et propos échangés tant avec celle qu'il ne dénomma pas, qu'avec son copain de Fac. S'il voulait poursuivre dans ses intentions politiques, il pouvait prendre contact avec cette relation. Ainsi, pourraient-ils alors organiser les conditions

d'une prise de pouvoir démocratique dans l'île. Antoine l'incita fortement à entreprendre une telle démarche.
Antoine dut repartir quelques jours après, non sans avoir repris contact avec son ami journaliste.Dans l'avion de retour, et dans la pénombre de la cabine, il plongea dans un abîme de réflexions.Il avait lu quelque part que tout homme avait au moins deux vies parallèles : la vie réelle et une vie en rêve éveillé, qui n'appartenait qu'à lui ou chacun d'entre nous développe une imagination sur une vie secrète, revanche sur l'existence, assouvissement de désirs non réalisés, ou, développement de pouvoirs extraordinaires tels que John Thurber l'avait traduit sur ce sujet dans une nouvelle « La vie secrète de Walter Mity », traduite au cinéma par Danny Kaye. Lui vivait, en vrai, une vie que d'autres imaginaient en rêve : c'était plus drôle, plus fatiguant, et plus compliqué à la fois. Sous couvert d'une mission encore mal définie, et aux frais partiels de la République, il avait passé quelques jours sur une goélette où il avait retrouvé une amie qu'il n'avait pas vu depuis des années, qui lui avait présenté un fils qu'il ne connaissait pas encore. Et il se trouvait plongé maintenant dans un univers où, grâce à un relationnel surgi, lui aussi, d'un temps que les plus jeunes ne pouvaient pas connaitre, il aidait celui-ci à prendre le pouvoir dans une île perdue des Caraïbes. Il aurait raconté cela, même à un ami, on l'aurait traité d'affabulateur… et pourtant c'était la réalité. Bien sûr, il n'était pas le seul à être dans une situation où la réalité dépassait la fiction, mais, à ce point, ils ne devaient pas être nombreux. Qu'allait-il faire dans cette galère ? Après tout, celui que Sophie lui avait présenté comme son fils avait très bien vécu sans lui jusqu'à ces jours derniers. Etait-il seulement sûr que ce jeune homme était bien son fils, même si sa mère le lui avait juré, en le suppliant de la croire, chronologie à l'appui. Il chassa cette idée de son esprit, se disant que la situation, au fond, était plutôt drôle. Il accompagnerait jusqu'au bout cette histoire qui

pouvait paraître loufoque à toute personne sensée ou de peu d'imagination. A son arrivée, au petit matin, à Roissy, il reprit, comme tout le monde en pareil cas, le cours de sa première vie réelle, avec les jambes cotonneuses et l'esprit légèrement embrumé.

******

Quelques mois plus tard, un article paraissait, dans le quotidien du soir que lisait Antoine, qui analysait la situation politique dans les Caraïbes, et, plus particulièrement, celle du pays d'où il était revenu quelques temps auparavant. Comme de coutumes, dans ce quotidien, il y avait, sur la même page, un article de la rédaction, qui se voulait factuel et objectif bien qu'il ne le fut pas pour qui connaissait le sujet, et le témoignage d'un « sachant », éminent spécialiste de la région ou du pays qui suscitait l'article. Ce témoignage corroborait le plus souvent, en termes universitaires, la thèse développée dans l'article situé en vis-à-vis. L'auteur de l'article commençait par regretter que le pouvoir en place n'ait pas tenu les promesses de justice sociale qu'il avait faite initialement. Il soulignait la dérive totalitaire du régime en place. Il souhaitait le retour à une transition démocratique, et, ce, sauf troubles sociaux prévisibles, mais qui n'étaient évidemment pas souhaitables. Il insistait sur les perspectives d'amélioration d'un système démocratique encore émergent, grâce à l'arrivée d'une jeune génération d'hommes politiques pouvant représenter les vecteurs d'un développement économique préalable, nécessaire à toute installation durable et pérenne des libertés individuelles…etc…
En lisant cet article, Antoine reconnut le style de la rue Saint Guillaume, et comprit que les grandes manœuvres commençaient. Cet article, signé par son ami « ultramarin » correspondant du quotidien pour la région, était un coup d'annonce. Il était destiné,

pour le moins, à neutraliser la sensibilité politique d'une partie de l'intelligentsia réfractaire à toute révolution et à tout « Pronunciamento », même si le statut quo ne constituait pas à leurs yeux, le meilleur des régimes politiques non plus. Compte tenu du relatif intérêt que portait cette intelligentsia à ce caillou perdu au milieu des Caraïbes, il ne fut pas nécessaire de doubler cet article par un documentaire télévisuel sur le même thème pour enfoncer le clou dans l'opinion publique.

Deux mois après, le même quotidien, rappelant le bien fondé de son analyse précédente, faisait état de l'arrivée au pouvoir dans ce petit Etat, à l'issue d'un vote démocratique, d'une nouvelle équipe de dirigeants conduite par un jeune homme politique dont on pouvait penser qu'il améliorerait la condition misérable du pays.

Le Président en exercice avait « élégamment démissionné », montrant ainsi, disait l'article, « la réalité d'une alternance propice à une paix civile favorisant elle-même le démarrage économique du petit pays ».

« Qu'en termes galants, ces choses étaient dites », pensa Antoine. En fait, le président démissionnaire avait été exfiltré, à l'insu de son plein gré, après un simulacre d'élections qui avait sauvegardé, pour la forme, le principe démocratique hautement proclamé par le nouveau président en place. Le service « Action » avait délégué quelques temps auparavant, sous couvert d'une ONG destinée à soulager la misère humaine endémique dans le pays, quelques spécialistes en matière de communication. Ils avaient neutralisé, le moment venu, tout le système mis en place par le désormais « ex » président pour sa protection. Ils avaient repéré les endroits névralgiques qui avaient permis de fixer la garde présidentielle dans sa caserne. Celle-ci avait du reste, sans ordre précis et pour cause, mollement protestée. Elle s'était ralliée rapidement au nouveau pouvoir : il y avait plus à gagner, pour elle, avec ce qui semblait être l'avenir, plutôt que de s'accrocher à un passé qui s'annonçait révolu. Le peuple, légèrement manipulé, avait pourtant applaudi à la création du nouveau gouvernement, celui-ci s'engageant naturellement à assurer les libertés publiques, le pain... et les jeux viendraient après ! Le Quai d'Orsay incita le gouvernement Français à reconnaître l'avènement démocratique du nouveau régime, et envisagea l'établissement d'une coopération économique nouvelle avec lui. La sous-direction de l'Amérique centrale et des Caraïbes au Quai fut chargée de préparer l'envoi d'une mission parlementaire pour resserrer les liens entre les deux pays, et confirmer l'ouverture démocratique de ce pays. Caroline put faire valoir ses droits à la retraite, satisfaite d'avoir enfin pu participer, même indirectement, à un événement qui ne devait pas, cependant, bouleverser les grands équilibres géostratégiques mondiaux... mais l'honneur était sauf. Auparavant, elle avait pu insérer Antoine dans la mission parlementaire, au titre des personnalités qualifiées et experts, qui devaient accompagner la dite mission.

Chapitre 18
Rencontre « familiale »...

Le tourisme, qui était une des seules ressources du pays, fut relancé par l'office du tourisme local. Il invita, pour ce faire, une cohorte de journalistes qui ne pourraient, de ce fait, que constater la beauté des paysages, la sérénité des lieux, et l'absence de toute insécurité. Par démultiplications successives de ce qui était, somme toute, des publi-reportages, le « bobo lecteur du Fig – mag » finirait par débarquer sur les plages de l'île dans un délai de dix huit mois à deux ans, laissant le temps au seul resort existant d'être rénové. Ce qui serait fait via un bureau d'études « maitre d'ouvrage », filiale d'une société locale détenue par la femme d'un journaliste francais installée depuis longtemps dans les Caraïbes.
Parmi les journalistes invités, débarqua une jeune femme qui n'était autre que la fille d'Antoine. Elle était spécialisée dans les voyages haut de gamme, vivait une vie indépendante. Et elle ne tenait qu'épisodiquement sa famille au courant des voyages qu'elle passait son temps à faire : le plus souvent, et dans le meilleur des cas, c'était après en être revenue. Naturellement, et dans cet ordre d'idée, elle fut accueillie par le tout nouveau ministre du tourisme. Celui-ci déclara qu'il avait réussi à organiser, pour ce groupe éminent, une entrevue avec le Président, le lendemain matin au palais présidentiel. Ensuite, ils partiraient découvrir tout le charme du pays. Le président se fit communiquer, le soir, la liste des journalistes accrédités qu'il recevait le lendemain. Il tomba alors sur le nom d'une journaliste qui portait le nom de son père.Il téléphona à sa mère, qui prit contact avec Antoine, lequel lui dit qu'effectivement, il s'agissait de sa fille... dont il ne maitrisait plus, depuis longtemps, l'emploi du temps. Le lendemain matin, celle-ci eut droit, sans qu'elle en connaisse la

raison, à un traitement de faveur, qui étonna le ministre. Et les autres journalistes la félicitèrent de son charisme naturel.

« Tu as tapé dans l'œil du président », dit l'amie avec laquelle elle voyageait souvent en pareille circonstance. « Il est beau mec, et d'après ce qu'on m'a dit encore célibataire... tu penseras à moi quand tu seras devenue présidente ! », ajout-t-elle en riant.

La découverte du pays satisfit parfaitement tous les journalistes, persuadés que ce qu'ils voyaient, et les conditions dans lesquelles ils le découvraient, seraient celles du « vulgum pecus » quelques temps après. Le ministre du tourisme fit honneur au groupe en venant déjeuner avec lui. Il prit à partie discrètement la fille d'Antoine pour lui dire qu'une voiture de la présidence viendrait la chercher à l'hôtel, en fin d'après-midi, à leur retour de l'excursion. Il ajouta qu'il ne connaissait pas la raison de ce traitement particulier, et sans excusa platement.

La voiture était déjà stationnée devant le perron de l'hôtel lorsque la jeune femme en sortit. Le chauffeur fit le tour de la voiture, ouvrit cérémonieusement la porte arrière gauche, s'effaça devant celle qu'il était chargé de vehiculer, remit sa casquette et s'installa sans mot dire au volant. En silence, comme si elle transportait le saint sacrement, la voiture s'éloigna doucement sous l'œil respectueux du portier de l'hôtel, et devant l'une des journalistes, interloquée, et effarée par cette scène, et l'attention dont avait bénéficié ainsi sa consoeur. La voiture ne se dirigea pas vers l'immeuble de la présidence, mais poursuivit sa route le long de la côte. Elle s'engagea dans une longue allée qui menait à une habitation au style colonial, et qui donnait sur la mer.Là, elle fut introduite auprès d'une femme d'une élégamment vêtue et d'une allure certaine.

« Bonjour, chère mademoiselle, soyez la bienvenue dans notre île. Je vous remercie d'avoir accepté mon invitation. N'y voyez aucune manipulation de ma part vis-à-vis de vous, ni de votre corporation, j'ai été moi-même journaliste », poursuivit-elle dans un français sans aucun accent. « J'ai connu votre père, il y a bien longtemps, à l'occasion d'une croisière qu'il avait organisé avec ses amis et votre mère, aux Antilles. Vous n'étiez, me semble-t-il, pas encore née, ou, en tous cas, vous ne deviez pas être bien vieille. A une époque difficile de ma vie, votre père m'a tenu la tête hors de l'eau, et je lui en serais toujours reconnaissante. Rassurez-vous, c'était en tout bien tout honneur », crut-elle bon d'ajouter. « C'était il y a bien longtemps. Mais quand j'ai vu votre nom, je me suis dit que le monde était bien petit. »

Sylvie s'abstint naturellement de lui raconter ce que son interlocutrice ne pouvait ni ne devait savoir : la rétention d'informations n'était plus un péché depuis Vatican II. Toute vérité n'était pas bonne à dire. Tout en lui parlant, elle observait la jeune femme, et ne pouvait s'empêcher de trouver des traits de ressemblance avec son père et avec celui qui était son demi-frère. Les deux femmes devisèrent agréablement sur la terrasse qui menait à la mer, là où la goélette se balançait souplement, au gré de la houle résiduelle qui parvenait jusqu'à l'anse dans laquelle elle était au mouillage. Le fils de Sylvie arriva, et ils passèrent tous les trois à table, sous une tonnelle attenante à la terrasse. Il questionna son invitée sur leur père : elle répondait avec naturel et franchise, ne sachant pas quel était leur lien de parenté. La discussion devint moins personnelle, porta sur la situation en France, sur la vie de journaliste. La fille d'Antoine en vint à poser des questions que d'autres auraient jugé iconoclastes. Il répondait non moins naturellement et avec conviction. Sylvie n'intervenait pas dans la discussion, observant, amusée, le dialogue entre les deux interlocuteurs qui, dans le feu des échanges, en étaient venus à l'ignorer. La soirée se termina dans une atmosphère détendue, et plutôt joyeuse, à l'évocation des vicissitudes baroques que les uns et les autres avaient rencontrés au cours de leur vie.

Lorsqu'elle fut partie, Sylvie et son fils se dirent que les dés avaient été pipés, mais qu'ils ne pouvaient faire autrement. Leur invitée s'en était bien sortie. Elle était intelligente, naturelle, avait de la répartie, et n'avait pas sa langue dans sa poche.

« Elle mérite que l'on puisse, que l'on essaye de l'aider. Tu as bien été, toi aussi, journaliste », dit-il à sa mère, « et tu t'en es sortie, mais je pense que vous n'êtes pas faites du même bois. Enfin, si tu as une idée, dis-le-moi, et le président statuera favorablement ! »

Le lendemain matin, au petit-déjeuner, la fille d'Antoine fut mise en boîte par le groupe de journalistes, qui soulevèrent, à son égard, l'indépendance objective que doit avoir tout journaliste dans l'exercice de son activité. Elle répondit, pour clore les débats, qu'elle ne connaissait pas, avant de l'avoir rencontré, le président, et que sa soirée avait pour origine le fait que la mère du président avait connu en d'autres temps son père à elle, lors d'une croisière aux Antilles.

« Point barre », dit-elle. Elle ne sut jamais, dans l'instant , la véritable raison de l'accueil privilégié qu'elle avait eu. Et, de retour en France, elle fit, comme les autres, un article sur le développement du tourisme aux Caraïbes, avec un encart élogieux sur l'île qui les avait hébergés quelques semaines auparavant.

Sylvie téléphona à Antoine pour lui raconter la soirée. « Elle est bien ta fille, elle a du « peps », elle a séduit notre fils... heureusement, lui connaissait leur relation, sinon on aurait pu craindre un développement qui n'aurait pas été dans l'ordre des choses. Quand viens-tu ?, ajouta-t-elle, je me sens fatiguée en ce moment. »

Antoine répondit qu'il allait venir avec la mission parlementaire qui débarquait dans les semaines qui suivaient. La dite mission regroupa une demi-douzaine de députés et sénateurs, qui avaient déjà des accointances avec les Caraïbes, ou qui voulaient en créer. C'est ainsi

qu'un groupe d'amitié parlementaire avait été préalablement constitué avec l'Assemblée nationale, nouvellement élue dans l'île. Cette opération permettrait ainsi d'organiser, aux frais de la princesse, un ou deux voyages par an outre atlantique, destinés, naturellement, à développer l'image de la France et les échanges économiques et culturels entre l'Europe et la Caraïbe.
La mission débarqua un beau matin dans l'île, à l'aéroport qui était en rénovation, sous le contrôle du bureau d'études déjà évoqué, et grâce à des capitaux américains. Un des membres du gouvernement qui accueillait la délégation française se rapprocha d'Antoine et s'adressa à lui sur un ton discret.
« Bonjour Monsieur, je suis chargé par le Président de vous conduire directement auprès de sa mère qui veut vous voir. Je suis autorisé à vous dire qu'elle est très fatiguée, et que ses forces, comme on dit chez nous, l'abandonnent peu à peu. »
Antoine sentit monter en lui une sourde inquiétude : il s'éclipsa, faisant un petit signe à son ami parlementaire qui l'accompagnait, et s'engouffra dans la voiture qui l'attendait un peu à l'écart du cortège officiel. Arrivé à la résidence où sa fille était venue quelques mois auparavant, il fut introduit par un majordome dans un vestibule qui donnait sur la terrasse face à la mer. Un médecin s'adressa à lui en lui recommandant de ménager la mère du Président dont la santé s'était fortement dégradée depuis quelques jours. Antoine pénétra ensuite dans le salon qui donnait sur la mer, ressentit les effets de la brise légère qui venait du large, et vit Sylvie, étendue sur une chaise longue et recouverte d'un large plaid.
« Venez, mon cher ami, je me lève en pensée… je serais bien en mal de le faire autrement », ajouta-t-elle avec un sourire fatigué. Pour faire bonne mesure, elle chercha à se redresser sur sa chaise longue, et reprit un air qui se voulait plus alerte. Ils s'étreignirent avec une

tendresse qu'elle voulut passionnée, s'accrochant à lui pour ne pas interrompre cet instant.
« Si tu savais comme je suis heureuse que tu sois enfin là, je t'attendais avec impatience. Tu vois dans quel état je suis, mon pauvre Antoine. Toi tu es encore alerte, il est vrai que tu n'as pas eu une vie aussi mouvementée... la bourgeoisie, ça conserve, ou on en meurt », dit-elle en souriant.
« Tu ne vas pas commencer sur ce registre », répliqua Antoine.
« Non, je n'en ai pas le temps », reprit-elle avec une pointe de détresse dans la voix, qu'elle voulut aussitôt réprimer en poursuivant :
« As-tu fait bon voyage ? Avez-vous été bien accueilli ? Le Président, ton fils, va venir nous rejoindre dés qu'il aura reçu tes camarades de jeu. Tu vois la goélette au mouillage, elle vieillit, elle prend l'eau, elle aussi, il faut pomper tous les jours ou presque ! »
Antoine l'observait tendrement, et lui souriait de façon amusée en l'écoutant parler. Elle avait beaucoup maigri. Elle avait pris soin de se maquiller pour dissimuler les ravages d'une maladie dont Antoine ignorait tout encore. Ses mains étaient devenues diaphanes, le reste de son corps était dissimulé sous un plaid de soie grège. Ils restèrent un moment à deviser, Antoine s'arrêtant de temps à autre, pour laisser à Sylvie le temps de récupérer, et de surmonter une fatigue qui se lisait peu a peu sur son visage. A plusieurs reprises, il proposa de la laisser seule se reposer, elle ne l'avait pas voulu.
« Je te tiens, tu ne te défileras pas », dit-elle dans un souffle. Ils reprirent une position de bon aloi, ne laissant pas paraître une intimité trop poignante lorsque le majordome apporta un thé pour Antoine. Le jour baissait sur l'anse où se balançait doucement l'Ikoula. Le majordome s'effaça respectueusement devant le Président qui arrivait. Les deux hommes s'embrassèrent et

s'asseyèrent sur la liseuse de part et d'autre de Sylvie qui retrouva un sourire qu'elle voulait joyeux :
« Que je suis heureuse de vous avoir tous les deux à mes pieds, dit-elle. Il faut vraiment que vous soyez inquiets à mon sujet, mais peu importe : « Carpe Diem » ! Je savoure le moment présent, dit-elle, en prenant leur main. Personne, ni rien, ne pourra m'enlever la joie qui est la mienne en ce moment.
Une infirmière créole et le médecin qu'Antoine avait aperçu en arrivant, se rapprochèrent discrètement pour apporter des soins à la malade. Celle-ci essaya de les en dissuader pour prolonger l'intimité de cet instant : elle ne céda que sous l'autorité de son fils, et parce qu'elle comprit qu'ils se rapprocheraient encore en parlant en aparté de celle qui les unissait... ce qu'ils firent effectivement. Accoudé au parapet délimitant la terrasse, le Président fit part à Antoine de la terrible inquiétude que lui inspirait l'état de sa mère, qui avait refusé de partir se faire soigner aux Etats-Unis.Ses forces déclinaient. Elle s'était accrochée à la vie dans l'espérance de son arrivée, mais les médecins étaient, à court terme, peu optimistes. L'émotion gagnait les deux hommes : l'homme public n'était plus qu'un jeune homme au bord des larmes, se raccrochant à un père, qu'il n'avait pas connu pendant presque trente années, et qui serait, malheureusement, dans peu de temps, son seul et unique lien familial.
Antoine l'écoutait avec attention, et cachait de plus en plus mal une émotion de moins en moins maîtrisée. Il prit son fils dans ses bras un long moment, puis lui tapa sur l'épaule signifiant qu'il pouvait compter sur lui. Le médecin s'approcha discrètement d'eux, et, s'adressant au Président, dit doucement :
« Votre mère est très fatiguée. Elle a l'air, depuis ce soir, de reprendre goût à la vie. Néanmoins son état général se dégrade. Pourriez-vous user de votre influence pour calmer une excitation dont je mesure mal l'origine ? »

« Bien docteur, je vais essayer de lui faire entendre raison, mais sans garantie de succès. Vous savez que mes pouvoirs s'arrêtent à l'entrée de cette maison ». Le médecin salua les deux hommes, et s'éclipsa discrètement en se demandant qui était cet étranger qui paraissait assez intime avec le Président pour assister aux derniers moments de vie de la mère de ce dernier. Ils revinrent auprès de Sylvie qui les accueillit avec un grand sourire.
« Le médecin, ma mère, m'a dit qu'il fallait vous reposer et vous calmer : il vous trouve très excitée ».
« Laisse-moi savourer cette soirée, monsieur le Président. Je n'en ai pas eu beaucoup avec vous deux, ne gâche pas mon plaisir… Passons à table : ce soir, j'ai une faim de loup ! Faites-moi une chaise à porteur avec vos bras et transportez-moi dans la salle à manger. »
Ils dînèrent tous les trois. Elle avait retrouvé une fébrilité enjouée, émaillant ses propos et leur conversation de souvenirs humoristiques concernant ses deux convives, se tournant alternativement, vers l'un et l'autre, avec une avidité de bonheur. Antoine et son fils essayaient gentiment, de temps à autre, de la calmer, voulant contenir une excitation qui était sûrement préjudiciable à son état de santé… mais ils sentaient aussi qu'il ne fallait pas lui enlever la jouissance de cet instant.
A la fin du repas, elle leur demanda à nouveau de la transporter sur une chaise longue, sur la terrasse, face à la mer. Le majordome apparut, fit entendre un toussotement discret, et dit au Président qu'il était attendu à l'entrée de la demeure.
« Je dois m'absenter, je vous laisse tous les deux un moment. Ne faites pas de bêtises, tenez-vous bien ! Je reviens tout à l'heure », dit-il sur un ton qui se voulait badin, et en embrassant sa mère. Celle-ci lui fit promettre qu'il reviendrait même dans la nuit.
Elle s'était tassée dans sa chaise longue, et accusait la fatigue de la soirée. Elle s'en rendit compte, et se réhaussa maladroitement sur

son dossier. Une fois seuls, elle s'adressa à Antoine sur un ton soudainement plus grave.

« Je sais que je n'en ai plus pour très longtemps. J'aurais voulu passer bien d'autres soirées comme celle que nous venons de passer, même une fois tous les dix ans, dit-elle en souriant, mais je sens que je suis comme le vieux poète dans « La nuit de l'iguane » : j'arrive au bout de ma route… Alors, promets-moi une chose, celle d'entourer notre fils. Même s'il a aujourd'hui des responsabilités importantes, c'est encore un jeune homme et tu seras, d'ici peu, son seul point d'ancrage, alors ne l'abandonne pas, je t'en prie. »

« C'est vrai que maintenant qu'il est président, il devient beaucoup plus intéressant », répondit en souriant Antoine pour soulager la discussion.

« Enfoiré, infâme salaud, toujours le même », répliqua-t-elle en l'embrassant tendrement, et en lui prenant ses mains dans les siennes. Ils restèrent ainsi une grande partie de la nuit. Dans l'anse, la goélette oscillait doucement sous la lune, et la lampe en tête du grand mat scintillait sur l'eau.

A l'aube, elle demanda à Antoine de faire appeler son fils et s'éteignit dans un dernier regard qu'elle posa sur les deux hommes. Antoine fit le tour de la chaise longue, mit sa main sur l'épaule de son fils, qui s'était tassé sur sa chaise. Il ne chercha pas à cacher une grosse larme qui coula le long des cernes et des rides qui s'étaient accentuées au cours de cette nuit blanche. Au bout d'un long moment, et pour rompre le silence, il dit que l'on pouvait éteindre maintenant l'éclairage de pont de la goélette, et il prit son fils dans ses bras.

******

Antoine, par la vitre de la voiture qui le ramenait à son hôtel, nota distraitement le rite matinal de l'arrosage, qui tentait de prolonger, dans tous les pays chauds, la fraîcheur relative de la nuit. Il rejoignit la suite qui lui était dévolue se sentant las et épuisé, accusant à la fois la fatigue et la tension d'une nuit blanche qui avait tourné une page de son existence. Il ne put s'endormir. Après avoir pris une douche et s'être changé, il descendit prendre un petit-déjeuner. Il passa à l'accueil de l'hôtel où l'attendait plusieurs messages de son ami sénateur qui s'inquiétait de son sort. Il entendit dans sa torpeur une voix qu'il reconnu et qui lui dit :

« Je rendrai compte de tes frasques et de tes fugues, c'est une mission sérieuse et Monsieur en profite pour s'éclipser, dés le pied posé à l'aéroport. A ton âge, ce n'est pas sérieux ! La nuit fut-elle bonne au moins ? »

« Plus éprouvante que tu ne le supposes, et pas sur le plan que tu imagines », reprit Antoine.

« Tu as entendu les nouvelles locales ? Cela va probablement modifier notre programme. Et cela m'étonnerait que nous puissions, comme prévu, rencontrer le Président aujourd'hui. Oh ! Antoine, tu dors ?! Réveille-toi !

******

Effectivement, la nouvelle de la disparition de la mère du Président modifia le programme de la mission parlementaire. Une journée de deuil fut décrétée, et, à défaut de négociations économiques et commerciales, la cohorte des parlementaires s'infligea, le lendemain, la participation à une cérémonie officielle de recueillement devant le catafalque de la mère du président. Antoine se désolidarisa une fois encore du groupe, ce qui plongea, une nouvelle fois, son ami dans une incompréhension silencieuse. La réceptionniste de l'hôtel lui remit un message aux termes duquel il était convié à dîner à la résidence qui était celle de la mère du président. Il y retrouva celui-ci.

Ce dernier avait retrouvé l'attitude et l'équilibre d'un homme encore jeune, mais déjà habitué à surmonter les difficultés et les problèmes. « Ma mère a émis le désir que ses cendres soient, par nous deux, dispersées en mer, depuis le bastingage de la goélette. Je propose que nous le fassions ce soir, en toute intimité. »
Antoine et son fils dînèrent ensuite sur la terrasse, et évoquèrent l'avenir. Le fils de Sylvie avait déjà pris contact avec l'avocat de sa mère aux Etats-Unis pour commencer à régler sa succession. Il comptait bien évidement poursuivre le redressement économique de l'île, mais ajouta qu'il souhaitait conserver un contact étroit avec le père qu'il avait découvert récemment, et qui, du reste, avait selon ce que lui avait dit sa mère largement concouru à sa situation actuelle.Il entendait avoir, si Antoine en était d'accord, les relations normales et étroites d'un fils à l'égard de son père, et réciproquement. Antoine serait toujours le bienvenu sur l'île, et dans cette maison que son fils comptait garder en souvenir de sa mère. Antoine repartit le lendemain avec le sentiment qu'une page de sa propre vie s'était tournée. Les retombées économiques et culturelles de la mission furent au delà de toute espérance, et inversement proportionnelles aux efforts très modestement déployés par les parlementaires. On en attribua le mérite au rayonnement naturel de la France dans les Caraïbes. Le sénateur, vice-président de la commission des affaires étrangères, et nouveau président de l'association d'amitié parlementaires entre les deux pays, ne sut jamais qu'il s'était incliné devant la dépouille de la jeune femme qui l'avait accueilli, bien longtemps avant, aux Antilles, à bord d'un ketch qui s'appelait l'ikoula.

Chapitre 19
INTERMEDE PARISIEN...

Antoine ne révéla jamais à ses proches ce qui vient d'être écrit. Les seuls qui auraient pu en témoigner, n'étaient plus de ce monde. Son ami « journaliste engagé » avait disparu dans des conditions inexpliquées et, semble-t-ilassez glauques, au large d'une île caribéenne. Et Caroline avait succombé à un cancer trop tôt déclaré, et trop tard diagnostiqué.

Quand le jeune Président fut reçu officiellement à Paris, quelques temps après le voyage de la mission parlementaire, Antoine fut naturellement invité au dîner à l'Elysée, au titre des personnalités qualifiées. Il fut présenté à son fils, le salua très civilement. Personne ne remarqua le clin d'œil échangé entre eux. Sauf le président... dont les fiches avaient été bien faites, et surtout actualisées pour la circonstance. Il ajouta simplement, avec un sourire qui se voulait légèrement complice :

« Je crois que vous vous connaissez de longue date, n'est ce pas ? »

« Effectivement, monsieur le Président, reprit son invité. C'est une longue histoire, émaillée de bons et de mauvais moments, comme celle de chacun d'entre nous... Ainsi va la vie ! »

Sur ces mots, les deux présidents furent happés par d'autres invités, et la discussion naissante s'arrêta sur ces banalités définitives.

Au cours du dîner, un maître d'hôtel remit à Antoine un mot, écrit de son fils, qui lui donnait rendez-vous le lendemain, dans sa suite à l'hôtel Meurice, où il était descendu, l'ambassade ayant été jugée trop exigüe pour le recevoir. La suite de la soirée fut sans beaucoup d'intérêt : chacun des convives, à portée de voix, se présentant et expliquant à quel titre il se trouvait là. Antoine ne put évidement pas dire la véritable raison de sa présence : il se contenta de justifier d'une mission de consultant spécialisé dans la géostrategie

caribéenne. Sa voisine de table était restée très silencieuse tout au long du dîner. Elle n'était intervenue que discrètement dans la discussion, alimentée par un homme qui apparaissait « fort en gueule », et qui se targuait de bien connaître le président Caribéen.Il se faisait fort, à ce titre, de faciliter toute entrevue avec ce dernier, pour qui voulait investir dans le pays. La dite voisine, dont les ancêtres étaient, à n'en pas douter, les descendants des Arawaks, regardait de façon amusée, et alternativement, le beau parleur et Antoine, se demandant visiblement si ce dernier allait intervenir ou non. A la fin du repas, chacun prit congé de ses voisins. Mais sa voisine, en se levant, s'adressa à Antoine et dit :
« J'admire votre discrétion et votre réserve. Je sais qui vous êtes. Vous ne m'avez pas reconnue, mais j'étais l'infirmière de la mère du Président, et j'étais là, le soir où elle est partie rejoindre ses ancêtres. Son fils, notre Président m'a nommée, quelque temps après, consul à Paris. Je serais heureuse de vous revoir si vous le voulez bien. Elle fit un léger sourire, et s'esquiva dans le flot des invités qui sortaient de la grande salle à manger.
Le lendemain, Antoine se présenta à l'accueil de l'hôtel Meurice, fut introduit dans la suite présidentielle où son fils l'accueillit avec chaleur à la stupéfaction du beau parleur de la veille, qui sortait au même instant. Antoine refusa tous les postes de représentation que lui proposa son fils, acceptant simplement le rôle de conseiller officieux.

******

Après un ou deux voyages aux Caraïbes, Antoine constata, avec tristesse, que, progressivement, son fils était atteint du même syndrome qui frappe tout dirigeant politique de premier plan : il s'enferme peu à peu dans une tour d'ivoire, qui l'isole de la plupart de ses proches et de ses amis qui ne sont pas simplement des thuriféraires. Comme souvent, il en vint à lui appliquer le principe de la dérive qui consiste à trouver normal, ce que l'on considérait soi-même comme anormal quelque temps auparavant. Ainsi commençait à poindre, et sous couvert d'efficacité, les prémices d'une déviation, à tendance totalitaire, de la démocratie musclée et directe. Ce qui impliquait l'éloignement de toute contradiction et toute attitude qui n'était pas conforme à la pensée unique qui peu a peu émergeait dans l'environnement de celui qui devenait le « Leader ». Les relations d'Antoine avec la Caraïbe s'espacèrent dans le temps jusqu'à devenir insignifiantes. Progressivement, une gangue de « conseillers », plus ou moins objectifs et, ou intéressés, et de faux diplomates à la solde des services de renseignements étrangers, isolèrent le Président des gens plus censés qui l'avaient entouré au début de son mandat et qui n'avaient plus voix au chapitre.

Il finit par oublier toutes les bonnes dispositions et promesses qui étaient les siennes à son arrivée dans l'île. Peu à peu, il se coupa du peuple et se réfugia dans sa tour d'ivoire entouré d'une garde nationale... institution qu'il avait supprimé à son arrivée au pouvoir. Antoine apprit un jour, par un article consacré à l'évolution politique dans les Caraïbes, que le principe démocratique faisait des progrès avec la démission et le départ volontaire du président d'une des îles indépendantes vers un exil doré aux Etats-Unis. L'histoire était un éternel recommencement.

Chapitre 20
SOUS LE PONT MIRABEAU COULE LA SEINE...

Antoine avait vieilli. Le cumul de ses différentes retraites lui permettait jusqu'à présent de vivre confortablement, sans excès mais sans contraintes particulières. Habitant dans le quartier, il passait de temps à autre devant ce qui avait été la boutique de la mère de Caroline. Elle avait naturellement changé depuis longtemps d'objet et de nature. Le foyer d'étudiants avait disparu dans les années 90 pour laisser la place, après une rénovation profonde, à un immeuble d'habitation bourgeois. Son souvenir devait alimenter les discussions de sexagénaires, souvent chauves et enveloppés, qui avaient pratiqué les lieux. Les chaisières du Luxembourg avaient été emportées sans regrets dans l'après 1968. Le « boulmich » s'était vidé de ses étudiants, et la Sorbonne se visitait comme un monument historique. Puvis de Chavannes avait retrouvé la sérénité des lieux du grand amphithéâtre de la dite Sorbonne. Sérénité seulement troublée, épisodiquement, par quelques conférences sur le réchauffement climatique, ou sur l'avenir des pays du tiers monde « relookés » en « pays émergents », appellation moins condescendante et plus valorisante. L'aspect mercantile avait envahi ce haut lieu de la culture, et la location de l'amphithéâtre contribuait au chauffage et à l'entretien de l'ensemble. Le théâtre de l'Odéon avait retrouvé un cycle de représentations ou le bourgeois « éclairé » parisien venait se teinter d'une culture qu'il étalait ensuite dans son relationnel vespéral.
La liberté sexuelle découverte en 68 s'était heurtée, après Woodstock, au mur du Sida. Les hippies n'allaient plus à Katmandou, et leurs enfants choisissaient, par réaction contre leurs parents, le confort des résidences secondaires de leurs grands-parents, dans le midi de la France ou sur la côte basque. L'écologie, après avoir été

longtemps dans les limbes dans les années 70 et 80, avait trouvé un terreau fertile avec tous ceux qui, partis dans les Causses ou dans les Cévennes faire du fromage de chèvre, en étaient revenus. Il était bien moins pénible, en effet, de protester et de manifester boulevard Voltaire contre les OGM, que d'avoir à traire tous les jours un troupeau de chèvres récalcitrantes et indisciplinées, et à assurer la transformation du lait en fromage qu'il fallait de surcroît vendre ! Les gauchistes de 68, après s'être investis dans les mouvements contre la guerre au Vietnam durant quelques années, avaient fini par trouver quelques prébendes électives, institutionnelles, para-étatiques ou syndicales. Certains avaient même adopté un comportement schizophrénique en devenant patron « social » de sociétés à vocation elles-mêmes sociales et culturelles. Mais la réalité financière de l'économie libérale avait vite rétabli un ordre des choses à structure de décision pyramidale et contraignante. Les faits étaient têtus et le compte d'exploitation limitait les bons sentiments utopiques.

Chapitre 21
LA CHARITE A DISTANCE

Dans les années 90 et avec la mondialisation se développa alors une nouvelle forme d'activité non salariée, non imposable, sans contrainte sociétale, qui échappait à l'économie de marché et à toute fiscalité. S'y engouffra une bonne partie de ceux ou celles qui ne voulaient pas rentrer dans le canevas d'un environnement économique mondial et libéral.

Cette activité avait une vertu curative tout à fait efficace contre la mauvaise conscience de tous ceux qui, vivant agréablement, culpabilisaient vis-à-vis de ceux qui ne bénéficiaient pas, comme eux, d'une semblable aisance. Selon le désir de celui ou de celle qui voulait la mener, elle pouvait se pratiquer sans quitter les délices de Capoue, en tant que généreux donateur ; ou, « in situ », directment auprès de ceux que l'on voulait aider.

Dans les temps anciens, il était de convenance de pratiquer vis-à-vis de son prochain nécessiteux une solidarité bilatérale et rapprochée : la charité consistant à subvenir au malheur de celui qui se trouvait à proximité.

La nouvelle forme de charité devint institutionnelle, planétaire, dépersonnalisée, prit des formes mutualisées et formatées par lesquelles le généreux donateur n'était plus connu du bénéficiaire. En effet, des organisations prestataires de service assuraient entre les deux une intermédiation qui assurait une logistique éloignant la misère humaine de la vue du reste du monde et de sa générosité. Comme la valeur ajoutée de cette activité était difficilement mesurable, sauf en termes de bons sentiments, ce créneau se développa rapidement grâce à une communication astucieuse et non vérifiable. Cette activité ne relevant pas du secteur marchand, chacun pouvait faire état, sans contrôle des généreux donateurs ou des tiers, d'une activité qui n'avait, a priori, pour but que de subvenir aux malheurs de l'humanité. Les « ONG » firent « florès » très rapidement et permirent à tous ceux qui voulaient œuvrer réellement au bien public de pouvoir le faire dans des structures associatives qui valorisaient leur action sur le plan médiatique, tout en leur assurant un viatique et une sécurité minimum.

Chacun désormais y allait de son ONG, et en tirait un bénéfice qui allait de la simple vanité sociale à une vie expatriée « indigène » in situ. On levait des fonds grâce au « Charity business » ; on les plaçait et on en tirait des revenus financiers ; on les ventilait, moins les frais généraux, auprès des bénéficiaires en bout de ligne, via les ONG. Les mauvaises langues disaient que ce type d'organisation pouvait également servir à transférer de l'argent dont la provenance ou la destination n'étaient pas toujours identifiées. On entendait aussi dire que ces ONG servaient de couverture pour des opérations qui n'avaient rien d'humanitaires... mais tout ceci n'était que des rumeurs sans fondements avérés.

« In situ », les équipes humanitaires eurent au début des effectifs réduits, uniquement animés par un bénévolat qui valorisait leur action. Les « French Doctors » étaient quelque part les héritiers de 68 : ils n'avaient pas pu changer la société française, alors ils allaient prendre en charge, avec succès, la détresse humaine, et être les oriflammes de la nouvelle génération humanitaire. Plus tard « l'humanitaire » joua, à l'occasion, le rôle de la Légion étrangère après la guerre. Les mobiles de tous ceux qui s'engageaient dans certaines ONG étaient parfois, plus égoïstes qu'altruistes, certains cherchant leur propre salut, sinon leur intérêt, dans une action collective purificatrice de leur situation personnelle.

 Mais, à la fin du XXe siècle, l'essentiel était atteint : la pauvreté fut contingentée ; les maladies endémiques et systémiques furent maitrisées ; la médiatisation, via les ONG, des horreurs que génère la nature humaine limita, momentanément au moins, leur développement ; les migrations alimentaires furent sédentarisées grâce aux sacs de riz importés parfois, très médiatiquement, sur le dos de futurs ministres des affaires étrangères. L'histoire du XXIe siècle montrera, malheureusement très vite, que ce « statut quo » explosera : le thème du livre « Le camp des saints », écrit en 1973 par Jean Raspail, devant s'avérer malheureusement prémonitoire.

Chapitre 22
ET L'ON REPARLE DE LA CARAIBE...

Antoine ne jouait ni au bridge, ni au golf : il avait donc du temps libre. Il dédia une partie de la disponibilité que lui laissait sa retraite de la vie active professionnelle, à s'intéresser au monde humanitaire. Ayant toute sa vie côtoyé les grandes structures, il décida de se rapprocher d'une ONG de dimension moyenne dont les frais de structure lui apparaissaient les plus réduits possibles, et dont l'objet était d'apporter assistance et aide aux populations caraïbes... on en comprendra la raison. Il retrouva la trace de la « consul », à côté de qui il avait dîné quelques années auparavant à l'Elysée. Cette femme avait naturellement été remplacée dans ses fonctions après l'exfiltration forcée de son président. Elle avait trouvé refuge dans une ONG régionale, et bénéficiait ainsi, dans son pays, d'une extra-territorialité de fait qui avait assuré sa sécurité. Elle accueillit la démarche d'Antoine avec chaleur et lui confia « la représentation » française, et même européenne, de la dite ONG. Des fonctions consistant essentiellement à essayer de lever des fonds destinés à financer les actions humanitaires locales.

Sur place, lui avait-elle confié, rien n'avait fondamentalement changé : la pauvreté n'avait pas progressé, mais elle n'avait pas diminué non plus, nonobstant les intentions affichées des dirigeants politiques qui s'étaient succédés au pouvoir au cours des vingt précédentes années.

Le fils de Sylvie et d'Antoine n'avait pas non plus laissé une trace indélébile de son passage au pouvoir. A son actif : une politique d'immigration sélective issue des pays de l'Est Européen, que la mère du président avait favorisée à l'époque pour des raisons qui échappaient au commun des mortels... Immigration qui avait apporté du sang neuf dans une population recroquevillée sur elle-même et donné une impulsion nouvelle, mais momentanée, à une économie ensuite retombée en léthargie et sous dépendance nord-américaine.Il avait aussi favorisé l'envoi des sportifs nationaux dans des universités américaines qui les avaient accueillis au titre de leurs performances sportives plus que pour leur compétence intellectuelle. La passerelle avait été la bonne pour quelques uns d'entre eux qui étaient devenus fonctionnaires internationaux ou diplomates, vivier de futurs dirigeants et source d'alternance démocratique à venir.Son successeur avait oublié de renvoyer chez eux les Européens qui avaient fait souche avec les populations locales.C'est ainsi que dans les écoles étaient apparus des enfants à la peau plus claire, et parlant une sorte de « globish » créole matiné de serbo-croate.Tel était au fond,l'héritage politique qu'avait laissé le fils de Sylvie et d'Antoine. Les statues, monuments dédiés, et autres traces physiques et matérielles de son passage ayant été rasés ou détruits, comme il se doit par ses successeurs.

Le carnet d'adresse d'Antoine et les reliquats d'un savoir-faire passé en matière de subsidologie lui permirent de lever quelques fonds pour l'association créée par l'ex-infirmière de Sylvie. Ils lui donnèrent la possibilité de se rendre sur place pour en voir l'utilisation, comme cela est de tradition pour tout animateur d'association humanitaire. Contrairement à d'autres, il ne jugea pas absolument nécessaire de voyager en « business », et fut accueilli à la bonne franquette par celle qui dirigeait son œuvre caritative destinée à un dispensaire et un orphelinat, situés dans les faubourgs de la capitale. Celle-ci lui fit les honneurs des lieux, et lui présenta les personnes qui officiaient tant dans le dispensaire que dans l'orphelinat, ainsi que les pensionnaires des deux établissements. Antoine fut ebranlé par la détresse des orphelins qui lui étaient présentés : il remarqua l'un d'entre eux qui ne devait pas avoir plus de cinq ou six ans. Teint plus clair que les autres enfants, yeux bleus, cheveux bouclés auburn. La

directrice de l'orphelinat voyant qu'Antoine s'attardait devant le gamin s'adressa à lui et dit :
« Celui-là, il vient d'arriver : son père était un de ces Européens venus d'Europe centrale il y a quelques années, qui s'était marié avec une créole. Ils sont tous les deux morts dans un accident d'auto, et leur voisine nous l'a confié, car elle n'avait pas, ou plus, les moyens de l'élever. » L'enfant le regardait à la manière dont les chiens dans les chenils implorent les visiteurs, espérant que ceux-ci les sortiront de leur cage grillagée. Antoine était ébranlé par ce regard, et par une situation à laquelle il n'était pas, à dire vrai, habitué. Au terme de sa visite, il demanda à son interlocutrice à en savoir un peu plus sur cet enfant. Celle-ci commença par lui dire qu'il ne fallait s'apitoyer au premier regard sur la misère humaine, et que, malheureusement, tous ces enfants étaient orphelins et sans beaucoup d'espoir de trouver une famille d'accueil.

Antoine insistant, on le renvoya, au commissariat du coin pour voir le registre des accidents récents, puis à la mairie, pour voir le registre de l'état civil… dont on lui précisa qu'il n'était tenu que de façon aléatoire et peu crédible. Le jour suivant, plutôt que de flemmarder au bord de la piscine de l'hôtel où la population des ONG se reposait d'une proximité trop prégnante avec la détresse humaine, il se rendit à la mairie. Il compulsa les registres, finit par trouver, au prix d'une contribution aux œuvres personnelles du préposé à l'état civil, la feuille qui l'intéressait. Elle portait acte du mariage d'un certain M…, originaire de Serbie, né dans l'entre-deux guerres, avec une jeune femme créole. Suivait une reconnaissance de paternité d'un enfant, puis la notification de leur décès accidentel. La différence d'âges apparaissait importante, elle frappa Antoine.

Sur le moment, Antoine ne réagit pas au nom du marié qui avait donné le sien, après l'avoir reconnu, à un fils devenu depuis orphelin... Puis, brusquement il prit conscience que ce nom était aussi celui de son ex President de fils .

Quel lien de parenté pouvait-il y avoir entre cet orphelin et l'ex President ... si toutefois il y en avait un ? La réflexion d'Antoine fut interrompue par l'employé municipal qui lui fit savoir que, sauf contribution supplémentaire à ses œuvres sociales, il allait être obligé de mettre fin à la recherche d'Antoine. Celui-ci comprit qu'il ne tirerait plus rien de son interlocuteur et prit congé. Retrouvant au déjeuner la « consul », il revint sur son interrogation de la matinée, et la questionna sur les origines du gamin vu à l'orphelinat. Il sortit de sa poche une feuille de papier sur laquelle il avait écrit les deux noms notés dans le registre de l'état civil, et la tendit à son interlocutrice. Celle-ci, à la lecture de la feuille que lui présentait Antoine sursauta, et dit :

« J'ai connu cette femme, c'était la petite amie de votre fils, le Président. Il l'a laissée tomber lorsqu'il est parti aux Etats-Unis. C'était une jolie et sympathique femme mulâtre qui venait souvent à la résidence que vous avez connue, et qu'ont occupé le Président et sa mère jusqu'au décès de celle-ci. J'ai eu l'occasion de la revoir quelques temps après la destitution de votre fils : elle était enceinte jusqu'aux oreilles. Elle m'a demandé conseil puis a disparu. Je ne savais pas qu'elle s'était mariée avec cet homme qui, bien qu'il porte le même nom que votre fils, n'avait aucun rapport avec lui. Je ne savais pas non plus qu'il avait reconnu l'enfant. C'est délicat de sa part », ajouta-t-elle.

Après un instant de réflexion, elle regarda Antoine d'un regard amusé, et pour la première fois légèrement irrévérencieux, et dit :

« Vous êtes, Antoine, en train de penser la même chose que moi, non ?! Il ya quelque chance pour que vous soyez le grand-père biologique de cet enfant ! »

Il la regarda de façon interrogative, se demanda quelle réaction adopter vis-à-vis de ce relatif secret de famille qu'elle avait apparemment, dans l'instant, découvert et dévoilé... Mais, il se dit qu'il y avait, en fait et avec elle, prescription.
« Si le cas de figure que vous décrivez, chère amie, est exact, ce n'est pas une hypothèse à exclure, répondit Antoine dans un demi sourire, mais je ne m'explique pas le nom de famille qui n'a rien de créole ». Elle se lança alors dans un long développement sur la période où elle avait été au service de Sylvie. Le président, son fils, avait, constatant la pénurie de cadres compétents pour stimuler l'économie du pays, favorisé l'immigration d'un certain nombre d'Européens. C'est ainsi que des Serbes, d'âge, de formation et de compétences différents, avaient débarqué un beau jour sous les cocotiers des Caraïbes. Cela n'avait pas modifié l'équilibre démographique du pays, et ils s'étaient fondu assez facilement dans la population. Mais ils avaient tout de même contribué au renouvellement génétique de la population. Pour leur apport au redressement et au développement économique, cela était apparu assez vite limité. Parmi eux, se trouvait un certain M... qui avait séduit, puis recueillit la petite amie créole du Président après le départ forcé de celui-ci pour les Etats-Unis. Cette jeune femme accoucha quelques mois après. M... se maria avec elle, adopta son enfant, et lui donna son nom et un prénom, « Anton ».
« Savez-vous, dit Antoine, que ce nom est très connu en Serbie ? Cet enfant est nominalement le descendant ou, à tout le moins, membre de la famille du chef des Tchetnik ? Celui qui s'est opposé aux nazis pendant la guerre, puis à Tito pour le pouvoir dans ce qui est devenu par la suite la Yougoslavie. C'est beaucoup plus glorieux que d'être mon petit fils biologique ! ».
La « consul » avoua qu'elle n'était pas très au fait de l'histoire des Balkans durant la deuxième guerre mondiale. Mais elle trouva assez drôle l'existence de ces produits dérivés serbes dans les Caraïbes.

« Son père biologique sait-il qu'il a un fils !? », dit Antoine.
« Je ne pense pas, dit-elle. En tous les cas, votre fils n'a jamais donné signe de vie depuis son départ. Et la mère de l'enfant n'a jamais voulu, me semble-t-il reprendre contact avec lui. »
« Sa mère n'a-t-elle jamais laissé une consigne ou une recommandation quelle qu'elle soit ? N'a-t-elle pas une famille ou des parents et amis qui puissent recueillir cet enfant ? », reprit Antoine.
« Non, dit son interlocutrice, elle n'en a pas eu le temps. Il n'y avait que cette vieille femme sans moyens qui a recueilli cet enfant après l'accident, mais qui ne peut plus l'élever. »
Antoine resta pensif et silencieux un moment. Le hasard, encore une fois, l'avait ramené dans une situation qu'il n'aurait jamais imaginée jusqu'à cet instant. Honnêtement, il ne savait pas quelle attitude suivre vis-à-vis d'un évènement qui le plongeait dans un abîme de réflexion. Il trouvait drôle de découvrir qu'il avait un petit-fils. Dans le même temps, il se demandait comment gérer le problème que cette découverte générait. Il n'avait plus de contact avec son fils depuis qu'il avait quitté le pouvoir, et ne savait où le joindre.Il avait sans doute refait sa vie, et ne voudrait probablement pas s'encombrer d'une progéniture qu'il n'avait jamais connu, ni reconnu même s'il portait son nom.
Il lui paraissait difficile de ramener le gamin en France avec l'obligation de fournir, à la clé, une explication qui paraîtrait totalement abscon et fantaisiste à la plupart. Et, de plus, qui soulèverait le voile d'une vie parallèle à d'autresqui ne seraient pas fatalement heureux de découvrir celle-ci. Il ne pouvait pas non plus, maintenant, laisser en l'état ce gamin dans cet orphelinat. Il n'était de problème que le manque de solutions ne puisse résoudre, pensa-t-il. Il se promit de ne pas repartir sans avoir trouvé une sortie à l'infortune de ce gamin. En attendant, il fit acte d'autorité : abusant

de ses hautes fonctions honorifiques au sein de l'ONG, il demanda à ce que l'on fit une discrimination positive à l'égard du gamin, et à ce que ce dernier ait donc un traitement de faveur.

******

Après une longue réflexion et une discussion intense avec la « consul », ils conclurent tout deux que le meilleur pour l'enfant était de ne pas le déstabiliser une fois de plus en le déplaçant. Antoine n'était plus de prime jeunesse. Bien que divorcé et libre de tout engagement matrimonial, il ne se sentait plus en mesure d'élever un très jeune enfant, et ne pouvait imposer à ses propres enfants un ovni venu d'une histoire qui n'était pas la leur. Il réussit à persuader la « consul » de prendre sous son aile cet orphelin en lui faisant parvenir une pension destinée à son éducation. Comme elle n'avait pu avoir qu'un enfant, elle accepta cette solution, en souvenir aussi de celle qu'elle avait assistée dans ses derniers moments. Antoine repartit et respecta scrupuleusement son engagement.

******

Les années passèrent : l'enfant devint un jeune quarteron sur lequel les jeunes créoles se retournaient d'envie, voire l'interpellaient en riant, espérant capter son attention. Il avait pris de sa mère le teint créole et l'allure athlétique, et de son père, les yeux clairs et un visage légèrement anguleux qui lui donnait du caractère. Son regard perçant et expressif attirait celui de ceux qui le croisaient : il avait pris l'habitude de s'en excuser en souriant timidement. Il avait reçu une éducation sévère et rigoureuse de la part de la « consul » qui avait surveillé un parcours scolaire tout à fait honorable.

Celle-ci avait vieilli et envoya un jour un long courrier à Antoine pour lui dire qu'il était temps de choisir une nouvelle « option de vie » pour le jeune homme. Elle ajoutait qu'il lui pensait préférable qu'il quitte la Caraïbe pour un univers plus stimulant. Elle s'en remettait à l'imagination et à l'expérience d'Antoine en la matière. Elle estimait avoir rempli du mieux qu'elle pouvait son contrat, mais son ticket risquait de ne plus être valable dans un avenir relativement proche. C'est ainsi qu'au prix d'une affabulation, dont les auteurs sus nommés essayèrent qu'elle soit crédible et recevable par les tiers comme par l'intéressé, Antoine accueilli, un beau matin, à l'aéroport d'Orly, un grand jeune homme dégingandé, qui se dirigea vers lui à la lecture d'un panneau sur lequel était inscrit son nom. Nom qui avait d'ailleurs laissé perplexe le douanier : il avait, alternativement, longuement dévisagé le titulaire du passeport, et décrypté le nom sur le document qui lui était présenté. Ce fut pour le jeune homme le premier contact avec le vieux continent européen.

Anton, puisque tel était son prénom, s'aperçut vite qu'il était « coincé », comme tout mulâtre, entre deux communautés : il était blanc chez les noirs, et de couleur chez les blancs. Il aggravait son cas en portant un nom exotique qui le rattachait à l'histoire serbe, mais sans avoir ni le profil, ni le type, d'un Serbe. Il était créole, mais il n'était pas antillais. Et il ne pouvait justifier, l'ignorant, une ascendance qui aurait pu expliquer de telles anomalies, et lui permettre de se positionner face aux interrogations de ceux qu'il rencontrait.

Antoine le présenta à sa famille et à ses amis comme le fils d'amis caribéens, venu faire des études en Europe. Seule sa fille journaliste fut frappée par la similitude de certains traits du visage, du regard, et curieusement d'une certaine gestuelle entre son propre père et le jeune homme. Elle avait même un curieux sentiment, indéfinissable, de « déjà vu », qui ne devait rien, cette fois, à la physionomie de son père. Mais cela ne pouvait être qu'une coïncidence... en plus, il était caribéen et portait un nom d'origine Serbe ! Elle ne pouvait imaginer un seul instant que celui qu'elle avait devant elle était, en réalité, son neveu, le fils de son demi-frère. Curieusement, une de ses amies à laquelle elle avait présenté Anton, lui dit qu'il avait les mêmes yeux clairs et, à certains moments, la même expression qu'elle dans le regard. Elle trouva la remarque amusante, mais sans fondement. Anton ne put, en fait, s'intégrer à une vie qu'il n'avait pas connue et qu'il découvrait. Grâce aux relations de son « tuteur », il avait trouvé un job, mais sans beaucoup d'intérêt, ni surtout de perspectives. Il utilisa le temps libre que lui laissait celui-ci pour s'interroger sur son ascendance : il commença des recherches pour apporter une explication à l'anomalie qui se dégageait de son nom et de son physique. Il découvrit ainsi, assez rapidement, que son patronyme ne laissait pas indifférents les Serbes qu'il rencontrait. Les plus vieux lui racontèrent l'histoire de la Serbie et de la Yougoslavie, mais furent incapables, naturellement, de lui donner une explication sur sa propre existence. Il poussa plus loin ses investigations, et découvrit qu'un homme portant le même nom que lui avait été le dirigeant de l'île caraïbe où il était né et ou il avait passé sa jeunesse. De fil en aiguille, il remonta la piste jusqu'aux Etats-Unis, et décida d'aller sur place pour avancer sur le sujet.

Chapitre 23
RECHERCHE DE PATERNITE AU NEVADA...

Anton quitta la France pour la côte ouest des Etats-Unis à la recherche d'un père qu'il n'avait jamais connu. Il ne pouvait savoir que celui-ci, après son départ forcé de la Caraïbe, avait entamé une longue descente aux enfers, n'ayant jamais pu assumer un retour à une vie normale. Il avait dilapidé rapidement l'héritage laissé par sa mère. Il s'était enfoncé dans la marginalité, dans la drogue, allant de communautés en rassemblements de faux ou d'ex hippies, vivant d'expédients, de petits boulots et de petites frasques, côtoyant la déchéance humaine qui l'entraînait irrémédiablement vers le néant. Anton parcourut la côte ouest des Etats-Unis sur la base d'informations qui parfois se contredisaient ou menaient à des impasses. Il se retrouva finalement, la dernière semaine d'août, à Black Rock, dans un « Burning man » dans le désert du Nevada.

Anton se trouva ainsi au milieu de milliers de gens qui venaient célébrer le renoncement à la civilisation et la volonté de s'affranchir des lois du marché. Durant plusieurs jours, il erra au milieu de groupes de marginaux qui se réunissaient en village, par collectifs identitaires. Déambulant au hasard des rues dessinées en arc de cercle et des « avenues » qui les coupaient, il découvrit, au hasard de ses rencontres, des prosélytes de la culture du moment présent, du développement artistico-écolo-alternatif, et, finalement, de tous les principes qui animaient les participants à ce gigantesque rassemblement.Dans ce décor aride et lunaire du désert du Nevada, cette ville éphémère était le rendez-vous et le pèlerinage d'une contre-culture américaine. Mais c'était aussi, plus prosaïquement, un spectacle incroyable où, nuit et jour, pendant une semaine, cohabitaient les gens les plus farfelus et décalés, les engins les plus psychédéliques, les installations les plus folles et délirantes. Ce rassemblement revêtait les caractéristiques d'une utopie temporaire : elle se terminait, au bout de huit jours, par la mise à feu du « burning man », statue d'une vingtaine de mètres édifiée au centre de cette ville éphémère. Ce monde était parfaitement étranger à Anton. Il avait du mal à s'intégrer, même de façon anodine, à un environnement auquel son éducation ne l'avait pas préparé. Il cherchait une personne qu'il n'avait jamais vu, qu'il ne connaissait pas, et n'avait, pour seul indice, qu'un nom. Bref, chercher une aiguille dans une botte de foin eut été plus facile ! Au bout du troisième jour, il se dirigea, quelque peu désemparé, vers le Center Camp. C'était le lieu de rencontre pour la cité toute entière. Il s'installa au comptoir du « Center camp café », commanda une bière, salua son voisin qui lui retourna son salut et déclina son identité : « Moi c'est Jackson, je suis à la troisième rue, et je viens du Texas », dit-il avec un sourire engageant. Anton crût bon de répondre et de se présenter à son tour. A l'énoncé de son nom, son voisin de comptoir lui dit : « C'est marrant, tu as le même nom que mon voisin qui vient de la côte ouest ! ».

Anton sursauta et lui fit répéter ce qu'il venait de dire. « Je le cherche ici depuis deux jours ! Tu peux me dire exactement où il est ? »
« Tu n'es pas de la police au moins », reprit l'autre, dévisageant ce participant dont l'accoutrement ne correspondait ni à l'ambiance café, ni à l'esprit de la cité.
« Mais non... C'est juste quelqu'un de ma famille. Ne t'inquiète pas ! Ce n'est pas parce que je ne porte pas la barbe et que je ne n'ai pas le cheveu long que je suis un étranger aux principes du Burning Man ». Son interlocuteur esquissa un sourire, qui voulait dire qu'au fond il s'en foutait... surtout si Anton lui payait sa bière.
Anton se dirigea vers la troisième rue avec une anxiété mal contenue. Il passa anonymement devant un campement à l'allure un peu glauque au centre duquel trônait une caravane, elle-même un peu

délabrée. Un homme au faciès européen et raviné par l'alcool et vraisemblablement la drogue, devisait, une « Bud » à la main et vautré sur un pliant de toile, avec une asiatique, qui n'était pas de la première jeunesse. Celle-ci lui faisait face dans la même position. Anton se demanda quelle attitude adopter. Cet homme était-il celui qu'il recherchait ? Devait-il se présenter ? Et si oui, comment devait-il le faire ? Quelle serait la réaction de celui-ci ?
Il avait fait tout ce trajet pour essayer de reconnaître un père tel qu'il l'imaginait, et il était au pied du mur ! Son père était-il ce débris alcoolique qui était à quelques mètres de lui ? Avait-il le droit, égoïste, de pénétrer dans la vie de celui-ci alors qu'il ne s'était pas manifesté une seule fois depuis sa naissance ?
Anton en était là, plongé dans ses réflexions, lorsqu'il entendit une voix rocailleuse lui demandant ce qu'il voulait. Il se retourna vers son interlocuteur qui s'était levé de son pliant déglingué. Ils se regardèrent face à face, droit dans les yeux, Anton dominant de sa stature son vis-à-vis :« Je cherche quelqu'un qui s'appelle comme moi, dit-il en prononçant son nom, vous ne l'auriez pas vu ? On m'a dit qu'il logeait dans le coin ? »
« Qu'est ce que tu lui veux ? », rétorqua l'autre, qui ajouta sans attendre la réponse d'Anton : « si c'est pour lui demander de l'argent, il ya bien longtemps qu'il n'en a plus. Et, de toute façon, il ne t'en donnera plus : il est mort hier d'une overdose, son corps a été évacué au Center camp. »
Anton s'entendit répondre machinalement :« je pense que j'étais son fils ! ».
« C'a m'étonnerait, dit-il, il ne m'en a jamais parlé et j'étais son pote ! Mais au fond, maintenant, ça n'a plus d'importance, poursuivit-il. Si tu portes le même nom, c'est peut-être que tu es son fils… Je vais te donner sa montre et les trois babioles dont il ne se séparait pas : plus

personne ne les réclamera, et moi j'en ai rien à foutre… et je vais tout de même pas les vendre ! »
Il se dirigea vers la roulotte, en ressortit avec un petit sac de jute qu'il tendit à Anton en disant :
« Désolé mon vieux, tu es arrivé trop tard. Mais n'est-ce pas mieux ainsi, il n'était pas dans un bel état. De toute façon, il n'en avait plus pour très longtemps… Bon vent dans la vie ! »
Anton prit le sac, remercia, d'une voie blanche et neutre, son interlocuteur, et repartit comme un somnambule sous le regard songeur de celui qu'il venait de quitter. Lui avait compris, nonobstant son degrès d'alcool, que la triste réalité était bien celle évoquée par le jeune homme qu'il avait eu un instant devant lui.
Anton repartit aussitôt du « Burning man ».
En chemin, il regarda ce qu'il y avait dans le sac remis par « le pote de son père » : une montre, un médaillon, une médaille commémorative. Il passa la montre à son poignet et ouvrit le médaillon. Il y découvrit une photo défraîchie réunissant deux personnes de type européen accoudés au bastingage d'un voilier. Il retourna la photo, mais ne put lire l'inscription effacée par le temps. Le hasard avait décidé de s'en tenir là, au moins pour cette journée. Anton remit les différents objets dans le sac de jute et, durant la suite de son voyage, songea à ce qu'il allait faire. Il n'avait plus aucune attache avec un passé qu'il n'avait jamais au demeurant connu. Le seul qui aurait pu établir la traçabilité de son ascendance était mort deux jours avant qu'il ne puisse le rencontrer. Il ne savait, du reste, pas quel accueil celui qui devait être son père lui aurait réservé. Il n'avait aucune structure d'accueil ou point de chute où aller… plus rien ne le retenait nulle part.
Il s'engagea dans l'Armée des Etats-Unis.

Chapitre 24
Zone de guerre...

Le monde suivait son cours sans se préoccuper du sort individuel de ses habitants. Chaque communauté, égoïstement, faisait du prosélytisme pour ses œuvres et ses propres intérêts. Chaque individu luttait subrepticement pour perpétuer ses avantages acquis, et ceux qui n'en disposaient pas avaient la prétention, au nom d'une justice immanente, de partager avec les mieux pourvus. Ceux qui n'étaient pas au pouvoir challengeaient ceux qui y étaient. Chacun voulait le bonheur de son prochain, à condition que le sien ne soit pas atteint. Et chacun s'apitoyait sur le sort des migrants, à condition qu'ils restent chez eux.
Les guerres étaient heureusement localisées dans des régions du globe qui n'attentaient pas au patrimoine d'une intelligentsia bourgeoise des pays développés. Cette dernière déplorait cependant, avec la dernière énergie, le développement des métastases d'un terrorisme destiné à secouer la bonne conscience des populations nanties. Celles-ci vivaient, par procuration, et de loin, le désespoir, la famine, le malheur des régions sinistrées par les catastrophes économiques, ou naturelles, les génocides, et les guérillas confessionnelles ou simplement politiques. C'est ainsi qu'auprès des populations sinistrées, on déléguait sur le terrain, soit des grands reporters, si le sujet était d'actualité et suffisamment grave pour éveiller l'attention du people ou des ONG ; soit de simples missions humanitaires, si l'urgence devenait permanente et perdait de ce fait son importance médiatique. Tout cela permettait de relayer les bonnes intentions de la civilisation : lutter contre les injustices, promouvoir l'aide à l'éducation et à la scolarisation des enfants, participer à l'émancipation des femmes pour limiter à leur encontre la violence, le viol, l'excsision... barbares. Ces « bonnes actions » en

faveur de populations lointaines permettaient de se voiler la face sur la misère humaine située à proximité.

******

En ce début d'année, une agitation encore léthargique avait repris de l'intensité dans une région aride du globe où l'on avait découvert une énergie fossile, et surtout un minerai utile à la fabrication des vecteurs de l'industrie informatique. Dès les prémices de ces découvertes, un mouvement séparatiste et indépendantiste était né dans cette zone. Il était financé par quelques grands groupes industriels, ceux ci n'avaient aucune chance, a priori, d'obtenir des concessions d'extraction et d'exploitation de la part du pouvoir central en place. A sa décharge, celui-ci n'administrait qu'un territoire disparate et trop étendu pour avoir une unité quelconque et une autorité souveraine. L'agitation prit de l'ampleur, et en vint à menacer les intérêts des quelques européens et américains qui résidaient dans cette région. Ils saisirent, via leurs représentants locaux, leurs instances nationales respectives. Un lobbying bien mené éveilla l'attention des medias qui envoyèrent leurs correspondants pour découvrir, à la fois, une région oubliée depuis bien longtemps par le monde civilisé, et le développement d'un conflit qui pouvait donner lieu à quelques bons papiers ou reportages originaux susceptibles de rendre leurs auteurs éligibles à un « Pulitzer ». En tout état de cause, cela ferait novation : un bon point par rapport à une actualité médiatique qui, sur les mêmes sujets, « patinait » depuis trop longtemps pour maintenir l'attention des lecteurs et les tirages des journaux et magazines. Il fallait du neuf, et ce nouveau conflit, heureusement lointain, allait donner du grain à moudre ! C'est ainsi que tous les acteurs habituels de ce type d'« évènement » convergèrent vers le trou du C... du monde pour un nouvel épisode

de la turpitude et de la bêtise du monde. Par ordre d'entrée en scène donc... D'abord, les attachés militaires des grands pays producteurs d'armes : pour ne pas apparaître de façon ostentatoire, ils se firent représenter de façon bien évidemment non officielle par leur habituel marchand d'armes. Puis les sociétés privées de mercenaires offrirent leurs services aux parties en présence : les « forces spéciales » interviendraient plus tard. Ensuite, quelques dizaines de pick-up Toyota équipés pour « la chasse au renard » furent livrés aux rebelles et aux forces gouvernementales... par des voies naturellement différentes ! On recruta de part et d'autre, moyennant quelques oboles, des manifestants, crevant de faim, qui commencèrent à manifester pour la liberté devant le palais présidentiel à l'allure d'une sous préfecture française. Cette manifestation balbutiante fut réprimée durement et sans discernement. Et cela déclencha, à l'insu même des participants, le phénomène « action/répression » connu depuis des lustres des fauteurs de troubles et des apprentis révolutionnaires du monde entier. La deuxième manifestation, convoquée par les réseaux sociaux et les portables, rassembla en l'espace de 24 heures une foule énorme. On dénombra à la fin de la journée quelques deux cent morts. Avec quelques images saisissantes et non vérifiées, on sensibilisa le monde médiatique et humanitaire à cette détresse. Celui-ci prit conscience de l'obligation de se saisir du dossier, qui jusque là lui avait échappé. Les gens malheureux de façon endémique et récurrente, c'était bien connu, n'ont pas d'existence médiatique.
Arriva alors, à l'unique hôtel de la capitale, le représentant de la sous-commission des Nations-Unies pour cette région. C'était un homme distingué qui assumait parfaitement, et depuis des années, son homosexualité. Il avait fait son « coming out » au contact d'un jeune éphèbe rencontré à New York dans une soirée à Brooklyn.Devenu fonctionnaire international, il avait bénéficié de

l'appui de la communauté gay : elle avait contrebalancé l'homophobie sournoise des institutions. Il menait une vie agréable partagée entre un appartement à New York et le siège local de l'ONU qu'il avait installé dans une capitale plus « vivable » que la ville où il venait d'arriver. Conscient de sa relative inutilité, et surtout de son incapacité à modifier le cours des évènements dans cette partie du monde, il vivait agréablement malgré une certaine détresse environnante. Elle ne le touchait plus aussi intensément qu'au début de son séjour. Il s'était, peu à peu, habitué à se décharger, de façon émotive au moins, de ce qui secouait toute personne qui découvrait cette misère humaine. Que pouvait il faire en l'occurrence, sinon rédiger un énième rapport sur la situation ? Sauf aggravation subite de la situation et détérioration des intérêts des puissants de ce monde, son document ne franchirait pas le seuil de la direction de la commission de l'ONU dont il dépendait. Il s'installa dans la chambre qui lui avait été réservée, et descendit dans le hall de l'hôtel. Là se trouvait, comme en pareil cas, le centre névralgique de tout contact et de toute information.

Il vit débarquer une femme dont il se dit, à observer son style et son accoutrement, qu'elle devait être l'un de ces grands reporters qui vont de zone de guerre en révolution avortée. Elle le salua discrètement en posant son sac sur le comptoir de la réception. Elle était accompagnée d'un homme à la dégaine incertaine : le cheveu long et embroullié entourant un visage buriné, des vêtements faisaient penser à ces altermondialistes écolo-révolutionnaires qui sévissent dans les capitales européennes, à chaque conférence du G8 ou du G20. Que faisait-il ici ? Il apparaissait aussi incongru que le fonctionnaire de l'ONU en ces lieux éloignés de toute civilisation où ce type d'individus s'épanouit d'ordinaire. Le fonctionnaire pensa que le type avait dû trouver un job temporaire, en la circonstance d'accompagnateur, de chauffeur, de factotum, de garde du corps...

auprès de la journaliste derrière laquelle il était entré et dont il portait les bagages.

Dans la soirée, le premier arrivé à l'hôtel, que nous appellerons Miguel, revêtit une saharienne prés du corps qui, selon lui, lui affinait le profil, et descendit au bar de l'hôtel qui donnait sur la piscine. Il découvrit une nouvelle tête : celle d'une femme qui devisait agréablement, un verre à la main, avec une autre femme élégamment habillée de façon locale. La discussion entre les deux femmes était animée sans pour autant paraitre conflictuelle. Elle était même émaillée de rires et de sourires entendus. Miguel demanda au barman qui était cette femme : celui-ci lui répondit qu'elle était responsable d'une organisation humanitaire sûrement très importante à voir le 4X4 dans lequel elle était arrivée. Miguel porta son regard sur les autres personnes qui étaient installées au bord de la piscine. Il y avait un ou deux hommes d'affaires d'origine européenne venus proposer leurs services aux parties en conflit ; quelques jeunes femmes locales aguicheuses qui essayaient de capter les regards masculins ; une grosse blonde qui cachait, derrière un paréo trop voyant, des ans et de l'alcool, l'irréparable outrage. Il remarqua, dans un coin retiré sous un arbre qui bordait la piscine, un de ses collègues de la Banque Mondiale. Il l'avait jadis croisé lors d'une mission dans un pays africain. Il se demanda ce qu'il faisait là. L'heure n'était pas encore, et de loin, au financement de la reconstruction d'un pays qui allait, d'abord, être dévasté par une guerre fratricide pour compte de tiers... Tiers qui feraient alors, ensuite, appel aux subsides de la Banque Mondiale, et de son bras séculier la SFI, pour rétablir les outils d'un système économique qui leur serait tout dévoué. Miguel se dit qu'il aurait tout le temps, dans les jours à venir, de prendre contact avec ce représentant d'un système dont il n'approuvait pas toujours les méthodes, ni les finalités.

Tout cet aéropage semblait vivre dans une bulle, sans entendre les grondements sourds et les déflagrations qui parvenaient de façon diffuse, espacée, et lointaine. La plupart de ceux qui recherchaient une relative fraîcheur au bord de cette piscine arborée, îlot de verdure isolé dans un univers de sécheresse et de poussière, étaient habitués à une telle situation. A l'abri de ces murs de pisé qui la dissimulait à la vue du monde extérieur, elle vaquait à sa guise.
Les combats qui semblaient lointains se rapprochèrent. Et leurs bruits, qui devenaient de plus en plus perceptibles et identifiés, commencèrent à inquiéter certaines personnes. La plupart se dit néanmoins que la nuit calmerait les vélléités des combattants, que demain serait un autre jour. Ils regagnèrent ainsi leur chambre. Miguel resta au comptoir du bar de la piscine et vit, de loin, arriver dans le hall de l'hôtel un grand escogriffe métis en tenue de combat. Il venait de débarquer d'un « command car ». Visiblement, il donnait des ordres au concierge : il se dirigea vers la piscine. Mais en voyant Miguel, il bifurqua vers lui pour lui annoncer que la proximité des combats nécessitait maintenant une évacuation de l'hôtel. Il répéta les mêmes propos aux quelques autres personnes qui se prélassaient encore autour de la piscine... dont les jeunes femmes que Miguel avait aperçu durant la journée.

******

L'évacuation de l'hôtel ne put avoir lieu, les combats entre belligérants ayant coupé tous les voies possibles pour sortir du quartier et rejoindre le secteur protégé des quelques ambassades qui n'avaient pas été elles-mêmesvidées de leurs occupants. Le grand escogriffe en tenue de combat décida de confiner les personnes qui étaient restées à sa portée au bord de la piscine, dans un endroit qu'il jugea plus sûr. C'est ainsi qu'ils se retrouvèrent dans le sous-sol de l'hôtel. C'était une pièce qui devait servir, en temps normal, de chambre forte destinée à mettre momentanément en lieu sûr les objets et utilités de l'hôtel et de ses clients.

Miguel se retrouva donc en compagnie de la journaliste et de son factotum, de la responsable de l'ONG, et du grand militaire métis qui n'avait pu les exfiltrer à temps à l'ambassade des Etats-Unis. Ils entendaient maintenant, de façon très rapprochée, les détonations et les tirs de fusils mitrailleur : les combats se déroulaient maintenant à l'intérieur de l'enclave de l'hôtel. Une détonation plus forte résonna jusque dans la pièce où le groupe s'était réfugié. Elle les fit sursauter. S'ensuivit un bruit d'éboulement important au-dessus de leur tête. Ils entendirent des cris, des tirs. Puis tout s'arrêta. Aucun de ceux qui se trouvaient dans cette pièce n'osa parler durant un long moment : le grand escogriffe leur avait intimé, dés leur entrée, et par un geste du doigt sur les lèvres, un silence complet.

Ils restèrent les uns contre les autres sans un mot, ne manifestant cependant aucune panique, et témoignant d'un sang froid qui les étonna eux-mêmes.

Au bout de deux heures, le militaire s'approcha de la porte : il constata que sous le souffle de la dernière et forte explosion celle-ci avait été déformée. Par un interstice, il constata qu'une énorme poutre de béton s'était effondrée en travers devant la dite porte. Cela les avait protégé de toute intrusion, mais cela empêchait maintenant toute ouverture de celle-ci.

Il revint vers le groupe et leur dit qu'ils étaient, semble-t-il, tous saufs, mais aussi prisonniers, au moins jusqu'à l'arrivée de moyens qui pourraient dégager et la poutre et la porte.

La femme qui s'occupait d'une organisation humanitaire avait, dans une première vie, fait des études de psychologie. Celles-ci s'étaient affinées, de façon opérationnelle, à l'épreuve de la détresse humaine

qu'elle rencontrait de façon régulière dans ses activités actuelles. Elle prit astucieusement les choses en mains, et déclara :
« Puisque nous sommes là, peut-être pour un bon moment, autant se présenter et se connaître : ce sera plus agréable et plus convivial, et cela nous fera passer le temps jusqu'à notre prochaine libération ! Je commence : je m'appelle Sophie, je suis française et parisienne. Je m'occupe d'une ONG qui lutte contre l'injustice et soutient la lutte des femmes contre les mauvais traitements de toute sortes - et surtout les plus graves ! - qui leur sont infligés. J'étais avec le ministre de la femme de ce pays, que vous avez peut-être vue en discussion avec moi cet après midi dans le jardin de l'hôtel. J'espère qu'elle a pu échapper aux combats. Ma mère était une fonctionnaire du ministère des affaires étrangères en France : elle s'occupait des pays d'Amérique centrale et des Caraïbes. C'est elle qui m'a donné le goût de voyager et l'attrait pour le monde. J'ai tout dit ou presque ! A qui le tour ? », conclua-t-elle en souriant.
L'homme à la saharienne, un peu fripée du fait des événements auxquels elle avait été exposée depuis quelques heures, se présenta à son tour. Il déclara être fonctionnaire de l'Onu, détaché dans la région comme observateur des droits de l'homme. Moins accessoirement et moins officiellement, il l'était aussi comme « missi dominici » de cette institution, sur des sujets qui pouvaient requérir une certaine discrétion. Il ajouta qu'il était d'origine française, bien qu'ayant vécu une grande partie de sa vie dans les Caraïbes. Son père, après avoir été grand reporter pour un réputé quotidien français, s'était installé dans les Caraïbes, y avait fait souche, et, par la suite, avait « couvert », pour le même quotidien, la politique et les faits marquants dans cette partie du monde. Lui était parti faire des études aux Etats-Unis. Il assumait son homosexualité que « chacun de ceux qui étaient autour de lui avait sûrement remarquée », dit-il avec un bon sourire.

« C'est quand même très drôle, reprit la journaliste, cette conjonction de nos astres dans cet endroit aussi inattendu ! Je suis journaliste depuis très longtemps, spécialisée dans le tourisme, et arrivée par curiosité personnelle dans ce pays au terme d'un voyage professionnel qui m'amené dans les deux pays voisins de celui-ci. J'avais décidé de faire une escapade ici avant de repartir. Je ne sais pas si, du reste, c'était une très bonne idée ! Mais après tout, c'est une bonne expérience. Mais ce qui me frappe, c'est que vous venez de parler tous les deux de la Caraïbe. Et moi, je ne suis pas née à la Caraïbe, je ne n'y ai pas vécu, mais j'y suis allée il ya bien longtemps. J'ai même rencontré, à l'époque, le président en exercice d'une de ces îles … Une rencontre qui s'est faite dans des conditions, d'ailleurs, que je ne m'explique toujours pas. Sa mère et lui m'avaient reçue chez eux de façon superbe et sympathique, dans une magnifique maison au bord de la mer. Ce qui m'avait étonné, c'est qu'ils portaient un nom d'origine serbe ou yougoslave ! »
Elle s'arrêta un instant, réfléchit, cherchant visiblement un nom.
« Il s'appelait MI…»
« Mais c'est mon nom ! », reprit d'un air étonné le grand escogriffe qui était assis sur ses genoux et qui jusque-là était resté silencieux. Stupéfaits, tous se retournèrent vers lui, l'air interrogateur.
« C'est mon problème depuis longtemps, dit-il, dans un rire sonore, je suis créole et j'ai un nom serbe : je ne suis pas crédible, hein ?! Et pourtant, je n'affabule pas : c'est bien mon nom, personne ne le croit si je ne montre pas mon passeport. A tel point qu'à mon entrée dans l'armée des Etats-Unis, on m'a proposé de changer de nom ! »
«C'est drôle », dit le factotum de la journaliste que tous les autres avaient oublié dans son silence, recroquevillé sur lui-même et visiblement en état de manque. « A haight Asbury, sur la côte ouest des Etats-Unis, j'avais un copain qui avait un pote qui portait le même nom que toi, dit-il en se retournant vers le grand escogriffe. Et

203

le pote en question est mort d'une overdose dans le désert du Nevada lors d'un « Burning man », il y a quelques années.
A ces mots, le grand créole se tétanisa, et son visage devint fixe et livide.
« Qu'est-ce que j'ai dit de grave », reprit l'ex-hippie devenu altermondialiste, qui avait prit peur devant le regard glacé de son interlocuteur. Un silence gêné envahit le groupe : le jeu des présentations, au départ empathique, prenait une tournure inattendue. La psy humanitaire se dit qu'il fallait reprendre la maîtrise de la discussion de groupe, si l'on ne voulait pas que cela tourne au vinaigre.
« Tout ceci montre que le monde est petit », dit-elle pour rompre le silence qui s'était installé entre eux. « Nous ne sommes pas aux Caraïbes, mais nous sommes vivants », ajouta-t-elle à cours d'arguments pour détendre l'atmosphère. Le grand escogriffe se leva, se dirigea vers l'altermondialiste lui tapa calmement sur l'épaule et, dans un souffle, lui dit : « c'était mon père, pas de problème mon pote ! ».
La discussion reprit, de plus en plus émaillée de silences qui témoignaient de la lassitude de chacun devant ce qui devenait une épreuve trop longue au goût de tous, même si personne n'osait encore l'avouer. Les deux femmes et l'altermondialiste s'étaient lovés sur eux-mêmes et s'étaient endormis. Le fonctionnaire homosexuel restait droit contre le mur et prostré. Le militaire créole demeurait en éveil. Il ne pouvait s'empêcher de penser à ce que chacun avait dit tout à l'heure, et à cette incroyable et improbable confluence, à un moment ou à un autre de leur vie, de façon directe ou indirecte, vers la Caraïbe. Comment ces personnes qui avaient ce dénominateur commun avaient-elles pu, en outre, se rencontrer ici, et se retrouver retenues prisonnières dans un trou au fin fond d'un des pays les plus pauvres du globe. En plus, et en son fort intérieur,

sans savoir pourquoi, il se disait qu'il y avait probablement et également un numérateur commun.
Il en était là de ses réflexions quand il entendit des bruits et des voix qui provenaient de l'extérieur. Il entendit des ordres et des réponses dans une langue qu'il connaissait bien : la cavalerie américaine arrivait ! Dieu soi loué, ils allaient être libérés !
Ils sortirent au milieu des décombres, des gravas et de ce qui restait de l'hôtel. Après avoir récupéré ce qui pouvait l'être de leurs affaires respectives, ils furent rapatriés vers l'ambassade des Etats-Unis, avant d'être exfiltrés sous bonne garde vers des lieux moins hostiles. Cette expérience les ayant rapprochés, ils se promirent de se revoir l'année suivante à date anniversaire. L'homme à la saharienne se chargeant de réunir tout le monde dans un endroit sympathique et plus sûr !

Chapitre 25
LE LUBERON REVELATEUR…

L'année suivante, à date anniversaire, l'homme à la saharienne, Miguel, accueillit, à l'exception du hippie devenu altermondialiste qui s'était volatilisé dans le monde sans laisser d'adresse, ceux qui avaient partagé la même expérience l'année précédente. Et ce, dans sa maison de Gordes, dans le Luberon. Cette maison lui avait été léguée par sa vieille tante, Nadia, vieille cousine ou tante de son père, il ne le savait pas très bien. En fait, il n'avait pas voulu que cette maison quitte la famille, et sa localisation flattait quelque part son « ego ». Elle constituait aujourd'hui, pour lui, un point d'ancrage dans sa vie d'itinérant professionnel. De temps à autre, et surtout quand il recevait les factures d'entretien, il trouvait que la danseuse coûtait cher, mais il se promettait d'y résider plus souvent lorsqu'il serait à la retraite. Bien évidemment, chaque séjour lui permettait de dresser un inventaire des travaux à faire, et de rencontrer les artisans et professionnels qui auraient à les exécuter pendant ses absences. La maison était, en général, parfaitement en état la veille du jour où il devait repartir… c'était ainsi !
La piscine creusée dans la roche avait toujours le même succès auprès des visiteurs. Le jardin accusait toujours la même aridité, même si Miguel avait réussi à planter quelques oliviers qui cherchaient désespérément un peu de terre meuble entre les cailloux. Il avait restauré, avec le goût que possèdent la plupart du temps les homosexuels, progressivement le rez-de-chaussée de la maison, et les chambres situées au premier étage, laissant pour l'instant les combles et les dépendances en l'état. Il avait naturellement conservé le style de la pièce qui était devenue sa chambre dont le plafond en ogive faisait l'admiration des mêmes visiteurs.

Anton, le grand escogriffe qui les avait probablement sauvés l'année précédente d'une fin probable, avait réussi à venir. Sa démarche tenait du plaisir de découvrir la France qu'il n'avait connu que durant un bref séjour quelques années auparavant et egalement de retrouver ceux avec qui il avait partagé, sans gloire particulière, un bref épisode de sa courte vie militaire. Mais, elle avait aussi à voir avec la recherche de ce numérateur commun concernant la confluence sur la Caraïbe jaillie lors de leur discussion. Il ne savait pas pourquoi, mais il sentait, instinctivement, que ces quelques jours passés ensemble avec ceux qui étaient venus, lui permettraient de dénouer un écheveau d'informations parcellaires au centre duquel il s'était trouvé mêlé lors de leur première rencontre.

Miguel accueillit, avec un plaisir empathique et non dissimulé, ses amis. Ils s'étaient donné rendez-vous à Avignon, et arrivèrent ainsi en cohorte dans une ambiance déjà détendue et conviviale. Il était aussi heureux que sa maison puisse enfin s'animer avec la venue et la présence d'un groupe d'amis auxquels il pourrait montrer le fruit de ses attentions et débours depuis quelques années.

A peine arrivés, ils eurent droit au tour du propriétaire. En même temps, Miguel racontait comment il avait pu réaménager cette maison qui avait été quelque peu, disait-il, « abandonnée » à la mort de sa vieille tante. Il attirait gentiment l'attention de ses invités sur tel ou tel objet qu'il avait rapporté de ses différents postes dans les pays où il avait été en fonction. Ceux-ci le félicitèrent du goût avec lequel il avait mis en valeur et les dits souvenirs, et le cadre dans lequel ils étaient disposés. Il en fut ravi et heureux, même s'il répétait que tout cela était bien modeste.

La fin de l'après-midi et le dîner furent consacrés à ce qui s'était passé pour chacun depuis un an, et au programme qu'avait concocté Miguel pour les deux jours suivants. Le lendemain matin, ils se retrouvèrent tous au petit-déjeuner que Miguel avait disposé au bord de la piscine. Le soleil donnait déjà sur la falaise, et faisait briller les pierres qui entouraient le bassin.

« Il n'y a pas besoin de la chauffer : l'eau est réchauffée par les pierres et la falaise », dit Miguel, ayant, dans le même instant, le sentiment qu'il ne devait pas être le premier à prononcer cette évidence.

Le petit-déjeuner est très souvent un moment propice pour mieux se connaître, quand on s'est découvert la veille, ou que l'on se redécouvre après une longue séparation. C'est le moment où le naturel humain n'est pas encore apprêté ; où la pensée n'est pas encore polluée par le jeu des convenances et de l'éducation ; où l'âme humaine ressort telle que la nuit l'a laissée, dépouillée de toute considération vindicative ou ampoulée ; où le visage est reposé et les traits naturels sans fard. Miguel avait bien fait les choses et l'ambiance était joyeuse et détendue : bien évidemment, la plupart des invités, de gré ou de force, terminèrent dans la piscine. Miguel rappela qu'ils avaient un programme chargé avec la visite de l'abbaye de Sénanque et du village de Gordes. Il requérerait aussi leur aide, pour ceux qui le voudraient bien, pour débarrasser une des dépendances d'un fatras de vieilles choses laissées par sa vieille tante : des ouvriers devaient, en effet, venir prochainement pour restaurer cette partie de la maison.

En fin d'après midi, après avoir visité ce qui était prévu, tous se dirigèrent, sous la houlette de Miguel, vers une petite cahute attenante à la maison via un mur de pierres sèches. Il abritait la cour de la maison du vent du nord qui soufflait en hiver. Il y avait là quelques bois de lit qui avaient été stockés en attendant une nouvelle utilisation qui ne viendrait jamais. Il y avait aussi un certain nombre de caisses et cartons entassés les uns sur les autres. Quelques chaises plus ou moins cassées, également, et des objets non identifiés. Le tout encombrait une pièce très faiblement éclairée par un petit fenestron qui n'avait pas dû être ouvert depuis des lustres.

« Il faut tout sortir, et nous ferons un grand feu de joie ce soir », déclara Miguel qui avait enfilé pour l'occasion une barbotine d'artisan et des gants de bricolage.

« Tu es vraiment équipé comme... », dit Anton qui s'arrêta à mi-phrase.

« C'est cela, traite-moi de pédé », reprit Miguel à la volée en riant aux éclats. « En attendant, je n'attraperai pas le tétanos, et ne saloperai pas le T-shirt de l'US Army que tu m'as gentiment offert. Tiens ! Au lieu de bavasser sur mon homosexualité, déplace donc ces caisses avec tes muscles de bateleur de foire ! »

Anton prit la première caisse qui était sur le dessus de la pile, il la balança à Miguel qui, naturellement, s'effaça pour ne pas être sur la trajectoire de la caisse, qui vint s'écraser contre l'angle d'un bois de lit. Telle une corne d'abondance, elle laissa s'échapper sur le sol un flot de papiers et de photos défraîchies aux pieds de la jeune « humanitaire ». Celle-ci se pencha pour ramasser les feuillets et photos éparses, puis se releva, une photo jaunie à la main. Elle l'examina et dit : « Mais ? C'est ma grand-mère ! ». Elle avait identifié celle qu'elle n'avait pas connu autrement que par des photos que sa propre mère, Caroline, lui avait montré à de nombreuses reprises. La journaliste se pencha vers elle et sur la photo.

« Je ne sais pas si c'est ta mère, mais l'homme entre les deux femmes, c'est mon père ! », reprit-elle avec une surprise non dissimulée et un certain effarement.

Miguel, interloqué et sentant instinctivement qu'une embrouille imprévue était en train de naître, se rapprocha des deux femmes et prit la photo.

« Je ne connais pas les deux personnes dont vous parlez, mais celle qui est à droite, c'est ma tante Nadia, qui avait cette maison avant que je ne la reprenne. »

Anton, par curiosité, sortit de son fatras de caisses, et vint voir l'objet de la stupéfaction de ses amies :

« Oh ! Mais je le connais lui… en tous les cas, il ressemble singulièrement au vieux monsieur qui a payé mon éducation quand j'étais jeune en Caraïbe, et qui m'a reçu quelques temps à Paris, avant que je ne reparte aux USA. »

La photo ne prêtait à aucune équivoque possible. Les trois personnages paraissaient à la fois hilares et joyeux, et le jeune homme et la femme qu'il tenait par la taille, très complices étaient visiblement heureux d'être ensemble. Les deux femmes se regardèrent, et simultanément éclatèrent de rire :

« Alors mon père et ta grand-mère ont frayé ensemble ! Pour moi, je pense que l'honneur est sauf poursuivit en riant la journaliste : il avait l'air jeune. Mais excuse-moi, pour ta grand-mère… même si je la trouve très belle, elle devait déjà être la mère de ta mère, non ? Elle devait « fauter avec ce jeune homme qu'était mon père et qui ne devait pas être encore marié… ouf ! », dit-elle en riant. « En tous cas, ils étaient heureux d'être ensemble. »

« C'est quand même incroyable ! », répliqua l'autre jeune femme. « Nous nous sommes connues, dans le coin du monde le plus déshérité du monde et dans des conditions improbables il y a un an ; nous nous revoyons un an après et nous déménageons des caisses qui sont là depuis des années ; et nous tombons sur cette photo par un geste manqué de notre ami qui projetait une caisse sur notre hôte ! De toute manière, il ya prescription, et je trouve cela très drôle… Ma mère et ma tante m'ont souvent dit qu'au fond mon grand-père était un pisse-froid qui n'avait eu que ce qu'il méritait.

Tout ceci nous rapproche encore et j'en suis ravie », dit-elle en s'adressant à la journaliste, et en l'embrassant.

Anton jugea dans l'instant, plus prudent de ne pas réitérer sa réflexion sur le fait qu'il croyait reconnaître sur la photo les traits de celui qui avait été son tuteur.

En ramassant les documents éparpillés sur le sol à côté du carton éventré, l'attention de la journaliste fut attirée par une revue de décoration d'où dépassait un marque page. Par curiosité, elle ouvrit la revue et tomba sur un article présentant une demeure qui se situait dans la vallée de Chevreuse. Comme d'habitude à l'époque, il y avait un encart avec la photo de la journaliste qui avait fait l'article et celle de la maîtresse de maison et propriétaire des lieux. Elle reconnut la femme qui était sur la première photo avec son père découverte à l'instant précédent : l'autre était celle de la femme qui l'avait reçue si gentiment en Caraïbe, il y a déjà bien longtemps, lors d'un voyage professionnel lié au tourisme ; celle aussi qui lui avait permise de rencontrer le Président de cette île.

« C'est encore ta grand-mère ? », dit-elle en s'adressant à la jeune femme « psy-humanitaire ».

« Eh oui, mais je ne connais pas l'autre personne : tu ne vas pas me dire quand même que c'est ta sœur, ou ta mère ?! »

Anton se pencha sur la journaliste et découvrit l'article et l'encart. A son tour, il se plongea dans une réflexion silencieuse qu'interrompit Miguel :

« Qu'est ce qui ne va pas ? Tu n'es pas en cause : il n'y a que des femmes dans cette revue que tu ne peux à mon avis connaître ! En plus, elles sont toutes les deux bien françaises, et blanches... et toi tu es un affreux créole, mon pote ! », dit-il en lui donnant un coup de poing empathique.

« Tu ne crois pas si bien dire, reprit ce dernier... La jeune femme qui a fait le reportage ressemble étrangement à la mère de mon père !

Même si elle est sur la photo beaucoup plus jeune. Ma gouvernante, en Caraïbe, a finit, un jour, par craquer bien qu'elle ait promis de ne jamais rien dire à je ne sais qui, elle m'a raconté mon histoire. Celle de mes parents, celle de ma grand-mère qui avait été la mère du président de l'époque dans l'ile Caraïbe ou je suis né. C'est comme cela que j'ai essayé de retrouver mon père jusqu'au fond du Nevada, où il est mort juste avant que je n'y arrive. Cette femme ressemble étrangement à celle qui figurait sur la seule photo, que celle qui m'a élevé avait conservé de la personne qu'elle a assisté dans ses derniers jours en tant qu'infirmière. Mais, je ne m'explique pas la traçabilité entre ces photos, c'est incompréhensible ! ».

« Au point où on en est, reprit la journaliste, tout est possible ! Est-il indiscret, dit-elle en se retournant vers Miguel, de fouiller dans ce carton qui contient visiblement, sinon des secrets de famille, tout au moins les souvenirs de ta vieille tante. Elle se trouve très irréellement mêlée, à l'insu de son plein gré, et pour cause, à un écheveau qui semble lier ceux qui sont ici. »

Miguel acquiesça l'air impuissant. Il était plus que curieux, et dépassé par la tournure des événements. Dés lors, ils s'installèrent, à même le sol, pour feuilleter les documents conservés par la tante Nadia et les revues disséminées devant eux. Au bout d'un moment, le grand escogriffe s'exclama dans un borborygme qui fit sursauter les autres : « Voila le dernier maillon de la chaine », dit-il en brandissant une revue où figurait un reportage sur la Caraïbe. Il traitait du nouveau président de l'île, avec une photo en pied, sur laquelle on devinait, en arrière plan et en contre point la mère du président, et un homme dont on ne donnait pas l'identité.

« C'est le même homme que celui qui figure sur la première photo, et la femme est la même que celle qui figure sur la deuxième. Il regarda la journaliste et partit d'un grand éclat de rire :

« Aurions-nous un lien familial, chère amie ? Ce serait drôle, non ?! Si tel est le cas, ton père et celui qui est peut-être mon grand père était un joyeux drille. Je reconnais bien, de toute manière, le vieux monsieur qui a été mon tuteur et qui a assuré mon éducation.
« Mais ton nom yougoslave, d'où vient-il ? », dit Miguel qui se sentait de plus en plus dépassé par ce happening complètement inattendu.
« Ce que je sais, dit le grand créole, c'est que mon père adoptif s'appelait comme ça, et que j'ai été déclaré avec ce nom à ma naissance en Caraïbe. Cela peut s'expliquer, même si c'est aussi improbable, par le fait qu'un certain nombre de Serbes avaient à l'époque immigré en Caraïbe et qui portaient le même patronyme. Mais je ne vois effectivement pas comment on peut relier mon nom et celui de mes pères, avec le tien », dit-il à la journaliste.
« Tout cela donne soif, dit la psy humanitaire. Si nous allions digérer toutes ces nouvelles autour de la piscine, tant que le soleil chauffe encore la falaise ? Nous reconstituerons le puzzle s'il s'avère que vos suppositions sont vraies. » Et, d'office, au soulagement de Miguel, elle embarqua tout le monde vers le chemin qui menait à la falaise.
La nuit suivante fut pleine de réflexions pour chacun d'entre eux. Ils s'étaient abstenus de reparler, dans la soirée et pendant le dîner, de ce qu'ils avaient découvert dans l'après-midi.
Ainsi, était-il avéré que la grand-mère de la « psy humanitaire » avait eu des faveurs pour le père de la journaliste ; que la tante de Miguel avait servi de chaperon aux deux tourtereaux ; que la grand-mère du grand escogriffe avait connu la grand-mère de la « psy humanitaire », et eu des égards pour le père de la journaliste… ce qui signifiait que ce dernier avait quelque chance d'être le grand-père biologique du grand escogriffe. Celui-ci, de ce fait, pouvait être le neveu de la journaliste. Il manquait cependant dans l'esprit de chacun la pierre qui soutenait la voûte de l'édifice dont les éléments avaient été découverts par le plus grand des hasards, l'après-midi précédente.

Le hasard allait-il aller jusqu'au bout de sa logique ?

******

Personne, durant les deux jours suivants, ne fit allusion à ce qui avait été mis en lumière. Dans une démarche de « dynamique de groupe » et de « psychologie collective », la « psy humanitaire » avait remit, au moins en ordre et en apparence, les esprits perturbés par la découverte des photos… ces photos qui avaient confirmés les liens entre chacun, et ce, indépendamment de leur volonté. L'ambiance était restée bonne et détendue ainsi. Mais le dernier jour, tous comprirent que la partie était finie. Tous se promirent de se revoir bientôt, sans pour autant fixer de date. Tous remercièrent avec sincérité et effusion Miguel qui avait tenu sa promesse de les réunir. Et tous se quittèrent sur le quai du TGV à Avignon. Seul Anton demanda à la journaliste ses coordonnées pour « approfondir », dit-il, avec elle l'énigme du lien entre leur père et leur grand-père, et le nom qu'il portait.

La journaliste, dans le TGV qui la ramenait à Paris, resta songeuse : elle repensa à cette après-midi qui avait révélé des pans inconnus de la vie de son père. Elle refit le film à l'envers : elle comprenait maintenant pourquoi elle avait été aussi bien reçue dans cette île des Caraïbes, il y a bien des années ; et pourquoi son père était allé aussi fréquemment aux Caraïbes. Même si elle n'en connaissait pas toutes les causes, elle comprenait certaines mélancolies aussi de son père. Elle repensa à cette femme, sur la première photo, qui était la grand-mère de son amie la « psy humanitaire » : elle était très belle, et paraissait sincèrement amoureuse de celui qui était, à son avis, encore étudiant, et qui ne devait pas être encore marié. Combien de temps avait duré cette idylle ? Elle avait appris par son amie que la mère de celle ci était morte dans un accident d'auto, à son retour des

Etats-Unis, mais n'en savait pas davantage. Sa pensée se tourna vers le grand escogriffe. Il était sympathique, naturel, et elle eut le sentiment que c'était lui qui était au cœur de l'énigme. Son père à elle n'aurait pas servi de tuteur, et financé l'éducation de ce grand jeune créole sans raison particulière.Il y avait donc un lien étroit entre les deux hommes.Il était évident qu'il était le fils du président destitué qu'elle avait rencontré : le copain du « pote » du hippie altermondialiste qui l'avait accompagné dans son voyage l'an passé.Il avait le même nom que lui, mais cela n'expliquait pas l'attention qu'avait porté Antoine, son père à elle, à ce grand escogriffe durant des années. Sur ce, le TGV arriva à la gare de Lyon. Son téléphone sonna et la rappela à la réalité de ce monde : son rédacteur en chef lui demandait de le rappeler incessamment, ou de passer à son bureau.

Chapitre 26
EPILOGUE SERBE...

A peine arrivée au magazine, son « rédac chef » lui dit que les vacances étaient terminées : il fallait qu'elle reparte sur la côte adriatique et en Croatie pour un reportage commandité conjointement par l'office de tourisme local et un grand magazine français. Elle protesta en disant qu'elle n'était pas attachée de presse mais journaliste, et que, de ce fait, elle n'avait pas à servir la soupe à des gens qui se serviraient d'elle pour faire du commerce. Son rédacteur en chef, comme d'habitude, la calma en lui rappelant, pour la énième fois, les impératifs de gestion qu'il avait et qui n'étaient pas contradictoires avec la liberté de la presse qu'elle représentait. Elle n'était pas obligée de faire ce reportage, précisa-t-il, mais d'autres alors le feraient à sa place. Et il ajouta que c'était cependant elle qu'il estimait être la meilleure.
« Tu es un enfoiré, tu me roules à chaque fois dans la farine pour mieux m'enfermer dans mes contradictions, dit-elle. Je vais y aller, mais ne compte pas sur moi pour faire un papier complaisant ! Je dirai très exactement ce que je pense et ce que je vois, sans aucune concession ». L'honneur journalistique étant sauf avec cette tirade, il fut décidé qu'elle partirait une semaine plus tard.
La spécialiste du « tourisme » débarqua, quelques jours après sa brillante défense et illustration de l'indépendance journalistique, à l'aéroport de Belgrade. Elle avait une fois de plus tempêté auprès du comptable du magazine : il avait choisi, par mesure d'économie, un vol « low cost » pour la capitale de la Serbie, plutôt qu'un vol, plus onéreux, pour Podgorica, un aéroport situé plus à proximité des lieux de son reportage. Mais elle avait dû se plier aux impératifs financiers qui brimaient les journalistes : elle aurait sa revanche « in situ ». Naturellement, le vol « low cost » partait et arrivait à des heures

indues : c'est ainsi qu'elle attérrit tard dans la soirée à Belgrade, et atteignit encore plus tard l'hôtel qui l'accueillit au titre d'un échange marchandise et d'une publicité gratuite dans le magazine. Pour cette raison d'ailleurs, elle bénéficia d'une suite qui, à son arrivée, s'était soudainement libérée. Mais elle n'en profita que quelques heures. Le lendemain, dans les mêmes conditions financières transactionnelles, elle prit possession d'une voiture de location pour rejoindre la côte adriatique. Elle allait en profiter pour découvrir, en cours de route, le sud-ouest de la Serbie : de nombreux monastères et une région classée « réserve de Biosphère » par l'Unesco où se développait un tourisme rural, spécialité de notre journaliste.
Après une journée de route, elle arriva à Novi Pazar, une ville sans attraits particuliers, où elle trouva un hébergement sans intérêt. Le lendemain, elle se leva tôt pour découvrir les monastères de Ridvorica, de Studenica, de kovilj. Dans l'après-midi, alors qu'elle arrivait à proximité d'une bourgade dénommée Ivanjica, elle s'aperçut que sa voiture avait un pneu crevé à l'avant droit. Elle se gara sur le bas-côté de la route. Puis, elle sortit constater les dégâts, se demandant comment elle allait s'en sortir pour changer de roue sur cette route quasi déserte et dans cet environnement relativement sauvage.Le tourisme rural et la réserve de biosphère trouvaient en l'occurrence leurs limites ! Ah, s'il y avait eu à portée de vue une bonne station service, voire un garage pourri… mais que nenni !
Notre journaliste, en globetrotteur accompli, ne s'affola pas : elle avait constaté que même dans les régions et les déserts apparemment les plus inhabités, surgissaient toujours une personne qui, par curiosité, s'approchait de celui ou de celle qui se croyait, sinon perdue au moins seul au monde. Cette constatation ne fut une nouvelle fois pas démentie : quelques temps après son arrêt involontaire, du chemin qui débouchait sur la route à quelques

encablures de l'endroit où elle avait rangé sa voiture, sortit un homme assis sur un tracteur antediluvien. Sa première crainte irrationnelle dissipée, elle se dit qu'elle n'était plus de la prime jeunesse et qu'elle verrait bien l'attitude à adopter en fonction de la situation et de son évolution. Elle s'était déjà trouvée dans des situations aussi ambigües, et elle avait fait, toujours, confiance à la nature humaine.

L'homme arrêta son tracteur, en descendit, s'approcha du véhicule de notre journaliste, salua celle-ci, et vit la roue dont le pneu était vautré lamentablement à même le sol. Après l'avoir regardé attentivement, il en sortit un énorme clou et le montra, avec un air navré, à la journaliste. Peu après, ils constatèrent tous les deux que la roue de secours était dégonflée et ne pouvait servir. Au diable les sociétés locales de location de voiture, pensa-t-elle. Et, encore une fois, elle maudit le comptable du magazine, et ses économies de bout de chandelle.

L'homme fit monter la journaliste sur son tracteur et l'amena, par un chemin à peine carrossable, à la maison voisine d'où il venait très vraisemblablement. Il la fit entrer, et lui fit comprendre de l'attendre là pendant qu'il allait à la ville faire réparer le pneu crevé accroché sur l'arrière du tracteur. C'est ainsi que notre journaliste se trouva nez-à-nez avec un vieillard recroquevillé sur un fauteuil efflanqué. Il était face à une cheminée de laquelle s'échappaient quelques flammes évanescentes. Sur le manteau de la cheminée, elle remarqua quelques photos jaunies, et un cadre qui enfermait et protégeait de la poussière une page de journal défraîchie. Elle demanda si elle pouvait s'en approcher : le vieillard lui fit un signe qu'elle prit pour un acquiescement. La page du journal encadrée montrait la photo d'un homme à la haute taille, et d'une allure martiale certaine. Son visage, assez fin, marqué par une barbe fournie que surmontait une fine moustache. Il portait de fines

lunettes, façon sécurité sociale, une sorte de toque dont les bords supérieurs paraissaient écrasés. Les photos qui étaient disposées de part et d'autre du cadre montraient ce même homme, entouré de jeunes gens et d'une jeune fille qui pouvaient être ses enfants. La journaliste, d'abord distraite, fut finalement intriguée par la réaction du vieillard : il reprenant visiblement vie, et cherchait à lui dire quelque chose dans une langue qu'elle ne comprenait pas.
Le vieillard lui dit de lui apporter le cadre et les photos. Il inscrivit, avec un crayon et d'une écriture tremblante et déformée, sur un bout de journal qui était à sa portée : « my father, my brothers ». En même temps, il faisait un signe de la main allant des photos et du cadre vers lui-même. La journaliste acquiesça poliment, ne serait-ce que pour calmer la fébrilité du vieillard qui finit par retomber en léthargie dans son fauteuil. Deux bonnes heures se passèrent avant que l'homme qui l'avait amenée dans cette maison et qui était reparti faire réparer la roue, ne revienne. Quand il fut là, il fit un signe de la main à la journaliste que tout était en ordre et qu'elle pouvait repartir : il avait même remonté la roue. Elle comprit ce qu'il voulait dire, car il avait émaillé son propos de quelques mots d'anglais.
« Merci beaucoup, dit-elle, je ne sais comment vous remercier », dit-elle en se trouvant ridicule de ne pouvoir le dire dans la langue du pays.
« Tu parles français ? », dit l'homme. « Tu es française, alors cela change tout, je te croyais anglaise ! Ici, et plus particulièrement dans cette famille, nous n'aimons pas les Anglais : ils nous ont lâchés pendant la guerre, ils ont contribué et provoqué la mort d'une grande partie de notre famille et de mon grand-père. Je suis plus heureux encore alors de t'avoir aidée ! Veux-tu boire ou manger quelque chose ? Mon père, dans son état, n'a pas pu t'offrir quoique ce soit... et s'il t'a prise pour une Anglaise, il n'a pas dû être très aimable, excuse-le ! »

La journaliste regarda sa montre. Elle jugea plus convenable d'accepter la proposition de l'homme qui se tenait à côté du vieillard, et qui lui expliquait visiblement qui elle était... Le visage du vieillard s'éclaira avec un sourire édenté, la fit approcher d'un signe, et lui prit les mains dans les siennes. Elle était troublée par la tournure qu'avait subitement pris les événements. L'homme la fit asseoir sur un des bancs qui entouraient la table, et lui servit un breuvage chaud qui ressemblait à une tisane.

« Votre père m'a montré ce cadre et ces photos, dit-elle, en voulant me dire quelque chose qui, visiblement, lui tenait à cœur, mais je n'ai pas compris ce qu'il voulait signifier. »

« C'est simple », reprit l'homme qui s'exprimait dans un mauvais français, mais qu'elle comprenait en y portant attention. « Le grand homme barbu et moustachu qui figure sur la page de journal, c'est mon grand-père. Sur les photos, il est entouré de ses enfants dont mon père. C'est lui qui est à côté de vous : il a cent ans et est le seul survivant de sa famille... tous les autres, y compris mon grand-père, et surtout lui d'ailleurs, ajouta-t-il, ont été passés par les armes. C'était pendant la guerre, et ce sont les communistes, sous les ordres de Tito et avec l'appui des Anglais, qui les ont tués. Seul mon père, qui s'était refugié en Croatie, en a réchappé. Ma tante aussi vous voyez sur la dernière photo : avec son bébé, elle avait été « exfiltrée », comment l'on dit aujourd'hui, vers l'Italie, avant que les communistes ne tuent tous les autres. Vous comprendrez pourquoi mon père n'aime pas les Anglais. A vrai dire, il n'aime pas beaucoup les Français non plus, même s'ils ont été de tout temps proches des Serbes. Mais là c'est parce que ma tante, qui était infirmière, s'était fait engrossée par un jeune médecin français venu en stage à Belgrade. Il est reparti sans même savoir, je pense, que ma tante Gordana était enceinte de lui. Mais cela a été très mal vécu par la famille ! Nous n'avons jamais plus entendu parler de lui. Ma tante est

partie aux Etats-Unis.Nous n'avons eu des nouvelles d'elle que longtemps après : elle avait retrouvé notre trace et nous avait informé de son mariage avec un de nos congénères qui portait le même nom que nous, mais sans lien de parenté. Il avait fait fortune en Amérique et avait adopté son enfant. Depuis, nous n'avons jamais eu d'autres nouvelles, à l'exception, un jour, d'un français... Il a débarqué, il ya quelques années, chez nous pour savoir si nous avions un lien familial avec un homme et sa mère qui portaient le nom que nous avions avant la guerre. Nous n'avons plus jamais eu de nouvelles de cet individu, ni des personnes dont il nous avait parlé. Un déclic se fit inconsciemment dans l'esprit de la journaliste qui écoutait de plus en plus attentivement son interlocuteur.
« Et comment vous appelez-vous ? », dit-elle, brusquement songeuse. »
« Aujourd hui : Basanovic... mais ce n'est pas notre véritable nom ! Nous avons du, mon père et moi, nous cacher pendant très longtemps pour échapper au pouvoir communiste, et nous avons pris un nom d'emprunt. Et finalement, nous l'avons gardé. Mais, en réalité, nous nous appelons MI.... En entendant ce nom, elle faillit tomber à la renverse de la chaise sur laquelle elle se tenait en équilibre.
Ce nom était le même que celui du président déchu et de sa mère qu'elle avait rencontrés jadis dans la Caraïbe.C'était aussi celui d'Anton, le grand escogriffe qui l'avait sauvée, elle et ses amis, des plus grandes difficultés un an auparavant. Pour éviter de perdre l'équilibre, elle se rattrapa au bord de la table, renversant ce qui s'y trouvait, y compris son sac qui se déversa sur le sol aux pieds du vieillard. L'homme se baissa et l'aida à ramasser ses papiers et les affaires éparpillées. Brusquement, il se figea : il avait aperçu son passeport qui s'était ouvert dans la chute du sac.

« Comment vous appelez-vous ? », demanda-t-il en la vouvoyant à nouveau.

Elle prononça son prénom, puis son nom. L'homme la regarda avec une expression indéfinissable. Dans un souffle, lui fit répéter son nom. Reprit le sien et, après un silence qui commençait à inquiéter la journaliste, dit :

« C'est le nom du jeune français qui sortait à Belgrade avec ma tante, et qui l'a mise enceinte ! Vous avez un rapport avec lui ? »

« Je ne sais pas du tout. En tous cas, mon père est né juste après la guerre, et il n'a pu commettre cette forfaiture », dit-elle en souriant pour essayer de détendre une atmosphère qui s'était brutalement tendue. « Mais, poursuivit-elle, c'est très curieux car, moi, j'ai croisé plusieurs fois des personnes qui portaient le même nom que vous... j'entends, votre vrai nom. »

Il se faisait tard, et la journaliste voulut prendre congé de ses hôtes, pour regagner la civilisation et trouver, dans la bourgade la plus proche, un endroit où se restaurer et où coucher. L'homme lui proposa une humble hospitalité pour le dîner et la nuit, l'assurant qu'elle ne risquait rien à rester là. Il ajouta qu'elle ne trouverait rien pour se loger à moins d'une trentaine de kilomètres, et ce, pour autant qu'elle trouve une auberge ouverte en cette morte saison. La nuit allait tomber et il valait mieux, poursuivit-il, faire cette route tourmentée de jour plutôt que de nuit.

La journaliste se dit qu'à tout prendre, demain était un autre jour, et que la conversation qu'elle venait d'avoir était plutôt faite pour la rassurer. Elle accepta la proposition de son hôte. Celui-ci l'amena à l'étage, dans une chambre soigneusement propre, mais dont le mobilier n'avait pas dû être changé depuis la dernière guerre. Au mur, au dessus du lit, figurait un christ. Y était accrochée une branche de gui qui avait dû être cueillie dans les années quarante. Il y avait aussi un tableau représentant une allégorie non identifiée : il devait cacher une tache plus importante que les autres sur le papier qui accusait le poids des ans. Une photo défraîchie d'une grande et belle femme brune en costume local trônait sur une cheminée sans style qui n'avait pas du servir depuis des lustres.

« Voila ma tante Gordana, dit l'homme, elle était séduisante dans son genre. Ce n'est pas étonnant que le petit Français ait succombé », dit-il en riant. Installez-vous. Ce n'est pas le grand confort moderne auquel vous devez être habituée,   mais c'est mieux que de rester en bord de route ou de coucher dans sa voiture ! Je descends préparer quelque chose à manger. » Il dévala l'escalier d'un pas lourd. Elle se retrouva dans un univers improbable dans un décor qui la ramenait à tout le moins, des dizaines d'années en arrière. Elle pensa à la conversation qu'elle venait d'avoir. Qui pouvait porter le nom de son père, avoir été « majeur et vacciné » dans l'entre-deux-guerres, et être venu à Belgrade comme jeune médecin dans la même période ? Son intuition lui dicta inconsciemment le nom de son grand-père : peu de gens avaient connu sa vie avant son retour sur les terres familiales au début de la seconde guerre mondiale... Son remariage avec sa grand-mère à elle avait, assez curieusement, effacé toute trace du premier et de la vie qu'il avait alors menée jusqu'au second. Elle jugea qu'il était temps pour elle de redescendre partager la soirée avec ses hôtes.Le vieillard était déjà le nez dans un large bol : indifférent au monde qui l'entourait, il lapait sa soupe avec un bruit de succion sonore. Son fils préparait un brouet. Il avait déjà mis, à l'autre bout de la grande table, deux couverts qu'il avait sorti d'un grand vaisselier caché dans la pénombre de la grande pièce. Celle-ci était éclairée par un feu réanimé et trois bougies qui bavaient sur un chandelier rustique. Elle pensa qu'elle était vraiment dans un autre monde que celui qu'elle fréquentait d'habitude. Mais, au fond, si cela se terminait bien, elle était ravie de ce retour vers le passé. Elle en remerciait presque le fâcheux clou qui l'avait fait arrêter à cet

endroit. Pendant le repas, l'homme et elle parlèrent de leurs vies respectives. Par déformation professionnelle et en bonne journaliste, elle lui fit raconter sa vie et celle de sa famille, essayant ainsi de relier les fils de l'écheveau qui lui manquaient encore.
Son interlocuteur était le neveu de la belle Gordana qui
avait « frayé » à Belgrade avec le medecin francais dans l'entre-deux-guerres. La belle Serbe avait donc eu un fils de cette relation prénommé Branco, et elle était ensuite partie aux Etats-Unis où elle s'était sans doute mariée avec un autre Serbe. Et celui-ci avait adopté son fils, Branco, en lui donnant son nom qui, en fait, était aussi le nom patronymique de jeune fille de sa mère, la belle Gordana .
Le dénommé Branco avait rencontré à New York la mère de Caroline, amie de fac d'Antoine, son père à elle, et du « journaliste » caraïbe, père de Miguel le fonctionnaire international homosexuel qui les avait si gentiment reçus dans le Luberon.Branco était mort dans un accident d'avion juste avant de connaître son ascendance. La mère de Caroline, qui avait eu une relation avec son père, était morte dans un accident d'auto à son retour en France, lui avait dit son amie « psy humanitaire ».

 Sylvie , Celle qui avait rencontré la mère de Caroline en reportage avait eu, à la volée, un fils avec Antoine son père à elle. « Le Président », qui n'avait rien à voir avec Branco et la mère de Caroline, était donc son demi-frère à elle. Il avait eu, avec une créole locale, un fils naturel adopté par un Serbe ayant le même nom que MI....., mais sans lien de parenté avec les deux hommes qui l'hébergeaient ce soir-là.Le président déchu était parti de la Caraïbe sans savoir que la belle créole était enceinte de celui qui allait devenir « le grand escogriffe », lequel avait été élevé par la consul et avec les finances d'Antoine, qui, en fait, était son grand-père naturel. Elle était, de ce fait, la tante d'Anton.

******

Le vieillard avait basculé dans la nuit au fond de son fauteuil qu'à vrai dire il ne quittait plus que rarement. Son interlocuteur marqua de façon délicate qu'il était temps pour lui de se coucher, et notre journaliste remonta dans sa chambre après l'avoir remercié d'avoir réparé la roue de sa voiture, et de son accueil. Elle se dit qu'elle allait coucher toute habillée après avoir fait une toilette de chat. Passant devant la photo de la femme, il lui prit l'idée de décrocher le tableau pour voir ce qu'il y avait derrière, l'envers étant parfois plus évocateur que l'endroit, et révélant des connexions souvent inavouées pour qui savait lire entre les lignes. Elle ne fut pas déçue...Avec délicatesse, elle avait décollé le dos du cadre : était apparu sur l'envers de la photo une dédicace faite au crayon et devenue presqu'illisible, dédiée à la jeune femme qui figurait à l'endroit de la dite photo.

Elle mit un certain temps à s'habituer à l'écriture manuscrite presque effacée ; elle éclaira plus intensément à l'aide de la lampe torche miniature qui ne quittait jamais son sac ; elle essaya de décrypter les quelques mots. Celle-ci se terminait par une date dont elle ne put reconnaître que le millésime 1936. Suivait la mention : « à Gordana, celle qui éclaire mes jours après une année de tourmente », suivait un prénom français, « Henri ».

Elle réalisa, à cet instant, qu'elle venait de trouver la pièce essentielle qui manquait au puzzle : elle remit en place la photo, le cache, et le cadre à l'endroit où il était fixé.

Son sommeil fut agité et de courte durée. Elle ne s'endormit qu'à l'aube après avoir reconstitué un cadre familial totalement inconcevable... en tous les cas   pour qui ne possédait pas les informations qui étaient aujourd'hui en sa possession. Et ce grâce à un vieux clou rouillé, ainsi qu'à la pingrerie du comptable du magazine qui l'avait envoyée à Belgrade. C'était l'effet papillon dans toute sa splendeur, incohérente et invraisemblable ! En fait, celui qui l'hébergeait en ce moment n'était autre que le neveu putatif de son grand-père. Et le vieillard était le frère de la belle Gordana.Au cours de la conversation qui s'était prolongée tard dans la soirée, elle avait acquis la certitude que le nom des pères adoptifs était une coïncidence et que leur rôle dans l'affaire relevait du simple état civil. Son grand-père à elle avait eu, à son insu, un fils avec Gordana ; et ce fils avait été adopté par un lointain parent de la famille MI... , lors de son mariage avec Gordana aux Etats-Unis. Son père a elle, et ce fils putatif devenu Américain par adoption, étaient donc des demis-frères. A n'en pas douter, ils avaient été, sans le savoir, tous les deux les amants successifs de la mère de Caroline, grand-mère de son amie « psy humanitaire ». Branco était mort dans un accident d'avion sans savoir quel était son ascendance. Son père à elle avait eu, ensuite, une aventure avec la jeune femme qui figurait sur la revue de décoration et qui avait réalisé le reportage sur la maison de la grand-mère de la psy humanitaire. La photo trouvée par hasard dans la maison du Luberon, l'année précédente, en attestait. De cette union adultérine, était né le président déchu qui était donc son demi-frère à elle.

Le président déchu avait eu une liaison avec la belle créole qui avait donné naissance à un fils, naissance dont il n'avait pas eu connaissance avant d'être obligé de quitter précipitamment la Caraïbe. Ce fils, Anton, était donc le petit fils de son-père à elle... ce qui expliquait l'attention particulière du vieil homme pour l'éducation du grand escogriffe. Elle était donc sa tante.Anton n'avait pas connu son père qui avait sombré dans l'alcool et la drogue dans le désert du Nevada après une longue déchéance.

Elle pensa à l'étrange similitude, à des années d'écart pourtant, d'un certain nombre d'événements qui avaient empêché certains des

acteurs de cette « saga » de se rencontrer, de se connaître, et d'établir le lien familial qui leur avait manqué. Elle se surprit à penser qu'elle était la seule à appréhender, par le plus grand des hasards, l'ensemble des informations qui permettait de recomposer un puzzle relationnel et familial qui sortait, à tout le moins, de l'ordinaire ! Etait-il nécessaire de les divulguer aux acteurs qui étaient encore vivants ? Il était difficile d'en évoquer une partie, sans démonter le mécanisme dans son entier. Elle fit dans sa tête le tour des acteurs de ce scenario improbable : était-il nécessaire d'informer ceux qui étaient encore de ce monde des connections qui les reliaient entre eux ? Etait-il indispensable, en ce qui concernait sa propre famille, de faire jaillir ce que son grand-père et son père avaient dissimulé, dans le secret d'une vie qu'ils n'avaient pas jugé utile de dévoiler ? A supposer qu'elle le fit, elle n'avait aucune preuve tangible pour étayer les révélations qu'elle ferait. Tout au plus sèmerait-elle le doute dans son environnement familial sans, au fond, que cela ne change la vie des uns et des autres... des « autres » qui n'avaient pas besoin de ces informations pour continuer à vivre comme ils l'entendaient.
La seule personne pou laquelle se posait des questions, et à laquelle des réponses pouvaient apporter quelque chose, c'était Anton. Il était jeune, avait son avenir devant lui. Et, lors de leur incarcération involontaire et l'année précédente durant leur weekend dans le Luberon, il lui avait fait part de ses recherches sur son ascendance biologique et ses origines. C'était à lui qu'elle devait décliner le scénario. Il en ferait bien ce qu'il voudrait après.
Ces réflexions la menèrent fort tard dans la nuit : elle eut du mal à s'endormir. Le bruit de la maison qui s'éveillait à l'étage en dessous de sa chambre, la sortit de son premier sommeil. Après une toilette rapide, elle descendit, mal réveillée, dans la grande pièce où elle retrouva le vieillard déjà recroquevillé dans son fauteuil défoncé,

perdu dans ses souvenirs et dans des pensées qui n'appartenaient plus qu'à lui. Il ne lui accorda aucune attention. Son fils avait déjà ranimé le feu dans la cheminée et préparé ce qui pouvait passer pour un petit-déjeuner frugal. Le tout était posé sur la table qui faisait face à la cheminée. Il l'accueillit avec un large sourire.
« La Française a-t-elle bien dormi ? Notre discussion d'hier soir ne l'a pas perturbée ? Moi, cela m'a fait réfléchir... et, je l'avoue, j'ai eu du mal à trouver le sommeil ! Puis-je vous demander ce que vous allez faire de cette information ? Je ne suis pas sûr qu'elle doive être révélée... Chez nous, on dit que toute vérité n'est pas bonne à dire ! Mais je vous en laisse juge. »
« Je pense, dit-elle, que le seul auquel nous devons cette « vérité » comme vous l'appelez, c'est à Anton qui porte doublement votre nom, bien qu'il ne soit pas de votre famille. Il est créole, Serbe, et orphelin : c'est beaucoup pour un jeune homme, ne trouvez-vous pas ? Lors de notre incarcération involontaire, il y a un an, il m'avait fait part de son désir de connaitre son ascendance. Et l'an dernier, quand nous nous sommes revus dans le Sud de la France, il m'a dit avoir entrepris des recherches pour retrouver ses origines au-delà de son père biologique, qui avait sombré dans l'alcool et la drogue dans le désert du Nevada. Il me semble que nous lui devons cette information. Maintenant il faut retrouver sa trace, je ne l'ai pas vu depuis notre séjour dans le Luberon.

******

Après avoir bu ce qui ressemblait vaguement à du café, elle remercia vivement son hôte de son hospitalité, et remonta dans sa voiture. Elle se souviendrait longtemps de cette halte involontaire dans un coin perdu et reculé du monde ; de la rencontre insensée qu'elle avait faite ; du vieillard déjà plongé dans les ténèbres de l'Histoire qui avait détruit sa famille ; de la confirmation d'un secret de famille qui touchait la sienne. Son inconscient avait déjà décidé pour elle : elle ne divulguerait pas ce qu'elle savait depuis cette nuit. Cela n'était pas de nature à changer quoique ce soit pour sa famille et ne changerait rien à l'équilibre des uns et des autres, sauf à exciter une curiosité sans intérêt et probablement dommageable pour la mémoire de son grand-père.

En bonne professionnelle, elle fit son reportage durant les jours suivants, non sans penser à cette expérience impromptue dans un endroit sauvage et hors du temps et tellement différent des hôtels et résorts où elle descendait habituellement. Dans l'avion qui la ramenait vers Paris, elle eut une pensée, non pas pour le vieillard qui ne faisait déjà plus partie des humains, mais pour son fils qui continuerait probablement à vivre jusqu'à sa mort dans cette maison délabrée. Dans cette grande pièce sombre, au sol en terre battue. Là où la lumière ne pénétrait que faiblement par deux fenestrons obturés par des barreaux qui n'avaient pas été repeints depuis leur installation, et, où la lourde porte d'entrée en bois plein, qui pivotait sur d' énormes gongs rustiques et lourds, ne laissait passer qu'un filet de clarté par un guichet grillagé qui permettait de voir, sans ouvrir la porte, l'intrus qui se risquait dans cet endroit désert.

Elle se promit de garder le contact avec cet homme, et de trouver un moyen de le remercier.

******

A son retour à Paris, elle eut l'occasion, pour boucler son article laudateur sur la côte Adriatique et les monastères serbes, de rencontrer un représentant de l'ambassade de Serbie. Elle s'extasia devant son interlocuteur sur la beauté des monastères, et sur le côté sauvage et préservé de la région. Elle déclara que la distinction

de « réserve de la Biosphère » décernée par les Nations-Unies était largement méritée. Ce compliment n'était pas totalement gratuit...
Elle embraya ensuite sur son aventure près de la ville d'Ivanjica, sur l'aide et l'accueil qu'elle avait reçue de la part d'un homme sympathique qu'elle souhaitait alors remercier, n'ayant pu le faire sur place. Elle dit à son interlocuteur qu'elle ne connaissait que son nom et la localisation approximative de la maison où elle avait été hébergée, une dizaine de kilomètres avant la ville d'Ivanjica. Si son interlocuteur avait la possibilité et l'amabilité de l'identifier, elle lui en serait reconnaissante. Elle ajouta que si l'on pouvait faire quelque chose pour lui, ce serait encore mieux, car il vivait dans des conditions très difficiles.
Son interlocuteur, qui n'avait rien à refuser à une journaliste qui allait promotionner son pays, lui promit de faire les recherches nécessaires et de revenir vers elle. Elle lui promit de lui envoyer, à sa parution, un numéro du magazine contenant l'article sur le tourisme en Serbie et sur la côte adriatique.
Quelques temps après, elle reçut un mail l'informant du décès du vieillard et du recrutement de l'homme qui l'avait aidée comme garde forestier... sa maison devant être rénovée pour devenir une halte-étape dans le cadre du développement du tourisme rural en Serbie. L'email précisait qu'elle était cordialement invitée dans ce relais dés que son aménagement serait terminé. Cela lui permettrait, à n'en pas douter, d'apprécier encore mieux la Serbie et d'en convaincre tous ceux qui rêvaient de biosphère et de ruralité !
« Fermez le ban ! »
Entre deux reportages, elle sollicita un rendez-vous auprès de l'attaché militaire de l'ambassade américaine. Elle fut reçue aimablement, et exposa sa requête. Elle souhaitait avoir les coordonnées d'un certain Anton Mi..., militaire dans l'armée des Etats-Unis, et avoir la possibilité de lui faire parvenir un message. Elle

ne rentra pas dans les détails, mais justifia sa demande en arguant du fait qu'elle avait rencontré, lors d'un de ses reportages dans les Balkans, des membres de sa famille qui cherchaient vainement à le contacter. Elle leur avait promis d'essayer de retrouver la trace de celui qu'elle avait rencontré, elle-même, dans des circonstances de guerre civile que son interlocuteur avait dû connaître. Au vu d'un léger sourire de celui-ci, elle ajouta que sa démarche était, en l'occurrence, tout-à-fait désintéressée, et n'avait aucun caractère personnel.

L'attaché militaire lui demanda un instant et se pencha sur l'ordinateur qui se situait sur la partie droite du bureau qui les séparait. Après quelques minutes de recherche, il prit un air ennuyé, et, revenant vers son interlocutrice, lui déclara :

« Je crains, Madame, que vous ne puissiez donner satisfaction à vos amis serbes. Anton Mi… était effectivement sergent dans l'armée des Etats-Unis, dans les forces spéciales, ajouta-t-il, mais il est mort « en opération » il ya quelques mois. Je suis désolé de ne pouvoir vous en dire plus, mais les circonstances de sa mort sont « classifiées ». La seule chose que je puisse vous dire, c'est qu'il n'a sûrement pas démérité en la circonstance, puisqu'il a été décoré à titre posthume. »

Elle encaissa la nouvelle, remercia son interlocuteur, et sortit un peu « groggy » de l'ambassade.

« Game is over », pensa-t-elle en longeant, à pied, le pavillon Gabriel.

2017
Jean Delouis

Table des matieres

L'insouciance ludique – p.3
Une vie inutile – p.15
L'apport de la Russie blanche – p.16
Le joueur de flûte – p.35
Confidences féminines – p.45
Sur la piste de madame Bovary – p.49
Voyage d'étude à Rome – p.56
Mai 1968 – p.68
Escapade en Luberon – p.83
Retour à une réalité égoïste – p.94
La chrysalide sort du cocon – p.101
Pour être dans le flux, il faut être à flot… - p.115
Les Antilles débarquent à Paris – p.128
Rencontre improbable – p.133
Terre de conquête et rencontre inopinée - p.142
Quand le Quai d'Orsay s'en mêle – p.149
Aventure en Caraïbe – p. 154
Rencontre « Familiale » - p.163
Intermède Parisien – p.174
« Sous le pont Mirabeau coule la Seine » - p.177
La charité à distance – p. 179
Et l'on reparle de la Caraïbe – p.182
Recherche de paternité au Nevada – p.191
Zone de guerre – p.195
Le Luberon révélateur – p.206
Epilogue serbe – p.216
Table des matieres – p.232